サキュバスに侵された年下妻は愛するイケオジ騎士団長を弄ぶ

～年上旦那様を喜ばせてあげたい～

プロローグ

「ねぇ、もうお求めになった？　マダム・リーシャの新作小説『サキュバス夫人の閨《ねや》作法～第三巻～』。今回も相変わらず刺激的で、官能的で……素敵だったわ」

「あら、このシリーズは私も大好きよ。容姿端麗な旦那様も素敵なのだけれど、その奥方が実はサキュバスというのが面白いわよね」

「そうそう。サキュバスである夫人がリードして、二人は情熱的な愛を度々《たびたび》交わすのよ」

「でも、実際に本の内容を実践するとなると……私には恥ずかしくて」

近頃王都にある書店では、このような会話が聞こえる機会が多くある。

ずらりと並んだ書架《しょか》の一番目立つところに飾られたマダム・リーシャの本は、市井《しせい》の民たちは勿論、お忍びで令嬢方が買い求めに来るほど人気の官能小説だった。

「あら、私はマダムの本を参考に色々と試してみたわよ。いつも巻末で詳しいやり方を解説してくださっているじゃない？　それを参考にしてみたの」

「え！　どうだった？」

恥ずかしいと口にした娘も、友人の意外な告白に興味津々《きょうみしんしん》といった様子で食い付き、ポッと頬を桃色に染めながらもしっかりと身を乗り出している。

「そんなの、ここじゃとても話せる訳ないじゃない。ふふふ……場所を変えましょう。あのカップケーキのお店なんてどう？」

「いいわね！　行きましょう」

やがて二人はマダム・リーシャの新作を手にし、足早に書店の扉をくぐった。

そんな若い娘たちの会話は、書架《しょか》を挟んで向き合っていた男の耳にしっかりと届いている。彼女たちも、まさか書架《しょか》の向こうに人がいるとは思ってもいなかったのだろう。

男の方も別に立ち聞きの趣味がある訳ではなく、ただ『マダム・リーシャ』という名に思わず反応してしまっただけだった。

「団長様、相変わらず勉強熱心ですな。今日は異国の武器と兵法についての本ですか」

「うむ。この書店は様々な種類の本が置いてあり、非常に品揃えが良いからな。私のような本の虫からするとありがたい事だ。これからもよろしく頼む」

顔馴染みの店主に目的の本を差し出すと、心底感心したように声をかけられたのだが、先程思いがけず立ち聞きしてしまった後ろめたさから、ついついいつもより饒舌《じょうぜつ》になる。

「おやおや。我が国の英雄ベルトラン騎士団長様にそこまでお褒めいただくとは、光栄ですな。確かに最近出版されました珍しい、い、い、い毛色の本がよく売れておりまして、若いお客様も随分と増えたのです」

「そのようだな。妻も喜ぶ……」

「え？」

「いや、何でもない。では、また寄らせてもらおう」

「ええ、どうもありがとうございました。またのお越しをお待ちしております」

目当ての兵法の本を手にしたベルトランは、最愛の妻が好きなところだと幾度も褒めてくれる眦《まなじり》の皺《しわ》を深め、大股で街を闊歩《かっぽ》する。

今は一刻も早く屋敷に戻り、妻リリィの顔が見たかったのだ。


ベルトランが屋敷に戻ると、珍しく妻の出迎えがない。家令のジョゼフに問うたところ、どうやら午後から自室に籠《こも》って出てこないのだという。

体調でも悪いのかと心配になり、ベルトランは足早に屋敷の廊下を急いだ。

「リリィ、私だ。部屋から出てこないと聞いて心配になった。具合でも悪いのか？」

妻の部屋の扉をノックすると同時に声をかける。夫であるベルトランよりもずっと若い妻リリィが、体調を崩す事は珍しい。

「ベル？　ごめんなさい！　出迎えに行けなくて……」

慌てた様子のリリィの声と、ガタガタと木製の家具が揺れるような大きな音がし、やがて短い悲鳴の後に人が倒れる気配がした。

室内で妻が転倒したのだと悟ったベルトランは、血相を変えて扉の取っ手に手をかける。

「リリィ！　大丈夫か!?　開けるぞ！」

「ま、待って……っ！　お願い、まだ開けないで！」

「何を……！」

あまりに心配でリリィの返事を待たずに扉を開けたベルトランは、室内の様子を目にした途端、誰にも覗かれないよう反射的に扉を後ろ手に閉めた。妻が夜着姿だったからだ。

「開けないでって……お願いしたのに」

自分とは違う匂いのする妻の部屋。毛足の長いふかふかの絨毯《じゅうたん》の上には涙目の若妻リリィがいて、夜着の裾から露《あら》わになった膝を押さえている。どうやら転倒して床に膝を打ち付けたようだった。

「転んだのか？　怪我は？」

「少し膝を打ったけれど、平気よ。出迎えが出来なくてごめんなさい」

「気にするな。体調が悪かったのだろう」

朝には確かにドレスに着替えていたはずなのに、再び夜着だけを身に纏《まと》っているところを見るに、やはり具合が悪いのだろうかとベルトランは不安になる。

何気なく、座り込む妻の柔らかなウェーブのかかった髪にそっと手を触れ、優しく撫でた。いつもそうしているように。

けれどもリリィの方はというと、明らかに狼狽《ろうばい》した様子で肩をビクリとさせた。

「いえ……あの、体調が……悪い訳では……」

日頃は素直なリリィが珍しく歯切れが悪い。それどころか、苦しそうな表情を浮かべ、ベルトランの視線から自らの身体を隠そうとする。

やがて視線をふいと逸らし、細身をギュッと縮こまらせた。

「しかし、午後になって部屋から出てこないとジョゼフが言っていた。それにその格好は、寝ていたのだろう」

体調不良ではないと知り安心したベルトランは、ここでやっと最愛の妻の変化に気付く。

未だに床に座り込んだままのリリィは、頬を薔薇色《ばらいろ》に上気させ、美しいエメラルド色の瞳は涙の膜で潤《うる》み、苦しげに吐息を漏《も》らす唇は濡れて艶《つや》を纏《まと》っていた。

長袖、くるぶし丈の夜着は夜を楽しむための淫《みだ》らな作りでもなく、普段から見慣れたもののはずなのに、そこから僅かに覗く陶器のような肌が今は酷く扇情的に思える。

この場で乱暴に脱がして、リリィの全てを露《あら》わにしたいという欲求に駆られそうなほど。

「リリィ、どうした？　怪我の痛みで起き上がる事が出来ないか？」

努めて平静を保ったベルトランがそっと膝をつき、何気なく夜着越しにリリィの肩に触れた。

「きゃ……あん」

その瞬間、ビクリと大きくリリィの身体が震え、同時に小さく悲鳴のような声が漏《も》れる。思いがけない反応に驚いたベルトランが、いつもとは明らかに違う様子のリリィの顔を間近に覗き込む。

「や……っ、はぁ……ごめんなさい、これには……訳があって……っ」

「話を聞くにせよ、このような場所では風邪を引く。歩けないのであれば私が運ぼう」

うっとりとしたような、けれども苦しげな表情にも見えるリリィを見下ろし、ベルトランは優しく身体を抱いた。

「きゃあ……っ」

するとと全身に電気が走ったかのようにリリィの身体はふるふると震え、ベルトランの逞《たくま》しい体躯に力一杯しがみつく。

明らかに様子がおかしいリリィをベルトランは寝台の端に座らせると、自らもその隣に身体が触れぬようほんの少し距離を置いて腰かけた。

「一体何があったんだ？」

言いつつ、いつもの癖でリリィの丸い頬に触れようとして、ベルトランはグッと拳を握りしめる。そしてそれを騎士服を纏《まと》った膝の上に置く。

「実は……」

観念したのか、相変わらず艶《つや》めいた吐息を挟みながらもリリィは説明をし始める。それにより、ベルトランはどうして妻がこのような事態になったのかを理解した。

「なるほどな。新たな小説を書く上で彼女を呼び、相談したところ、まんまと茶に媚薬《びやく》を盛られたという事か」

「そう……なの。『媚薬《びやく》を使った閨《ねや》作法も面白そうよね』と言われたけれど……まさかこんな……」

リリィは自分の身体を抱きすくめるようにして、小さく吐息を漏《も》らす。悪戯《いたずら》好きの友人を信じきったばかりに、リリィは思いがけずこんな辛い目に遭っているのだ。

実はその友人、清廉潔白《せいれんけっぱく》な印象のリリィに似合わぬ悪友なのである。彼女はリリィの書く小説のアイディアを提供するために、度々《たびたび》屋敷を訪れていた。

「全く、母親になっても彼女は相変わらず奔放《ほんぽう》だな。しかし、これではリリィがあまりにも辛そうだ」

まんまと策に嵌《は》まった涙目の妻を慰《なぐさ》めてやりたくても、ベルトランが少し肩や頭に触れただけでも敏感になっているようだし、その表情は苦しげだ。

「あれからすごく……身体が熱いの。それに……ベルに触れられると、何だか……おかしくて」

返事の途中にも、幾度も漏《も》れる吐息が甘さを纏《まと》っている。最愛の妻が媚薬《びやく》で苦しんでいるというのに、ベルトランはこれまでに感じた事がない昂《たかぶ》りを自覚していた。

「……私は、どうしたらいい？」

そう尋ねたベルトランの声は低く、甘い。少なくとも今のリリィにとっては、砂糖菓子よりも甘くて魅力的な言葉に思えた。

「お願い……」

小さく懇願《こんがん》する声は、しっかりとベルトランの耳に届いていた。けれども今はどうしてか、目の前の妻を困らせてしまいたいと思ってしまう。

「リリィ、どうして欲しいんだ？」

普段なら、すぐにでも媚薬《びやく》を解毒出来るよう手を尽くしただろう。使いを出し、解毒薬を薬師に作らせる事も出来た。けれども今目の前にいる妻があまりにも扇情的で、淫《みだ》らで、可愛らしく、愛おしすぎる。

「ベル……お願いよ」

リリィが切なげに口にした『ベル』というのは二人の間の秘密の呼び名だった。普段は決して口にしない、閨事《ねやごと》でだけの特別な呼び名なのだ。

とうとうベルトランは堪《たま》らなくなって、リリィの薄《うっす》らと開いた唇に口づけをする。啄《ついば》むような口づけはほんの二、三度、あとはお互いの熱を交換するように舌を絡ませた。

「ん……はぁ、ベル……もっと」

媚薬《びやく》のせいかリリィの体温がいつもより高く感じる。ベルトランは自分の頬をがっちりと掴んで離さないようにしておねだりをする可愛い妻の表情と仕草に、己の下半身へと熱が集まるのを自覚した。

「奥様、今日は私が媚薬《びやく》に酔わされた貴女を楽にして差し上げましょう」

「ああ……ベル。お願い……っ、苦しいの」

いつからか二人の約束事として、閨事《ねやごと》でベルトランをベルと呼ぶように、リリィを奥様と呼ぶと決められている。そして年上のベルトランがリリィに敬語を使い、まるで主従関係にあるような振る舞いをするのだ。

何故そうするのかと言えば、とある事情からこの夫婦は女性上位の交わりをする事が多く、リリィが主導権を握り、積極的にベルトランを攻め立てるのが二人の閨《ねや》でのやり方であったから。

「久しぶりですね。私の方が貴女を攻めるのは」

どこか嬉しそうにそう言いつつ、ベルトランはリリィの夜着に手をかける。肌に触れるか触れないかのところで上手く脱がせていくので、媚薬《びやく》に苦しむリリィはもどかしくて堪《たま》らない。

「ベル、早く……」

「いつも私を焦《じ》らすのは奥様の役割でしたが、今日は反対ですね。どうですか？　焦《じ》らされる気分は」

日頃のベルトランは三十も年下の妻に常に優しく、甘く、年長者として包み込むような優しさを見せるのだが、今日はその瞳に獰猛《どうもう》な昂《たかぶ》りと少しの意地悪さを孕《はら》んでいた。

けれどもそんな夫に更に興奮を覚えた妻は、大きな期待にますます頬を赤らめる。

「焦《じ》らされるのは……辛いわ。でも、そんな意地悪なベルも素敵よ……って、あぁ……んっ！」

すっかり肌を露《あら》わにされ寝台に横たえられたリリィは、ベルトランが火照《ほて》った全身に次々と降らせる口づけの雨に身体を震わせた。

「それは僥倖《ぎょうこう》。この世で誰に嫌われようが、奥様にだけは嫌われたくはありませんからね」

口づけをされ、舌先で絹のような肌を撫でられるだけでも全身に痺《しび》れるような甘い刺激が走る。

悪友がもたらした媚薬《びやく》の効果は絶大だった。

「では、もっと意地悪な事をしましょうか」

「もっと……？」

期待に満ちたリリィの声に、ベルトランは満足げな表情で頷く。

そして子を産んでからも変わらず豊かで形の良い乳房を掴んだ。やわやわと真っ白な双丘《そうきゅう》を揉み上げ、先端にある桃色の突起に舌先でチョンと触れる。

「ふ……うぅん、あ……ぁ！」

「二人も子を産んでくれて、母となっても、この場所は相変わらず神聖で美しい」

妻に対する賛辞を口にする度《たび》、ベルトランの吐息が濡れた突起にかかるのがリリィにはもどかしくて堪《たま》らないようだった。

「ベル……嬉しい……でも、もっと……」

「もっと？　媚薬《びやく》で苦しいから、早く楽にして欲しいと？」

「ええ。お願いよ……ベル。お願い、愛しているから、貴方にもっと触れて欲しいの」

「今の奥様に過度な刺激は辛いだろうと、じっくり宥《なだ》めるつもりでしたが、お気に召しませんか？」

言いつつ突起の周りを分厚い舌で優しく撫でるようにして愛撫《あいぶ》すると、リリィは悦《よろこ》びの嬌声《きょうせい》を上げる。媚薬《びやく》の効果で、いつもの数倍も気持ちがいい。

「あ、あぁ……ッ！　ベル……っ、ベル……ぅ」

「可愛らしいですね。いつもは私の方が貴女に懇願《こんがん》するというのに」

もう一度、今度は赤い苺のように熟《う》れてきた突起を甘噛みし、同時に薄い腹を手でなぞる。

「ひ、あ、あぁん！」

それだけでも大きな快感の波がリリィを呑み込んだようで、ガクガクと大きく身体を震わせる。

無意識にリリィは自分の濡れた胸元へギュッとベルトランの頭を抱き寄せ、少ししてからだらりと弛緩した。

「胸だけで達したか。一体どんなに強力な媚薬《びやく》を盛ったんだ。リリィに何かあればどうする」

そう独り言を呟くベルトランは、今度その悪友に会ったら文句の一つでも言ってやろうと思う反面、普段よりも敏感に悶《もだ》えるリリィに異常な昂《たかぶ》りを覚えてしまい、自らの複雑な心境に自嘲《じちょう》の笑みを漏《も》らした。

「はぁ……ハァ……っ、ベル？」

押し黙ったままのベルトランを不思議に思ったのか、リリィは荒い息遣いと共に夫の名を呼ぶ。そしてモゾモゾと両膝を擦り合わせた。

「リリィ、綺麗だ。そのように乱れた姿も美しい。ずっと見ていたいと言えば、怒るだろうか？」

「そんな……酷いわ……！　それに今はリリィじゃなくて……」

「いや、今日はリリィと呼びたい。たまにはいつもと違うのもいいだろう？」

まるで獲物を前にした野獣のように、色気と品性を兼ね備えた顔立ちに獰猛《どうもう》な笑みを浮かべたベルトランは、意地悪な口ぶりに反し優しい口づけでリリィの言葉を奪う。

そうしながらも、ベルトランの手はとうとう手触りの柔らかな茂みに辿り着いた。既にじとりと濡れそぼり、触れれば淫《みだ》らな水音をさせるその場所を、大きな手でくちゅりくちゅりと揉み、撫で上げる。

「んぅんんん……っ！」

未だ口づけをされているので声も息も逃す事が出来ず、媚薬《びやく》によって蕩《とろ》けた下半身に与えられた刺激に、リリィの背はきゅんと弓形《ゆみなり》になって震えた。

もう幾度も達しているというのに、それでもより強い快感を渇望してしまう。早く与えて欲しいのに、今日のベルトランはなかなかそれをくれない。

どこか嬉しそうに自分を見下ろすベルトランに、眉根を寄せたリリィはとうとう涙を零《こぼ》しながら訴える。

「ふ……あ、ハア、ハアっ、ベル、ベル……っ！　もう……っ、私……」

「泣かないでくれ、リリィ。すまない。あんまり可愛らしいものだから、つい虐《いじ》めすぎてしまったか」

幾筋も流れる涙を拭《ぬぐ》いつつ、ベルトランはリリィを宥《なだ》める。いくら何でも、あんまりやりすぎて妻に嫌われてしまえば堪《たま》らない。

「酷い……私、こんなに……一人で恥ずかしい事になってしまったのに……いつまでも……挿《い》れてくれないなんて」

「悪かった、許してくれ。リリィに嫌われたら、私は生きていけないだろう」

この時ベルトランは涙を流しながらも自分を求める妻を可愛いなどと思っていたのだが、次に発せられたリリィの言葉に、そのような呑気《のんき》な気持ちはすっかり霧散《むさん》する。

「……いいえ、許さないわ」

「何？」

思いがけず最愛の妻に許さないと言われ、一瞬怯《ひる》んだベルトランをリリィは見逃さなかった。

仰向けにされた自分の上で呆然とするベルトランの、大きく聳《そび》え立つように硬くなった下半身をトラウザーズごと握り、「ウッ」と呻《うめ》いた相手に嫣然《えんぜん》として一笑する。

「さぁ、そろそろ晩餐《ばんさん》に向かわなくちゃ。今日は私を虐《いじ》めた罰として、これ以上は『おあずけ』よ、ベル」

「何を……」

「お陰さまで、媚薬《びやく》の効果は切れたみたい。さぁさぁ、着替えて行きましょう」

逞《たくま》しく鍛え上げられたベルトランの下から、スルリと小柄な身体を滑らせたリリィは寝台から降り、サッと夜着を手に取ると裸体のまま部屋を横切る。

呆気に取られていたベルトランが慌てて起き上がる頃には、リリィの姿はワードローブの扉の向こうに消えていた。

「リリィ……貴女は時々、私にとって悪魔そのものだ」

呻《うめ》くように呟いたベルトランは、逞《たくま》しい肩をガックリと落としてからいそいそと衣服を整える。

調子に乗って媚薬《びやく》に酔ったリリィを弄《もてあそ》んだせいで、ベルトランはこの後戦《いくさ》にでも出ねば気を紛らわせられないと思うほど、悶々《もんもん》とした悪夢のような一夜を過ごす羽目になった。

またリリィの方はというと、『媚薬《びやく》を使った閨事《ねやごと》』と『突如意地悪く豹変《ひょうへん》した夫に惚れ直した』事、『おあずけという名の放置』という新たなネタを元に、その夜は一気に人気作家マダム・リーシャとしての執筆活動が進んだのである。


ここブロスナン王国の王都には、数キロにも及ぶひときわ賑やかな通りがあった。

王族が住まう城から王都の端まで続くこの通りは、城に近ければ近いほど高価な品を扱う立派な佇《たたず》まいの店が多くなり、遠のけば庶民でも手を出しやすい品々が並んだ露店へと移り変わる。

白色から濃い灰色へと美しいグラデーションになった石畳の通りは、各地からたくさんの人々が訪れる名所となっていた。

その石畳はかつて先代国王が息子の婚約成立記念にと、数年の月日をかけて造らせたという豪華な代物である。

それだけ聞けば、派手な注文をした国王に国民の批判が集まりそうなものだが、そうはならなかった。

当時、稀《まれ》に見る不作で飢えていく民たちに仕事を与えるため、膨大な人手が必要な石畳の道を造るのを命じたのだと、彼らは知っていたからだ。

平民が飢えればやがて貴族も困る。利口で行動力がありつつも、決して恩着せがましいところのない国王は、平民からも貴族からも敬われていた。

優れた統治を長らく続けてきた王族に対して国民からの信頼は厚く、少々変わり者と言われる現国王の代になってもそれは変わらない。

そしていつからかこの辺りは庶民にはなかなか手が出ないような、裕福な商人や貴族を相手取った高級店がずらりと立ち並ぶ一帯となり、人気を博《はく》している。

行きつけである煌《きら》びやかな装飾品を扱う店へと向かっていた令嬢たちの一人が、とある方向に目をやるなりアッと声を上げたのだった。

「まぁ！　ほら、あそこを見て。書蠹《しょと》令嬢リリィ様よ！」

書蠹《しょと》……というのは紙魚《しみ》とも呼ばれ、主に書物の紙を食い荒らす小さな虫である。

「あちらの方角は……きっと今から本をお召し上がりに教会へ行くのね。うふふ」

「それにしても、相変わらず地味な……失礼、大人しい装《よそお》いだこと。誰が呼び始めたのかは知らないけれど、『地味』と『紙魚《しみ》』をかけるなんて滑稽《こっけい》よねぇ」

この辺りを歩く貴族たちの中では一番、何だったらそこにいる背中が曲がった老婦人よりも地味な装《よそお》いとも言える一人の令嬢がいた。

二台の馬車が余裕を持ってすれ違えるような幅広い石畳の通りを、地味だと揶揄《やゆ》された令嬢はトコトコと足早に横切ろうとしている。

途中で一度人混みを縫うように向けられた視線の先には、王都で一番大きな教会がある。そこに繋がる路地へと進みたいようだ。

書蠹《しょと》令嬢と呼ばれたその娘は令嬢らしい髪飾りもなしに、ただリボンで結われただけのふわふわと揺れるプラチナブロンドの髪を風に靡《なび》かせていた。

華やかな通りから路地へとその身体が消える寸前、書蠹《しょと》令嬢は大きな丸眼鏡を右手で一度ずり上げた。

「それにしてもあの野暮《やぼ》ったい眼鏡、お顔の半分も隠しているじゃない。そういえば私、まともにリリィ様のお顔を見た記憶がなくってよ」

「あら、そんなの私だって。ここだけの話だけれど、リリィ様はきっと眼鏡で隠さなければならないような容姿なのだわ。かの宰相閣下も厳《いか》めしくて恐ろしいお顔をしているじゃない」

「せっかく王族の次に高貴なお生まれなのに、残念だわ。宝石やドレスで着飾るよりも本を読むのが好きだなんて、私には到底考えられないもの」

一目見てすぐ分かるほどに高価な品々で着飾った令嬢三人が、いかにも意地悪げな嘲笑を浮かべながら、書蠹《しょと》令嬢リリィが消えていった路地の方向を見つめていた。

「私だってそうよ。だからこそ社交界で『書蠹《しょと》令嬢』だの、『高貴な行き遅れ』だのと言われてすっかり浮いた存在なのだわ。お父上でいらっしゃる宰相閣下もお可哀想に……」

陰口に精を出す彼女たち三人は高位貴族の令嬢で、社交界でも特に目立った存在であった。

誰よりも美しく派手に着飾り、自らの価値を高め、より条件の良い嫁《とつ》ぎ先を見つける事に力を入れているものだから、社交界では明らかに異質な存在であったリリィを良く思っていなかったのだ。

何よりこの国を支える宰相の娘であるリリィが、国王をはじめとした王族からの覚えがめでたいのも気に入らなかった。

本の虫と呼ばれるほど読書家で勤勉なリリィは、重要な外交の際に国王から助言を求められるほどの才女である。

華美に着飾らず、通常貴族令嬢には必要とされない豊富な知識を持ったリリィだったが、彼女自身の魅力と家柄も相まって熱い視線を送る貴族令息も一定数いる。

現に、先程まさに地味な装《よそお》いでこの賑やかな通りを早足に横切っただけのリリィを、通り過ぎ様に振り返るようにして見る男たちも幾人かいたのだった。

その事が、誰よりも良い嫁《とつ》ぎ先を求める彼女たち三人にとっては面白くないのだった。

「ふん！　少しばかり胸元が豊かだからって何よ。娼婦じゃあるまいし」

「まぁ……殿方はああいった身体つきがお好きですからね」

流石《さすが》は宰相家の令嬢と言うべきか、リリィの衣装は良質な素材がふんだんに使われているものの、煌《きら》びやかさがなく地味で野暮《やぼ》ったい印象を与える色形をしている。けれどもその下にある豊かで形の良い胸と色白で華奢《きゃしゃ》な首元や手足は、どうしたってその魅力を隠しきれずに、周囲の男たちの目を引く機会も多い。

三人の令嬢は、そっと自分たちの胸元を見下ろした。

腰を細く見せようとコルセットをギュウギュウに締め上げ、派手なドレスを纏《まと》った胸元を様々な方法で豊かに見せようと努力した身体がそこにある。

それでも男たちが思わず目を奪われるようなリリィの体型には敵《かな》わない。女同士だからこそ、自身が一番よく分かっていた。

令嬢たちはいつの間にやら無言になったところでふと我に返り、それを誤魔化すかのように引《ひ》き攣《つ》った口元に扇を当てる。

「……さ、もう行きましょう」

「え、ええ！　いつものお店、新作の髪飾りがたくさん入荷しているそうだから」

「へ……へぇ！　楽しみだわぁ！」

などと言いつつさっさとその場を後にし、お目当ての店へと連れ立っていったのだった。

一方のリリィはというと、遠巻きな令嬢たちの嘲笑や陰口など気付きもせずに、ただひたすらに教会への道のりを早足で進んでいく。

屋敷を出てからというもの脇目も振らずに街中をひたすらに進んできた彼女は、やっとの事で目前に迫った場所にホッとし、息を吐く。

「ふぅ……今日は図書室に長く籠《こも》って、屋敷を出るのがつい遅くなってしまったわ」

近頃リリィはブロスナン王国を悩ませている疫病《えきびょう》に対して、何かしらの有効な手立てはないものかと日々様々な書物を読み漁っていた。

彼女が生まれ育った侯爵家には、やり手の宰相と言われるペリシエール侯爵の蔵書だけでもかなり多くの書物が保管されている。加えて屋敷の一角にある図書室にも、他家と比べても膨大な量の本が揃えられていたのだ。

「一般的な知識は屋敷の図書室で調べて理解したけれど、やはり肝心の『悪魔』に関しては分からない事も多いのよね」

悪魔、というのはこの世界に様々な厄災をもたらす存在である。古《いにしえ》から存在するという彼らについて、人間は未だその全てを理解出来ずにいた。

ただ、分かっている事もある。ブロスナン王国に蔓延《はびこ》る疫病《えきびょう》が『疫病《えきびょう》の悪魔』によってもたらされているというのだ。

疫病《えきびょう》で苦しむ民、加えて身近な人間を疫病《えきびょう》で亡くした者の悲しみを思うと、心優しいリリィは何かせずにはいられない。元から熱心だった慈善活動にますます力を入れるようになる。

それだけにとどまらず、元々本を読むのが好きだったリリィは少しでも手助けになればという思いから、疫病《えきびょう》や悪魔について熱心に調べるようになったのだった。

そうこうしているうちに目的地へと到着したリリィが手慣れた様子で教会の横手にある木製ドアを引く。人気《ひとけ》のない空《から》の長椅子がズラリと並んだ広い空間が彼女を出迎えた。

奥にある巨大なステンドグラスからは、鮮やかな色を含んだ光が石造りの床へと射し込んでいて、その下に立つ黒いカソックを身につけた老人がゆっくりとリリィを振り返る。

「おや、リリィ。今日は随分と遅かったのぅ。皆はもう帰っていったぞ」

眦《まなじり》だけでなく顔中に深い皺《しわ》が刻まれたその老人は、リリィを見るなり掠《かす》れた声を上げた。

「ごめんなさい、司祭様。つい本を読み耽《ふけ》ってしまって……」

老人以外に人気《ひとけ》のない空間に、リリィの軽やかな足音が響く。

「フォッフォッ！　相変わらずじゃのぅ。ほれ、こっちへ来るがいい。茶でも用意してやろう」

白髭を蓄《たくわ》えた老人の元にやっとの事で辿り着き、額《ひたい》にじわりと滲《にじ》んだ汗をハンカチで拭《ぬぐ》うリリィを見て、いかにも好々爺《こうこうや》らしい笑みを浮かべた司祭が奥の部屋へ繋がる扉へと誘う。

「ありがとう。実はとっても喉が渇いていたの」

そう言って目元の汗を拭《ぬぐ》い、丸眼鏡の位置を直したリリィは、再び肩を揺らして笑い声を上げる司祭の後ろをついて歩いた。

この司祭、リリィの父親であるペリシエール侯爵の古くからの友人で、リリィが幼い頃からずっと実の孫のように可愛がってくれている。

長い白髭に深い皺《しわ》、その割に元気な声と姿は若々しく、一体この老人の年齢が幾つなのかというのはリリィでさえも知らない。

「今日の集まりは、いやに悪魔の話題が多かったのぅ。近頃この王都にも頻繁に現れているとか」

「悪魔が？　もしかしてそれは疫病《えきびょう》の？」

緊張感を伴わずにのんびりと話す司祭の言葉に、リリィはドキリとした様子で胸を押さえ、眉を顰《ひそ》めた。

ほんの少し前までここでは多くの信者が集まって聖書の勉強をしたり、巷《ちまた》での噂話やら悩み事をこの気安い雰囲気の司祭に話したりしていたのだが、リリィはその場に間に合わなかったのだ。

「いいや、疫病《えきびょう》の悪魔は退魔師《たいまし》の活躍で徐々に勢いをなくしつつあるようだがのぅ。この辺りに現れた悪魔というのはまた別の……」

そこまで言ったところで目的の扉に到着し、司祭はガチャリとドアノブを回そうと手を伸ばす。

「おや？」

リリィが司祭の次の言葉を待ち構えているのにもかかわらず、その先は聞けずじまいになってしまった。

何故なら普段であれば無人のはずの扉の向こうでガタガタと大きな物音がして、司祭はそれが誰なのか分かったように「珍しい客が来たようだ」と笑ったからだ。

「お客様……ですか？」

この奥のスペースは司祭のプライベートな空間で、信者たちが勝手に立ち入るのは許されていない。リリィは幼い頃から特別に足を踏み入れるのを許されていたが、どうやら先客も司祭にとっては親しい相手のようだ。

「あぁ、とても懐かしい客だ。久々に私を訪ねてきたらしい」

そう言ってリリィの方を見た司祭の表情は大きな喜びを隠せずにいて、相手がリリィと同じくらいに特別な存在であると示していた。

「それなら、私はこのまま図書室の方へ参ります。司祭様がこれほど嬉しそうなお相手との久々の再会を邪魔したくないもの」

「構わんよ。一緒に茶を飲めば良い」

司祭は本心からリリィを誘ったが、リリィはやはり気が引けてしまい、丁重に司祭の誘いを断った。

「図書室に置いてあるお茶を飲むわ。あの場所では私以外に飲む人がいないから、早めにいただかないと美味《おい》しくなくなってしまうもの」

取ってつけたような理由だったが、司祭はリリィの思いやりの気持ちを汲《く》み取って、それ以上は無理に誘わなかった。

その代わり懐《ふところ》から出した美味《おい》しそうな焼き菓子をリリィの手にそっと握らせてくる。

「王都で人気の焼き菓子じゃ。なかなか手に入らん品物らしいぞ。信者の一人が分けてくれたんじゃが……お前にやろう。また今度このジジイと茶を飲んでくれると嬉しい」

「ふふ……貴重なお品をありがとうございます。じゃあ、いつものように本を読んだら適当な時間に帰るから、司祭様もお友達との再会を楽しんでね」

何よりも甘いものには目がない司祭だったが、可愛いリリィのためならと秘蔵の菓子を譲ってくれたらしい。それが分かっているリリィは思わず微笑んで、クルリと踵《きびす》を返すと反対側に位置する別の扉に向けて足を進めた。

しばらくの間は背中に司祭の視線を感じたが、図書室へ続く扉を開ける頃にバタンという重い扉が閉じられる音がリリィの後方で響く。

巷《ちまた》では手に入らない専門書が多く集められた教会の図書室へ足を踏み入れたリリィは、慣れた様子で書架《しょか》の間を縫うように進みながらもふと独りごちる。

「司祭様のお友達って……同じように白いお髭の生えたご老人なのかしら？」

そこで強烈な喉の渇きを思い出したリリィは、図書室の隅に備え付けられた茶器で手ずから茶を淹《い》れると、誰もいないのをいい事にそれを一気に飲み干した。それも二杯も、だ。

宰相である父が見ていたならば「はしたない」と注意されただろう。普段であれば父の言いつけには常に至極従順なリリィも、今日ばかりは慌ててここまで来たので作法よりも喉の渇きの方が勝ってしまったのだ。

「ふぅ……落ち着いた。さて、始めましょうか」

目元を覆い隠す丸眼鏡に手をやったリリィは、そっとそれを外して机に置く。

リリィの素顔を隠すようなその丸眼鏡は、娘を溺愛してやまない父が、可愛い娘に悪い虫が付かないようにとデビュタントの頃から身につけさせていた伊達《だて》眼鏡である。

本を読む際に伊達《だて》眼鏡のレンズを通してだと何だか視界が鬱陶《うっとう》しく、リリィは周囲に人がいない時には丸眼鏡を外すようにしているのだ。

これに関して母である侯爵夫人は当初、夫が娘にわざわざ伊達《だて》眼鏡をつけさせたり、社交界では悪目立ちするような地味な装《よそお》いをさせたりするのを強く反対していた。しかしとある事件の後から夫人は、リリィの装《よそお》いに関して一切口を噤《つぐ》むようになったのである。

それにより、リリィはもっぱら社交界で行き遅れだの書蠹《しょと》令嬢だのと言われるようになったのだけれど、当の本人は周囲の言葉や二十三歳にもなって未婚だという事実を、全く気にしないまま今日に至っている。

「やっぱり、教会の図書室は難しい本が多いわね。でも難しい本ほど読み応えがあるし、ここならば屋敷の図書室よりも悪魔についての手がかりが見つかりそうだと思ったのだけれど……」

聖職者向けの書物が多いこの場所には、悪魔祓《ばら》いに関するものも多くある。退魔師《たいまし》のための教科書のようなものだろうか。

中でもまだまだ未知の存在である悪魔に関して分かっている内容をまとめた本などは、巷《ちまた》では絶対にお目にかかれない代物だった。

もうひと月以上もこの場所へ毎日のように通い詰めているリリィだったが、悪魔……それも疫《えき》病《びょう》の悪魔について分かった事柄は少ない。

「聖職者でもない素人《しろうと》が疫病《えきびょう》をどうにかしようとする事自体が無謀だったのかしら」

ふうーっと深く息を吐き、肩をガックリと落とす。元来前向きな性格の彼女だったが、意気込む割には結果の出ない日々が続き、少々落ち込んでいたのだった。

こうなったら疫病《えきびょう》の蔓延《はびこ》る地域へと赴《おもむ》いて、自ら患者の看病をして回るくらいしか、自分が手助け出来る方法がないのではと近頃のリリィは思い始めていた。

政略結婚という貴族令嬢としての役割を果たせず、夫や子どもを持たずに行き遅れのまま一人歳を取るだけならば、それも良いのではと。

実際にそのような提案は娘を溺愛する宰相が許す訳がないのだけれど。

「今日はこれくらいにしておきましょう」

その言葉とは裏腹に、ページを捲《めく》る指は本を閉じるのが名残惜《なごりお》しいという風にまだ動いていた。

しかし窓の外はもう茜色《あかねいろ》の陽が射す夕方の時間で、ここからはあっという間に辺りは薄暗くなるだろう。

ペリシエール侯爵家は王都でも特に王城に近い場所にタウンハウスを構えてあるので、この場所からは徒歩で十五分ほどである。

慣れた道のりは夜遅くまで人通りがあって賑やかな上、多くの店からは石畳を照らすように灯りが漏《も》れるため、これまでリリィは一度だって身の危険を感じた経験はなかった。

この辺りは裕福な人々が多く集《つど》う場所で、それ故《ゆえ》に屈強なブロスナン王国騎士団の面々が特に力を入れて見回りをしている地域でもあったからだ。だから今日だって何事もなく屋敷へ辿り着くのだろうと、リリィは呑気《のんき》に考えていた。

　一冊だけ、最後に手に取っていた本を小脇に抱えて図書室を出たリリィは足早に出口を目指す。司祭から、一冊だけならば持ち帰って読んでも良いとあらかじめ許可を得ていた。

　ふと振り返ったリリィは、司祭の私室へ繋がる扉の方へと目を向ける。微かに聞こえてくる男性の笑い声は司祭のものか、それとも友人のものだろうか。

　僅かな扉の隙間から教会内へと伸びた橙色《だいだいいろ》の温かな灯りが、中の二人が和《なご》やかな雰囲気で語り合っているのを伝えてくるようだ。

　司祭は眦《まなじり》の皺《しわ》を一層深め、立派な白髭をユサユサ揺らしながら笑っているのだろう。そう考えて思わず口元を緩めたリリィはそのまま教会を出ると、一層明るい通りを目指して歩みを速めた。


　ペリシエール侯爵家の屋敷まであと半分ほどのところまで帰ってきた時、リリィはいつもと違った道順を選んでしまう。

　今日は日中曇《くも》り空だったが、夜が近づくにつれ今にも雨が降りそうな気配が漂《ただよ》ってきたからだ。雨を避けられる軒先がある方へと進むうちに、いつの間にやら灯りも少ない狭い路地へと入り込んでしまった。

「この道……昼間は通った事があると思うけれど、辺りが薄暗くなるとまるで景色が違って見えるわね」

心細くなってきたところで思わず独りごちたリリィは、少し行ったところに騎士団の服を纏《まと》った背中を見つけた。

「あれは、見回りの騎士の方だわ。良かった……」

と、その時……ポツポツとリリィの頬に小さな雨粒が落ちてくる。やはり雨が降り出してしまったようだ。両脇に連なる民家の軒先のお陰であまり濡れずに行けそうだが、それでも布に包んであるとはいえ本を手にしたリリィは、なるべく早く帰るに越した事はない。

とにかく民家五軒分先の場所に立つ騎士の背中を目指して進もうとした時、リリィは突然背後から手首をグイッと掴まれた。

「い……っ！」

思わず顔を顰《しか》めてしまうほど強く手首を掴まれたと同時に、後ろへと身体ごと引っ張られてバランスを崩してしまう。

「おやおや……もう薄暗くなっているというのに、こんなところでお嬢さんお一人でいるなんて。危ないですよ」

よろめいたリリィを強引に引き寄せたのは、どこかの貴族令息か、裕福な商人の息子のような風貌の青年だった。突然包まれたきつい香水の匂いに、リリィは吐き気を堪《こら》えた。

「離して！　手を離してください……！」

見知らぬ青年に手首と腰の辺りを掴まれたまま、何とか拒絶を示したリリィだったが、その声は震えている。比較的治安が良いとされる王都でこのような経験をしたのは初めてで、何気なくいつもと違った道順を選んだ自分を今更ながらに恨めしく思った。

両脇に取り巻きらしき二人の気弱そうな青年を従えた細身の青年は、意地悪な笑みを浮かべたまま尖った顎をクイっと上げると、腕の中に捕えたリリィの顔をまじまじと見つめる。

「何だ。野暮《やぼ》ったい眼鏡なんかかけやがって。それでも変装のつもりか？　それともそういう趣向かな？」

「悪魔が『悪魔についての本』を持っているなんて、傑作だな！」

リリィには青年たちが笑いながら放った言葉の意味が分からない。何か言いたくとも、喉が絞られたように声が出なくなってしまった。

そのうち小脇に抱えた本は一人の青年に取り上げられ、無造作に地面へと落とされる。

「あ……っ！」

教会に所蔵された貴重な本にもかかわらずそのような扱いをされてしまい、本が好きなリリィは酷く胸が痛んだ。

悔しくて、情けなくて、一人でに涙が滲《にじ》んでくる。

「探してた女悪魔がまさか目の前に現れるだなんて、ツイてるぜ」

青年はリリィの全身を舐めるようにして上から下へと目線を走らせる。そして片方の口元を歪《ゆが》めると、仲間たちに目配せした。

「私は……悪魔などでは……ありません」

リリィは何とかしてか細い声を絞り出す。自分が悪魔だなどというおかしな誤解が解ければ、この場を逃れられるのではないかと考えたのだ。

彼らはどうしてか悪魔を探しているようだから、リリィが人間であれば用はないはずだと思った。

「お前は悪魔だから知らないだろうが、ここは平民の娘が気軽に来ていい場所じゃないんだぞ。そんな変装は逆効果だったな」

「もしかして……わざと場違いな格好をして自分を目立たせ、男を誘ってたんじゃないか？　流石《さすが》、噂に聞く淫魔《いんま》だな」

そんなはずがないと言いたくとも、リリィの口からは言葉が出ない。身体が震え、足の力が抜けてしまいそうになる。

彼らから向けられる全身に纏《まと》わりつくような視線が、リリィの苦いトラウマを思い起こさせたからだ。

「違う……私は……」

声が一人でに震え、唇が真っ青になる。

「そうやって嫌がる素振りをするのがいつもの手なのか？」

そう言ってリリィの腕を掴む力を強めた青年は、髪を結っていたリボンをシュルシュルと解《ほど》き、輝くプラチナブロンドにそっと鼻を近づける。

「いや……っ」

リリィは突然の事に怖気《おぞけ》を震った。近づかれただけで鳥肌が立ち、強い吐き気すら催《もよお》すようだ。

「これが悪魔の香り……甘いな。最高級の香水のようだ」

「やめて……っ」

見知らぬ男にクンクンと首元を嗅《か》がれ、リリィはあまりの嫌悪感にとうとう嗚咽《おえつ》を漏《も》らしてしまう。しかしいくら涙目のリリィが訴えても、三人の男たちはますます笑みを深めるばかりだった。

「確かに、いい匂いだ。嫌がる演技も板に付いてるぜ」

暴漢三人に囲まれたリリィはしつこく自分の身体を見つめられ、恥じらいを飛び越えてこの場から消えてしまいたくなった。

見知らぬ女性に突然このような乱暴を働く者たちだ。たとえ悪魔でないとこの場で懇切丁寧に説明したとしても、今更関係ないなどと言われかねない。

現に今だって、狙っていた獲物《悪魔》を偶然手にした喜びを隠そうともせずに、三人でリリィを囲んで呑気《のんき》に談笑している。

「なるほど、男慣れしない娘のフリか。そういう趣向もいいかもな」

「お前はそういうのが好みだからな」

「ははは！　まぁな！　嫌がる女を無理矢理、ってのがそそるんだよ」

いくら行き遅れで経験がないリリィでも、彼らの言葉から自分の貞操が今まさに危険に晒《さら》されていると分かる。

これがリリィの愛読している恋愛小説であったなら、ヒロインは突然現れたヒーローに救われるのだが。

「そんなはず……ないわよね……」

一人がしっかりとリリィの手を拘束《こうそく》したまま、二人はリリィを挟むようにして囲っている。下卑《げび》た笑みを浮かべながらはしゃぐ男どもは、リリィからすると怪物同然のおぞましい存在だった。

「何か言ったか？」

「いいえ、何も。それより私を離してください。私が悪魔だなんて、本当に何かの間違いです」

何とかして最大限強がってみたものの、リリィを捕える男の手はいつの間にかドレス越しに腰へと置かれ、ニヤつく表情と共に尻の方へと徐々に下がっていく。

「まだ言うか。あんな手の込んだ装丁の本を、平民が手に入れられる訳がないだろう」

「それに、俺はお前が悪魔だろうが人間だろうが関係ない。本物の女悪魔なら幸運、そうじゃなかったとしてもただの女と楽しむだけだからな」

「あはは！　確かに！　たまには平民の女もいいだろう！」

めちゃくちゃな理論だが、どうやら彼らの言動からしてどこかの貴族令息らしいと読み取れる。

「貴方方、どこの家門の方たちですか⁉」

少しでも大きな声を出して、近くにいるはずの騎士たちに知らせたい。とにかくこの者たちからすぐにでも離れないと、体調不良でどうにかなってしまいそうなリリィは声を振り絞った。

「はは！　わざわざ名乗る訳がないだろう！」

相手の声も相当大きいはずだけれど、先程見えた路地の奥にいるはずの騎士たちには聞こえただろうか。リリィは祈るような気持ちで目の前に立ちはだかる男の向こう側を覗き込んだが、そこに騎士の姿はない。

「何を見ている？　大人しくしろ」

ヒヤリとした嫌な汗がリリィの背中を伝う。

「すぐ近くに見回りの騎士様がいらっしゃいます。私が声を上げれば、貴方方は捕まってしまいますよ」

騎士の存在をちらつかせてみたものの、このような悪事に慣れた様子の三人は、「それなら」とばかりにリリィを更に近くの暗がりへと強引に連れ込むのだった。

「や、やめ……」

男三人がかりで口元を押さえ込まれ、身体を拘束《こうそく》されたリリィは少し前の自分を呪った。

慣れた道のりだからと今日に限って護衛も侍女も付けず、黙って抜け出すようにして教会へ向かった事も、思い付きでいつもと違った道を選んでしまった事も。

何より無造作に放られたままの貴重な本が、万が一汚れたり傷んだりしていたらそれは愚かな自分のせいなのだ。

無類の本好きなリリィとしては、悲しみが段々と苛立ちに変わっていく。

しかしたとえ青年たちの身勝手な言葉と行動に腹が立っても、力ずくで声を奪われている状況では言い返す事も出来ない。

こんな状況に陥《おちい》ったのは、これまでが大丈夫だったからといって油断していた己の愚かさのせいなのだと、リリィは強く唇を噛む。

万が一にもこのまま青年たちに凌辱《りょうじょく》されれば、いくら行き遅れとはいえ貴族令嬢としては致命的な汚点であり、ペリシエール家にとっても宰相である父にとっても不名誉だ。すなわち、その瞬間から自分は生きる価値もなくなるのだと覚悟する。

「んん！」

声を奪われ、三人がかりで民家の壁に身体を押し付けられたリリィ。猫にいたぶられる獲物の鼠《ねずみ》のように、ジワジワと追い詰められる。

一様に意地悪な笑みを浮かべるその様は、もしかすると本気で女を凌辱《りょうじょく》しようなどとは思っておらず、たまたま見かけた平民の娘をいたぶって揶揄《からか》うつもりなのかもしれない。

どちらにせよ、何とかして逃れようと四肢に力を込めるも、か弱いリリィの力では到底敵《かな》わなかった。

せめて口元だけでも自由になればと、誰のものか分からない指に思い切り噛み付く。その瞬間、身体の拘束《こうそく》が緩んだ。

「ギャ！　痛ぇ！」

「クッソ！　この女、アンディーの指に噛み付きやがったな！」

リリィが噛み付いたのは、どうやらアンディーという名の男らしい。相手が一人だったならこの隙に逃げられたかもしれないが、三人もいればそう上手くはいかない。

「離して！　いや……っ！」

とにかくリリィは羽交《はが》い締《じ》めにされながらも声を上げた。誰か気付いて、と希望を込める。

瞼が熱い。目の前が涙で滲《にじ》んでしまって何も見えなくなる。ギュッと目を瞑《つむ》って、四肢をめちゃくちゃに動かす。無我夢中だった。

「ぐあ……っ！」

そのうち右側から男の悲鳴が聞こえたと思ったら、突然身体の拘束《こうそく》が解かれた。支えを失ったリリィの身体は、そのままストンと地べたに尻もちをつく。

「まずい！」

「あ！　く……ッ」

そんな声が聞こえたと同時に、近くでドスンと鈍い音が二度響く。次々と溢れる涙の膜で視界を失ったリリィには、大きなカエルがひっくり返されて、「グェッ」と苦しげな声を上げたように思えた。

「大丈夫ですか？」

やがて座り込んだままのリリィの上に、息一つ乱れぬ礼儀正しい声と影が落ちる。リリィは相手を見上げながらギュッと瞬《まばた》きをして涙を頬に流したけれど、汚れた眼鏡のレンズで相手の顔がよく見えない。

「あの……」

「怖かったでしょう。怪我は？　平気ですか？」

矢継《やつ》ぎ早《ばや》に無事を尋ねる心配そうな声だけが、動揺するリリィの心をホッと鎮めてくれた。

「へ、平気です……助けていただきありがとうございます。このような格好で……申し訳ございません」

未だ尻もちをついたままのリリィが、眼鏡を外し相手の顔を見て礼を述べようと思い至った時、騒がしい足音がこちらへと近づいてくる。

「一体何事ですか⁉」

「この者たちは？」

駆け寄ってきた騎士団所属の騎士たちの前では、リリィを襲った三人の青年たちが仰向けにひっくり返されて、すっかり目を回している。

「我々が守るこの王都で、よってたかって女性に無礼を働こうとした不届き者だ。連れていけ」

砂埃《すなぼこり》で汚れた眼鏡越しではあったものの、リリィはそこで初めて自分を助けてくれた人物の顔を見た。

整った顔立ちに切れ長の鋭い目が印象的な男は、スラリとしていながらも鍛えられた体躯も相まって、恐らく多くの女性たちに好まれるのだろう。

「う……っ」

リリィは小さな呻《うめ》き声を上げて、ギュッと胸を押さえる。いくら見目麗《うるわ》しい姿をしていても、礼儀正しい恩人であったとしても、若い男を前にするとリリィは体調が悪くなるのだ。

「大丈夫ですか？」

親切心から声をかけてくれているのだと分かっていても、苦手な相手だと思えば嫌悪感は抑えようがない。今すぐこの場を逃げ出してしまいたい衝動に駆られ、喉が渇き、声が掠《かす》れる。

「へ、平気です。あの……」

このまま無言で去るのはあまりに失礼だろうと、何とかしてリリィが言葉を続けようとしたところで、突然大きな声が割って入った。

「大変です！　副団長！　宰相閣下から緊急の呼び出しのようで……！　団長は先に城へと向かっています！」

「分かった。私もすぐに向かう」

逼迫《ひっぱく》した部下の声にすぐさま冷静な反応を示した若い男は、どうやらブロスナン王国騎士団副団長で、騎士団随一の美男子であるアルマン・ド・フルノーだとリリィは悟る。

社交界で幾人もの令嬢がその妻の座を狙う優良株でありながら、彼は未だ独り身であった。ブロスナン王国国王と所属する騎士団、そして上官である団長に心底傾倒している彼は、自らの妻となる者よりもそれらを優先すると公言し、彼を慕う令嬢方を困らせているのだ。

「お嬢さん、部下に家まで送らせます。今後また詳しい事情を聞くかもしれませんが、ご協力願います」

平民の娘と誤解されるようないでたちのリリィに対する真摯《しんし》な姿勢は、多くの令嬢を魅了し、笑顔一つで卒倒させるほどの威力があるのも頷ける。

しかしリリィは小さく頷くのみで、失礼だと分かっていながらも目の前の恩人とまともに目を合わせられずにいた。小刻みに震える手をそっと隠すようにしてから、コクリと喉を上下させる。

「危ないところを助けていただき、感謝いたします」

かろうじて口にした礼に相手が頷いたのを気配で感じ、リリィはほっと肩の力を抜いた。

「それでは、お気をつけて」

「はい。本当にありがとうございました」

短く言葉を交わすとアルマンはサッと身を翻《ひるがえ》し、部下たちと共に去っていく。

「お父様から騎士団に火急《かきゅう》の呼び出しだなんて……何かあったのかしら？」

騎士たちの背中を見送りながら、不安顔のリリィは知らず知らずのうちに独りごちた。それでも、すぐ近くにいたアルマンが遠ざかった事でほんの少し体調は楽になる。

「お嬢さん。僕がお家までお送りします」

路地の向こうを眺めていたリリィに声をかけてきたのはまだ若い騎士だ。そういえばそんな事を言われていたなと、リリィはハッとする。

相手に何の下心もないのだと重々分かってはいるものの、リリィはゾクゾクと嫌な感覚が背中を這い上がってくるような気配を感じてしまう。

「け、結構です。本当に、すぐ近くですから！　それではごきげんよう！」

意外な展開に唖然とする若い騎士を置き去りにして、リリィは地面に落ちたままの本を急いで拾い上げると、早足で路地を抜けた。

華奢《きゃしゃ》な体躯ながら、実はリリィは駆けるのが速い。ドレスをたくし上げて全速力で駆けるなど、令嬢らしからぬ行動ではあるものの、今は周囲に町娘と思われているのだから構わないとばかりに駆けた。

息を切らし路地をあちらこちらへと曲がりくねり、先程までいたところから随分離れた場所でリリィは後ろを確認する。

「はぁ……はぁ……騎士様には申し訳ないけれど、ペリシエール家の屋敷まで送っていただく訳にはいかないわ」

宰相の娘が一人で街を出歩いて、挙句に暴漢に襲われるなど醜聞《しゅうぶん》もいいところだ。名も分からない町娘と思ってもらえた方が好都合だった。

程なくしてペリシエール家のすぐ裏手に出たリリィは、長く続く生垣の隙間から秘密の戸口を見つけると、胸元から出した小さな鍵で扉を開いて身体を潜《もぐ》り込ませる。

長年見慣れた庭へ戻ってくると、ホッと身体が弛緩したのか、リリィは安堵の表情を浮かべた。

すぐに扉の鍵を閉め、何事もなかったかのように自室へと急ぐ。

「一人で教会に行くのは今日でやめにしましょう。これからは必ず供をつけるようにするわ」

もう二度と同じ過ちを繰り返すまい。そう心に決めたリリィだったが、暴漢たちに襲われた時の事を思い出すと自然に身体がブルリと震える。

「身体の線を拾わないこの格好と、伊達《だて》眼鏡をかけていれば平気だと思ったのに……」

暴漢たちの全身を舐め回すような視線は、リリィにとっては辛い過去のトラウマを刺激した。

元々リリィは若い男、特に自分に対して性的な視線を送る者に対して強い苦手意識があったのだ。

——あれはもう随分と前、リリィがデビュタントを迎えた日……

当時は顔を隠すかのような丸い眼鏡もかけておらず、今よりももっと侯爵令嬢らしい装《よそお》いをしていたリリィ。その姿を目にした貴族令息たちは、華やかなドレスに負けず劣らず美しい顔立ちに加え、侯爵令嬢らしい高級ドレスを身に纏《まと》ったリリィの立ち姿にいっぺんに目を奪われたのだった。

色白で華奢《きゃしゃ》な身体には少々不釣り合いなほど豊かな胸元は、デビュタント用の真っ白なドレスと相まって、男たちの欲望を掻き立てたのである。

清純さを表す純白を纏《まと》った無垢《むく》な美少女を前に、男たちは下卑《げび》た笑みを浮かべていた。女たちはそんな様子を見て助け舟を出す訳でもなく、ただ意地悪な笑みを浮かべて陰口に精を出す。『ご覧なさい。わざと身体の線を目立たせる格好をして、殿方たちを誘っているのよ』と。

父親である侯爵はそのおかしな空気に気付くなり、すぐにリリィを連れて屋敷へ戻った。

それからである。父親がリリィに侯爵令嬢らしからぬ、地味で身体の線を拾いにくい格好をさせるようになったのは。その上、無粋《ぶすい》な丸眼鏡で愛らしい顔立ちを隠させるのも怠《おこた》らず、これからは社交界にも最低限姿を見せるだけで良いと告げた。

侯爵としては溺愛する愛娘が他所《よそ》へ嫁《とつ》がず、ずっと近くにいてくれても構わないと考えていたし、宰相としての手腕と国王からの覚えがめでたい事から、非常識なほどの娘への盲愛に誰も意義を唱える者はなかったのだった。

実際リリィ自身もそれで嫌な思いをせずに済むならと、父親の指示に大人しく従った。賢明な父親がそのように言うのならばと、大概の言いつけには従順なのが幼い頃からリリィの日常である。

お陰で社交界では浮いた存在となり大幅に婚期を逃す一因になったのだが、リリィにとっても特に不都合はなく、大好きな読書を日々心置きなく出来るだけで幸せだと考えていたのだ。

他の令嬢のように、誰かと婚姻を結べばそうはいかないのだから。

しかし本と探究のためならば父親の目を盗んで屋敷を抜け出し教会へ向かうなどという無謀さも、このリリィという令嬢は持ち合わせていた。

そのいささか無謀な一面がこの先リリィの生涯を大きく変える出来事にも繋がるなどという事は、この時誰一人として予想だにしていなかったのである。


暴漢たちに襲われて以降、リリィは屋敷を黙って抜け出すような事はしなかった。毎日を広い屋敷の中で過ごし、あの日教会から借りてきた悪魔の本は未だ返せないでいる。

あの生垣に隠された秘密の扉の鍵も、リリィの部屋にある引き出しの奥へと仕舞われて、すっかり出番を失っていた。

せっかく苦労して借りてきた本にもめぼしい成果は見つけられず、リリィの顔には落胆の色が滲《にじ》んでいる。

「本から得られるのは今分かっている事だけ。悪魔については謎が多すぎる」

人々を困らせている疫病《えきびょう》について、既にかかっている者に関しては、リリィをはじめこの国の賢人たちが世界各国の本から得た情報で、何とか病状悪化を防ぐ事が出来ていた。しかし、疫病《えきびょう》蔓延の大元となる疫病《えきびょう》の悪魔自体をどうにか出来ないものか、とリリィは頭を悩ませているのだった。

「国中に散らばっている退魔師《たいまし》様の数はまだまだ少ないもの。疫病《えきびょう》の悪魔に対する何か強力な手立てが見つかればいいのだけれど……」

ここ数日屋敷に籠《こも》りっぱなしだったリリィは、久方ぶりに外出をしようと試みる。どうせ教会へ悪魔の本を返しに行かねばならない。いつまでも貴重な本を借りたままである事がリリィは気になっている。

「司祭様にお会いしたら貴重な本をお借りしたままだった事を謝らないと……」

とはいえ、先日痛い目に遭ったばかり。今日は正規の手段を取ると決めた。御者《ぎょしゃ》を連れ、侍女と共に侯爵家の馬車で教会へ向かったのだった。


無事教会に着いたリリィは、出迎えてくれた司祭に真っ先に謝罪する。いつもの通り朗《ほが》らかな笑みでリリィの謝罪を受け入れた司祭に安心したリリィは、早速図書室へと足を運んだ。

「悪魔の本は確かもっと向こうに……」

元あった場所へ本を返そうと、並んだ書架《しょか》の間を進むリリィは、一つしかない図書室の扉がガチャリと開く音に思わず足を止める。

この図書室は貴重な本が並んでいるが、内容が難しく平民には読めないものも多い。貴族の中で興味を持つ者もいないのか、リリィ以外でここを訪れる者を見た事はこれまでほとんどなかったから気になったのだ。

「誰かしら……司祭様？」

扉を潜《くぐ》ってきた足音は、瘦せ型の司祭にしてはやけに重い。しかし背の高い書架《しょか》が多く入り組んだ図書室の中を、真っ直ぐにリリィがいる方へと近づいてくるので、リリィは段々と不安になって息を潜《ひそ》めた。

唇を固く結んだリリィがふと丸眼鏡を右手でずり上げたところで、書架《しょか》の間から男が顔を出したのだった。

「すまない。驚かせてしまったか」

真っ先にリリィの目に入ったのはアッシュブラウンの柔らかそうな短い髪。そしてリリィを見て少し丸くなった目元に嵌《は》まった涼しげなグレーの瞳だった。

白いシャツに黒のトラウザーズという楽な装《よそお》いをしたその男は、細めた眦《まなじり》に短い皺《しわ》が見え、リリィの父親と同じくらいの年齢に思える。しかしリリィの父親と違って逞《たくま》しく鍛えられた体躯は非常に若々しい印象を与えた。

「その本はもしかして……『悪魔の本』かな？」

突然持っていた本の事を問われたリリィは、咄嗟《とっさ》に声を出せずにいた。代わりに大きく何度も頷いて返事とする。

「なるほど」

整った顔立ちに穏やかな笑みを浮かべた男は、リリィの方をじっと観察するように見つめてくる。

そこに性的な興味が含まれているとすれば、それを敏感に感じ取るリリィだったが、どうやら相手にそんな意図はないと感じた。

若い男からの性的な興味を孕《はら》んだ視線が何よりも苦手なリリィにとって、その時点でホッと身体の力を抜ける一つの材料となる。そうしてやっとの事で口を開いたのだった。

「もしかして……この本をお探しですか？」

リリィはそう言うと、小脇に抱えた悪魔の本をそろそろと両手で差し出した。

もしかしたらこの男も、ここへ悪魔に関する本を借りに来たのかもしれないと思ったのだ。

「そう、実はその本を探していたんだ。正確には、その本を持ったお嬢さんを」

「え？」

リリィの差し出した悪魔の本を手にし、そう言った男の表情はどこかホッとしたように見える。

リリィは男の発した言葉の意味を測りかね、ついつい相手の言葉尻に被せるようにして疑問の声を発した。

男は気にする素振りを見せず、リリィに優しく事情を語りかける。

「先日、路上で暴漢に襲われた一人の女性が、騎士の隙をついてその場から去ってしまってね。詳しい事情を聞きたくともどこの誰か分からない。その女性が持っていたのが、『悪魔の本』だった」

あの時、リリィは正体が露呈《ろてい》するのを恐れてあの場を立ち去った。目の前の男はそれを知っていて、リリィが手にしていた悪魔の本を手掛かりに、リリィを探しにここを訪れたのだと理解する。

「……それで、貴方は？」

あの場にいたのは社交界で人気のアルマン・ド・フルノーという騎士団副団長と、若い騎士たちだけだった。リリィの目の前に立つ、思慮深さと穏やかさを兼ね備えた魅力的な中年男性などいなかったはずだ。

リリィは混乱する頭を何とかして落ち着かせようとするが、あの場を去った事を叱られるのではないかと思うと顔がこわばる。

「あぁ、あの時のお嬢さんが見つかってホッとしたものだから、ついつい名乗りを忘れていた。申し訳ない。私の名はベルトラン・ド・オリオール。この国の騎士団団長だ」

穏やかな口調ははじめと変わらず、しかし背筋をピンと伸ばして名乗った男の正体に、リリィは驚きを隠せないでいた。

「まさか騎士団長様自らが私をお探しだったとは知らず、大変失礼いたしました」

相手が名乗った上に、この国の平和を長きにわたって守る騎士団長ベルトランだったとあっては、リリィも自身の正体を明かさない訳にはいかない。

今日も平民と見間違えられるほどの地味な装《よそお》いであったが、リリィは立派なカーテシーを披露《ひろう》しながら自身の正体を名乗った。

「私はペリシエール侯爵が長女、リリィ・ディ・ペリシエールと申します。あの時は正体を明かす訳にはいかず、思わず逃げ出してしまった事をどうかお許しください」

リリィの正体を知ったベルトランは一瞬にして穏やかな表情を驚きのそれに変え、しかしすぐに優しげな笑みを浮かべたのである。

「そうですか、宰相閣下の……それは正体を隠すために必死で逃げ出されても仕方ありません」

「申し訳ございません」

リリィが小さくなって謝罪すると、ベルトランは心底ホッとしたような口ぶりで事情を語った。

「それにしても、あの後お屋敷に無事戻られたようで安心しました。実は部下からあの日報告を受け、副団長のアルマンと共に貴女を心配していたのです」

「私を？」

「はい。若い男たちから恐ろしい目に遭ったにもかかわらず、それこそ宰相殿から緊急の呼び出しがあったとはいえ、部下の若い者に貴女を任せてその場を去ってしまったのをアルマンが気にしておりまして」

「アルマン様が……」

「それに、報告を受けた私も被害に遭った女性が一人で無事に家に帰れたか心配でした。尤《もっと》も、平民の女性だと報告を受けておりましたので、まさかあの近くにある宰相殿のお屋敷に戻られたとは思っていなかったのですが」

この国の騎士団の団員は皆、礼儀正しく国のために立派な働きをしたいという志《こころざし》の高い者ばかりだという事をリリィは知っている。それもひとえに騎士団長であるベルトランの実力と人望故《ゆえ》だというのも周知の事実だった。

だからあの時、親切にしてくれた若い騎士たちに恐怖を抱いた訳ではなかったのだが、ベルトランと副団長のアルマンはそれが気にかかっていたらしい。

「治安を守るのは騎士の役目。それなのに、よりにもよってこの王都で、あのような無礼な振る舞いを許すとは……団長である自分が情けなく、許せなかったのです」

「そんな……そんな事はありません。騎士団の方たちはいつもこの王都を平和に保ってくださっています。私が一人で出歩いていたのも、普段からこの王都は安全なのだと思って過信していたからです」

実際、騎士たちが手厚く守る王都の犯罪率は他の地方よりもはるかに低く、その王都であのような蛮行を働く者がいるなどとはリリィ自身も想像すらしていなかった。

「近頃この王都で、とある悪魔の出没情報が多く聞かれているのです。そのせいで、おかしな振る舞いをする者が一部おりまして……騎士団としては取り締まりを強めていたところだったのですが」

「悪魔が……それは恐ろしいですね」

知らない情報をベルトランの口から聞き、リリィはブルリと身震いする。もしかすると疫病《えきびょう》の悪魔がこの王都に現れているのだろうかと。

人が多い王都で疫病《えきびょう》が広まったとしたら、どんな大きな災害になるか分からないと、リリィは思わず表情を曇《くも》らせる。

「ご令嬢には恐ろしい思いをさせてしまい、本当に申し訳ありません。副団長のアルマンや、部下たちの分も含めて謝罪させていただきたい」

そう言ってリリィの足元へ跪《ひざまず》き、躊躇《ちゅうちょ》なく頭を下げるベルトランに、当のリリィはとても驚いた。

「そんな！　頭を上げてください！　私は平気ですし、私にも非があったのです！」

「いいえ、ご令嬢に非はありません。この王都で、誰もが安心して暮らせるために我々騎士たちがいるのですから。しかし良かった……貴女が見つかって。あれから毎日アルマンと交代でここに張り込んでいた甲斐《かい》がありました」

「毎日……？　わざわざ謝罪するために私を探して？」

「はい。貴女がお持ちだったというこの本は大変貴重なもので、以前この場所で私も読んだ事があったのです。実は私はこう見えて本の虫でしてな」

朗《ほが》らかな笑みを浮かべるベルトランを前にして、リリィは驚きを隠せずにいた。今は名乗って宰相の娘と知っているとはいえ、一人の被害者のために本という手掛かりを元にしてこの場所を突き止め、謝罪とその後の無事を確かめるために毎日張り込んでいたというのだ。

「流石《さすが》は、噂に聞くお二人ですね。私のために、ありがとうございます」

世辞でも何でもない。本当にこの国の騎士団団長と副団長といえば、強くて心優しく、それ故《ゆえ》に多くの国民から慕われる、まさに英雄のようだと皆が口にしていたのだから。

「いいえ、元はと言えば我々の力不足が故《ゆえ》の結果。貴女が無事だったと知らせれば、部下たちも安心するでしょう」

リリィはこの国の騎士団長ベルトランをこのように間近で見るのは初めてで、ほんの少し皺《しわ》のある顔立ちがとても整っている事も、真っ直ぐにリリィを見る瞳が吸い込まれそうな美しいグレーだというのも知らなかった。

そこでスッと素早く立ち上がったベルトランは、年齢が父親と変わらないとは思えないほどに若々しく、リリィはその凛々《りり》しい立ち姿に見惚《みと》れてしまう。

若い男とは違った大人の色香のようなものが目の前のベルトランから漂《ただよ》い、その礼儀正しさも相まって熟練した魅力を感じたリリィは、無意識に速まる自身の鼓動に驚いていた。

デビュタント以降、男から不躾《ぶしつけ》な視線を向けられる機会が多かったリリィは、父親や屋敷の使用人たち以外の男には苦手意識がある。特に性的な視線を感じると、どうしたって強い恐怖や嫌悪感が湧いてしまうのだった。

それに心配性の父親の意向もあって社交界から遠ざかり、屋敷の中で過ごす時間が多かったリリィ。大好きな本の中に存在する登場人物の男性に憧れを抱いても、実際の恋などした事がなかった。

それがベルトランを前にして、本の中の素敵な人物に感じたような無意識の鼓動の高まりを感じたのである。

「それで、貴女はどうしてこの本を？」

初めての体験に戸惑いを隠せないリリィは、ベルトランの問いに震える声で答える。

「近年この国の悩みの種である疫病《えきびょう》の悪魔の被害を、どうにかして減らせないかと……」

「そうですか。やはり、流石《さすが》は切れ者と言われる宰相閣下のご息女だ。国のため、民のために自身の手で何かを成して尽くそうとは、頭が下がる思いです」

「いいえ、そんな事はありません。私に手助け出来る範囲など、たかが知れております。結局、この図書室にある本からも、疫病《えきびょう》の悪魔に関するめぼしい情報は得られませんでした」

肩を落とし、小さくため息をつくようにして俯《うつむ》いたリリィに、ベルトランは意外な言葉を投げかけた。

「私も、幼い頃からこの図書室に通い、役立ちそうな本は全て目を通しました。司祭殿も呆れるほどに、私は本の虫なのですよ」

「ベルトラン様が？　本の虫、ですか？」

『本の虫』とはまさに社交界では異質なリリィのあだ名であり、蔑《さげす》むような視線で囁かれる事が常だった。挙句には本につく紙魚《しみ》……『書蠹《しょと》令嬢』などという呼び名まで聞こえてくるほどになり、リリィもそう呼ばれているのは自覚していたし、なるべく気にしないように心がけている。

しかし目の前の英雄は自身を本の虫と呼び、どちらかと言えばそれをさも誇らしげに語った。

「ええ、そうです。本から得られる知識は多い。何にしても知識がないよりは、ある方が有利でしょう。出来るだけ多くの知識を得て、それが役立つかどうかは自分で判断すれば良いのです」

「その通りだと思います。けれど……私の場合は女の癖に嫁にも行かず、本ばかり読む変わり者だと揶揄《やゆ》される事もありますわ」

リリィは自身の身の上話をベルトランに話すつもりなど毛頭なかったにもかかわらず、この場の雰囲気に流されるように、つい口を滑らせてしまう。

「なるほど。ご令嬢も私と同じで本の虫と呼ばれているのですね」

「あ……っ、いえ、申し訳ございません！　愚痴《ぐち》を零《こぼ》すつもりは……！」

リリィが酷く慌てた様子で首を横に振ると、ベルトランはフッと目を細める。

「高位貴族のご令嬢ともなると、色々気苦労もおありでしょう。お気になさらず。それに貴女はお父上に似てとても賢いお方だ。その上心優しい」

「え……」

ベルトランの低く落ち着いた声色で褒められた途端、リリィは頬から耳たぶまでカァッとした熱さを感じ、それを悟られまいとして俯《うつむ》いた。

「貴女のように民のためを思って実際に行動を起こせる貴族が、この国にどれほどいるでしょうか」

俯《うつむ》いていても、目の前に立つベルトランの視線が真っ直ぐにリリィの方へと向けられているのがひしひしと伝わってくる。その真摯《しんし》な視線と言葉は、リリィの胸の奥にある傷を優しく包み込むようだった。

「ありがとう……ございます。それで、この場所の本から何か疫病《えきびょう》の悪魔に有効な手立ては見つかりましたか？」

思わず話を逸らすようにして尋ねたリリィだったが、ベルトランは気にする素振りもなく答える。

「残念ながら、今のところ疫病《えきびょう》の悪魔を退治する画期的な方法は見つかっていません。これまで通り退魔師《たいまし》殿に任せるしかなさそうです」

「そうですか……」

ベルトランが幼い頃からの本好きだと知って、リリィは親近感めいたものを覚えた。その上に思いも寄らぬ言葉をかけられ、尚更胸が締め付けられるような切ない痛みを自覚する。

「しかしお陰でこうしてご令嬢の無事を確認し、謝罪が出来た。私の本好きも役立ちました」

「本当にありがとうございます」

騎士団長としての業務は当然の事ながら非常に多忙で、恐らくずっとここに張り付いている訳にはいかないだろう。にもかかわらずこの場所で探していたリリィに偶然会えたのは、ベルトランにとってとても幸運だった。

「この本は、もしかすると今王都を騒がせている悪魔には役立つかもしれません。私がお借りしていきます。それでは、お気をつけて」

そう言って一瞬真面目な顔になったベルトランはリリィに向けて笑顔で一礼し、重たい本を軽々と持って図書室を後にした。

残されたリリィはフラフラと足をよろめかせ、近くの書架《しょか》に身体を預ける。

「あの方が……騎士団長ベルトラン様。まるで本の中から飛び出してきたように、礼儀正しくて心優しくて……なんて魅力的な方なのかしら」

幼い頃、リリィの初恋は本の中でヒロインの姫を守る強く優しい騎士だった。まさにその時感じたときめきを、今日初めて目の前にしたベルトランに感じたようだ。

「確かお父様と同じくらいの年齢だったと思うけれど、そうは思えないほど若々しくて、笑顔が穏やかだったわ。それに……」

他人の陰口など気にしないでおこうと思いつつも、少しずつジクジクと膿《う》んでいたリリィの心の傷。誰にも悟られまいとずっと心の奥底に隠してきた傷を、ベルトランはいとも簡単に癒してくれた。

この時リリィは本が多く並んだ書架《しょか》に囲まれた図書室で一人、高鳴る胸がすっかり治まるまでしばらくの時間を要した。

そう、リリィは随分と年上であるベルトランに、新鮮な恋心を覚えたのである。


その日、いつものように屋敷の図書室で本を読み耽《ふけ》っていたリリィは、酷く慌てた様子の侍女に呼ばれて父親の執務室を訪れていた。

執務室で見る父親の顔はいつもに増して険しく、リリィは屋敷を抜け出していた事が露見したのかと、身を縮こませるようにして前へ進み出る。

しかし父親の口から飛び出したのは意外な言葉で、リリィは素早く瞬《まばた》きを三度も繰り返し、思わず聞き返してしまう。

「お父様……今、何と？」

「驚くのも無理はない。リリィ、お前はベルトラン・ド・オリオール殿の元へと嫁《とつ》ぐ事になった。急ではあるが、三ヶ月後には王都で婚姻の儀を執《と》り行う。それまでに支度を整えておくように」

リリィの大きな動揺をよそに、淡々とした口調の父親の顔は家族としての柔和なものではなく、この国の宰相として見せる時のある厳《いか》めしい顔付きであった。

痩せ型であり、一見神経質で冷酷な人物に見える父親は、口角を下げた厳《いか》めしい表情でリリィをじっと見つめている。

まさに先日そのベルトランに恋をしたリリィにとっては虚《きょ》をつかれた話ではあった。

それに普段は娘を誰よりも大切に慈《いつく》しみ、どこかへ嫁《とつ》ぐのを嫌がる父親がこんな風に感情を押し殺すようにして告げるのには、きっと宰相である父親でさえ断れない事情があるのだろう。

「お父様、それにしても随分と急な話なのですね。それに……ベルトラン・ド・オリオール様といえば、このブロスナン王国が誇る騎士団の団長という地位にいらっしゃる、あのベルトラン様？」

父親に対しては常に控えめな性格のリリィも、流石《さすが》にこれには驚いて疑問の声を上げる。つい先日、リリィはそのベルトランに教会の図書室で会って、会話をしたのだ。

しかもそこで恋に落ちた相手が、まさか自分の夫になろうとは。

リリィのくりくりとしたエメラルド色の目が真っ直ぐに、同じ色味の鋭い目を見据える。

「そうだ。そのベルトラン殿だ。そしてこれは王命による婚姻だからな、我々に拒否権はない」

「やはり、王命なのですね……分かりました。それでは謹《つつし》んでお受けいたします」

リリィがその場で素直に返事をすると、父親の方も宰相としての無感情な仮面がズルリと剥《は》がれ落ちた。

彼は宰相として非常に有能だが、その厳《いか》めしい表情から時に酷く冷酷なのではと一部の人間に陰口を叩かれる時もある。

しかし今は可愛い娘に嫌われたくないという一心で眉尻を下げ、懇願《こんがん》するような声色で事情を語った。彼は先日の出来事を知らないのだから。

「突然で驚くのも無理はない。すまない。これにはのっぴきならない事情があってな。陛下も、乳《ち》兄弟《きょうだい》であるベルトラン殿を思うが故《ゆえ》なのだよ」

悲痛な表情を浮かべた父親は、常日頃から物分かりの良すぎる愛娘リリィを不憫《ふびん》に思っていた。今回の事も、父親に対して常に従順なリリィがショックを隠して了承したのだと思い、言葉を選びつつリリィの顔色を窺《うかが》っている。

彼にとっても出来る事ならば嫁になど行かせずに、ずっと屋敷にいれば良いとさえ思うほど可愛い娘が、まさか王命によって嫁《とつ》ぐとは思いも寄らなかったのだ。

王命を聞いた時、彼は初めて国王を呪った。しかし宰相である自分が、まさか王命で縁組みされた婚姻を断る訳にもいかない。苦渋の決断だった。

「陛下は、幼い頃から知るお前をとても気に入っておられるからな。ベルトラン殿の花嫁候補の話になった時に、真っ先に名が挙がってしまったのだ」

「陛下が……」

リリィはその時、立派な髭を蓄《たくわ》えながらもどこか悪戯《いたずら》好きな子どものようなところもある国王を思い浮かべていた。宰相である父とは違った性質を持つ国王は、どこか憎めないところのある不思議な人物である。

やがてリリィはこの大きな幸運に感謝して、フッと力の抜けた、ため息めいた笑いを零《こぼ》す。

「どこまでも、陛下は素晴らしい方だわ」

この国の国王は代々統治者として非常に優れた賢王ばかりであった。

しかし玉に瑕《きず》と言うべきか、懐《ふところ》に入れた者に対しては、時に執着に近いほどに重んじるばかりに、周囲を振り回すところがある。

かつて先代国王が息子の婚約成立記念にと、数年の月日をかけて造らせたという豪華な石畳もそれの一つ。別に国民のためを思って石畳を造るだけならば、わざわざ息子の婚約成立記念だとしなくとも良い。

しかしどうしても可愛い息子の婚約の折には、特別な贈り物をしたかったのだ。

当時の国王の息子であった現国王は、国民を思って石畳を造るのには賛成したものの、婚約成立の祝いとするのは恥ずかしさから断ったというが、先代は承知しなかった。

つまり、この国の王族は代々いらぬお節介というやつが好きなのである。

乳兄弟《ちきょうだい》の妻選びなど、わざわざ国王が王命を出すほどの事でもないのだから。まさに今回が国王によるいらぬお節介の結果なのであろうと、リリィは悟ったのだ。

それが幼い頃から我が子のように可愛がるリリィのためなのか、それとも乳兄弟《ちきょうだい》であるベルトランのためなのかは分からないが、どちらにせよリリィにとって思わぬ幸運であるのには変わらない。父親である宰相にとっては、初めて国王を呪うほどのお節介であったが。

「陛下も、行き遅れで誰とも婚約すらしない私を心配なさっておいでなのでしょう。有難い事です」

リリィは事情を知らない父親に喜びを悟られまいとして、口元をギュッと結んだ。

「おぉ、リリィ。お前には可哀想だが、流石《さすが》に王命であれば私も断れぬ」

「大丈夫ですわ。お父様」

そう答えたリリィを、親想いの健気《けなげ》な娘だと考えた父親は気遣わしげに見つめる。

「夫となるベルトラン殿は正義感が強く、腕も確かであると共に、尊敬出来るお人柄だ。彼の元へと嫁《とつ》げば、きっとお前は幸せになれるであろう」

それは、父親としての希望も多分に含んでいたのだろう。本心ではベルトランに可愛い娘を嫁《とつ》がせる事への不安の方が大きかったのだから。

ベルトランとリリィが先日既に会ったのを知らない父親は、ベルトランがリリィよりもかなり年が上だという事を気にしていた。年の差婚も珍しくない貴族の世界とはいえ、娘を自分と同じくらいの年頃の男に嫁《とつ》がせるのは、不憫《ふびん》でならなかったのだ。

「ベルトラン殿はお前よりも随分年上だが……」

「ありがとう、お父様。そんな立派な方のところへ嫁《とつ》げるなんて、行き遅れと言われ始めた私にとっても幸運です」

不安を隠し、何とか笑顔を作って娘を鼓舞《こぶ》する父親に、リリィは貴族の令嬢らしく物分かりの良いお礼を述べる。父親の心配は分かっていたし、既に教会でベルトランに会っているという事を今更口に出来る訳もなく、少しばかり後ろめたい気持ちを隠すようにして笑顔を見せた。

それに、リリィは既に二十三歳となっており、婚姻を結んでいるのが一般的な年齢である。社交界でも、『宰相の娘は、相手を選びすぎて今では行き遅れだ』と広く噂になっているほどなのだから。

「行き遅れだなどと……馬鹿馬鹿しい。リリィには、ずっとこの屋敷にいて欲しいと思って、この父が婚約者を探さなかっただけだ。リリィにそのような戯言《ざれごと》を言う者たちがいるのであれば、この父が許さぬぞ」

宰相という立場のペリシエール侯爵は、娘にそのような発言をした者を見つけ出しては、何か理由をつけて仕置きをしてやろうかと考えているのかもしれない。

「お父様、私は平気です」

「全く、そんなくだらない話題しかないものか、近頃の社交界というのは。そのような低俗な場からお前を遠ざけてきたのは正解だったな。よいか、どうでも良い場にわざわざ顔を出さなくとも、必要な時だけ顔を見せれば良いのだ」

リリィの言葉が耳に入らないのか、侯爵は眉をピクリとさせて、怒りを抑える様子を見せる。

「皆さん社交界に顔を出さない私をあまりご存知ないから、きっと余計に色々な噂をしたくなるのよ。噂など、私は気にしていないわ」

「これまでも、お前は必要な場に顔を出してきたのだから、とやかく言われる筋合いはない」

娘を大切に思うあまり、苛々《いらいら》した様子で吐き捨てる侯爵に、リリィは穏やかな声色で話しかける。

「けれど、お父様。この家には弟のマリウスがいますから。私が嫁《とつ》げばマリウスの奥方探しも容易になります。誰も小姑がいる家には嫁《とつ》ぎたくないものですからね」

あまりに物分かりの良い娘を、顔を歪《ゆが》めた宰相は父親として優しく抱きしめた。生まれた時から誰よりも可愛がってきた娘が、あと少し先には他人のものとなってしまう。

　侯爵としてはリリィを政略結婚などで嫁《とつ》がせる事なく、ずっと近くにいて欲しいと思っていた。それが間違った愛し方で、長年連れ添った妻から冷めた目で見られようとも、侯爵はそれほど愛娘リリィを可愛がっていたのだ。

　しかし、どうしてもというならば、せめてリリィにとって愛のある結婚をしてもらいたかったのにもかかわらず、自らの口で王命での婚姻を命じる羽目になり、何とも言えない感情が湧き上がってきたらしい。

　多くの者がその厳《いか》めしさに恐れる敏腕宰相も、病的に愛する娘の事となると思わず声を震わせた。

「だが……本当に良いのか？　だって、ベルトラン殿はお前よりも随分と……」

「良いのです。私、ベルトラン様のような逞《たくま》しく頼り甲斐《がい》のある方が好みなのです。ですから、此度の件は思いがけない事でしたがとても嬉しいのです」

「そうか……ならば良いが……」

　侯爵は娘がそう言うならばもう父は何も言うまい、とばかりにキュッと口を真一文字に結んだ。しかし寂しい気持ちを隠しきれずにガックリと細い首を垂れる。

　そんな侯爵を前にリリィは、この時まで自分を他の令嬢と同じように政略結婚の駒としなかった父に心から感謝をし、突然降って湧いた僥倖《ぎょうこう》にも感謝した。

　こうして、リリィ・ディ・ペリシエール侯爵令嬢と、ベルトラン・ド・オリオール騎士団長との婚姻が王命によって結ばれる事となったのである。

それにしても三ヶ月後に婚姻の儀を執り行うというのは、貴族の婚姻にしてはあまりに短期間で異例だ。

流石《さすが》にその短期間で準備をするのは無理ではないかと思っていたリリィだったが、一番時間のかかる衣装に関して、国王の命により王家御用達《ごようたし》のお針子とやらが急ピッチで衣装作りを進めていく事になった。

元々衣装に頓着《とんちゃく》しない性格のリリィ。母親である侯爵夫人とお針子たちの言うままにデザインが決められ、衣装合わせを何度も重ね、婚姻の儀で身に纏《まと》う豪華なドレスが作り上げられていく。

嫁入り道具の手配に関しても、王家が懇意《こんい》にする商会が全て滞《とどこお》りなく行なったために、異例の短期間で婚姻の準備が整った。

これも全て一刻も早く婚姻を結んで幸せになってくれという国王のお節介の賜物《たまもの》で、国王の一番身近で政務に当たるリリィの父は、しばらくの間国王の政務を極めて膨大な量に増やす仕返しをしたという。

何はともあれ、全ての支度は万全だと思われたのだが……婚姻の儀までの大切な期間に、花嫁となるリリィの身に、とんでもない出来事が起こるのであった。


婚姻の儀まであと一週間となったある日、リリィは毎日訪れるお針子たちや商会の者たちとの打ち合わせに辟易《へきえき》として、お気に入りの場所へと息抜きに出かけた。その場所は広大な屋敷の敷地内にある。

だから安心してその場所へと一人で向かったのだった。

世間の令嬢たちは新しいドレスや化粧に余念がなかったが、リリィは大人しく地味な装《よそお》いを常から好んでいる。宰相も、おかしな虫が付かないようにと、敢《あ》えて地味なドレスを買い与えていたフシがあった。

しかしそれもデビュタントで男たちから性的な視線を向けられ、嫌な思いをした娘のためを思ってだろう。

高位貴族の令嬢としては珍しく、ドレスに興味がないリリィ。流行《はや》りのドレスや装飾品についてはめっぽう弱い。けれどその代わり、幼い頃から様々な本を読んでは自らの知識にしてきたので、そこら辺の令嬢よりは、より世情《せじょう》に明るかった。

今日も市井《しせい》で人気だという恋愛小説を数冊持参して、屋敷で一番大きな木の下で読書を楽しもうと思っていた。

その大木は根元から二本に分かれており、太い幹は人が十人はいないと囲めないほどの規模である。この屋敷にペリシエール侯爵家が住まうようになる前から、もっと言えば百年以上の長い時間この場所を見守ってきた木だった。ザワザワと揺れる葉の音が爽《さわ》やかで、リリィお気に入りの読書スポットであったのだ。

いつものように、木陰に敷物を敷いて読書を始めようと思った矢先、リリィはそこに倒れる全裸の女性を見つけた。突然の出来事に驚きながらも、リリィは急ぎ駆け寄り声をかける。

「大丈夫ですか⁉　どこか具合が？」

その女性はハァハァと苦しそうに荒い呼吸を繰り返し、何か言いたげにしてリリィに手を伸ばす。

伝えたい言葉があるのだろうと思ったリリィが、そっと耳を近づけるようにして近寄った。

「何ですか？」

その女性は真っ黒な髪にグレーの瞳、そして非常に妖艶《ようえん》な顔の造りをしており、全裸の身体は非常に豊満で女らしい魅力的なものであった。やがて女性はか細い声で、リリィに向かって訴え始める。

「もうすぐ……私は……消える……」

「何ですって？　どうして？　どこか悪いの？」

病気なのか、それともこのような格好で倒れているのだから、誰かに無体を働かれたのかもしれないと、リリィは短い時間に色々な考えを巡らせた。

「私としたことが……しくじったわ……まさか……サキュバスと……バレていたなんて……」

リリィは驚いて、美しい女性の顔をまじまじと見つめる。目の前の妖艶《ようえん》な美女が、本の世界でしか知らなかったサキュバス《淫魔》なのだと言うのだから。

「もうすぐ……消えてしまう……から、生まれた場所へ……戻ってきたの……」

「サキュバスは樹木の精霊とも言われているわね。それでこの木に帰ってきたの？」

瞼をゆっくりと開閉し、フワリと頬を緩めたサキュバスは、それによって肯定した。

「……消えてしまうなんて。サキュバスだとしても……可哀想に。私に何か出来ないかしら？」

リリィが悲しみの涙を零《こぼ》しながら思わず呟いた言葉に、サキュバスは大きく目を見開く。そんな仕草さえ、酷く艶《つや》っぽく魅力的に思える。

「……貴女は、優しい人間なのね……でも、だめよ……私は悪魔。……情けをかけたりしたら……痛い目を見るわよ」

そう言って、サキュバスはあっという間にリリィの可憐《かれん》な唇を奪ったのだ。

「ん……っ！」

突然の出来事に驚いたリリィは、頬をガッチリ掴むサキュバスの身体を何とかして押しやろうとするが、もう既に遅かった。全裸で横たわっていたサキュバスの身体がみるみるうちに紫色のまばゆい光に包まれて、そのうち消え去ってしまう。

「は……っ……」

いつの間にか解放された唇にそっと手を触れたリリィだったが、その途端、頭の中に直接響く艶《つや》っぽい声に驚いて目を見開く。

『申し訳ないけど、これからよろしくね、優しいお嬢さん』

「え……っ？　これは一体、どういう事なの？」

全裸のサキュバスがいなくなったその場所に、リリィは今たった一人。頭の中に勝手に響いてくる声に対して疑問の声を上げているのだが、周囲からはリリィが一人で喋っているようにしか見えない。

『サキュバスとしての身体は失ったけれど、何とか精神だけは貴女の中に残せたわ。これからしばらくは貴女の身体を借りて生きていくわね』

「そんな……勝手な……」

『あら、だって私は悪魔《サキュバス》だもの。貴女が何かしたいと言うから、身体を借りただけよ』

確かに『私に何か出来ないかしら？』と言ったのはリリィであったから、サキュバスのあんまりな言い分にも、元来素直な性質のリリィは反論出来ずにいた。

「もうすぐ私は結婚するの。困るわ、そのような……」

『あら、お相手はどんな方かしら？』

「……騎士団長ベルトラン・ド・オリオール様よ」

その名を口にしただけで、リリィはもうすぐ夫となるベルトランを想って涙を零《こぼ》し始めた。あと少しで嫁入りだというのに、よりにもよってサキュバスに入り込まれたのだ。サキュバスといえば淫乱《インラン》な悪魔で、性行為を通じて精を集めて生きていくのだと知られている。

本好きのリリィは読書によってその事実を知っていたから、尚更に狼狽《ろうばい》した。淫乱《インラン》な女だと、夫となるベルトランに思われたならどうしようかと悲しみに暮れる。

『まああ、仲良くやりましょうよ。そうねぇ、初夜は処女には辛いだろうから、私が貴女をなるべく辛くないように助けてあげるから』

「初夜は誰にだって辛いものだと聞いているわ。それに、愛のない夫婦の交わりというのは、女にとっては苦痛しかないのだと」

リリィとベルトランの婚姻だって、王命であるから実現するのであって、望まれて嫁《とつ》ぐ訳ではない事くらいリリィにも分かっていた。

『ふふふ……これだから処女は。交わりだって色々あるのよ。まかせなさい、悪魔に対してだって優しい貴女を、これからは私が助けてあげる』

もう姿はなく、声だけしか聞こえないサキュバスは、宿主でもあるリリィを助けると言った。

「……苦痛がないなら、それに越した事はないわ。だけど、節操なく淫《みだ》らになるのは困るの。私はベルトラン様を裏切りたくはないのよ。誠実な夫婦でいたいのだから」

リリィは、たとえ愛されなくとも誠実な夫婦関係を築きたいと願っていた。社交界や本の世界でも、冷め切った夫婦の話はあるが、自分は愛がなくともお互いが信頼出来る夫婦でありたいと思っていたのだ。

サキュバスといえば手当たり次第に男たちの精を奪う悪魔。もし万が一にも自分がそのような真似をしてしまえば、夫であるベルトランに申し訳が立たないと心配になった。ベルトランの方はその気がなくとも、リリィはベルトランに恋してしまったのだから。

『あはは……っ！　まあ貴女の言う旦那様がどんな方か、とても楽しみだわ。なるべく宿主である貴女の気持ちは優先してあげる』

未だサキュバスに入り込まれたという事実を受け止めきれないリリィであったが、退魔師《たいまし》でもない限り悪魔に対してはどうする事も出来ない。無力な自分に出来るのは、この状況を利用して何かの役に立てないか考えるくらいである。

賢く心優しいリリィはいつだって自分よりも他人を大切に考えてきた。たとえ自分が苦労したとしても、それが誰かの役に立ったならば何より大きな喜びを感じるような娘だった。

しばらくの間ゆっくりと瞬《まばた》きをしながら考える素振りを見せていたリリィは、サキュバスが思いも寄らないような事を口にする。

「それじゃあお願い。貴女が私に入り込む代わりに、疫病《えきびょう》の悪魔について教えて欲しいの。弱点だとか、悪魔が撒《ま》き散らす疫病《えきびょう》に対する情報を」

『ふぅん……疫病《えきびょう》の悪魔ねぇ。そういえばアイツら、近頃はこの国で派手に暴れてるらしいわね』

「貴女だって命がかかっているのでしょう？　私も今は大切な時期なの。それが貴女のような悪魔に入り込まれるなんて、とても不本意だわ。これは取引よ」

こうなってしまえば、悪魔の事は悪魔に聞けば良い。リリィはずっと探し求めていた情報を、自分の身の内に入り込んできたサキュバスから得ようと思いついたのだった。

この世界の人間が悪魔について知っている事実は本当に少ない。直接悪魔に対峙する退魔師《たいまし》でさえ、悪魔の全てを把握している訳ではないというのだから、これは大きな好機かもしれないとリリィは考えたのだ。

幸いにも、このサキュバスはリリィに対して直接危害を加える様子はない。それにサキュバスの人懐っこい様子から、話せば分かり合えるのではないかという期待もあった。その辺りに関しては、どうやったって世間知らずの令嬢らしいといえばそうなのだけれど。

『ふふっ！　貴女ってば面白い人間ね。悪魔である私と取引をしようだなんて。まぁいいわ、私はまだこの世界を楽しみたいから』

意外にも、サキュバスはリリィの要求をあっさりと呑んだのだった。

「ほ、本当に？」

『あら、貴女が言い出したのよ。それに、私も疫病《えきびょう》の悪魔たちにはいつか仕返ししてやりたいと思っていたところなの』

「サキュバスである貴女が、疫病《えきびょう》の悪魔に仕返しを？」

悪魔同士は仲が良いとばかり思っていたリリィは、サキュバスの言葉に驚いた。悪魔たちも人間たちのように、気が合う合わないがあるのだろうかと首を傾《かし》げる。

『あいつら、加減を知らずに疫病《えきびょう》を撒《ま》き散らすから、私の獲物まで減らしちゃって。お陰で私好みの美男子を探すのに一時は苦労したわ』

リリィが知るところによると、サキュバスは人間の男の精を奪いはするが、命までは奪わない。人間の男の方は一度契りを交わすと悪魔的な魅力を持つサキュバスに夢中になってしまい、妻や恋人を蔑《ないがし》ろにするなどという問題が度々《たびたび》起こるらしいのだが。

「それじゃあ、疫病《えきびょう》の悪魔について教えてくれるのね？」

『いいわよ。どちらにせよ、何の力もない貴女じゃ悪魔を祓《はら》う事は出来ないけれど。あいつらの弱点を退魔師《たいまし》に伝えるくらいは出来るんじゃゃない？』

疫病《えきびょう》の悪魔には何らかの弱点があるらしいという事実が分かっただけでも、リリィは嬉しくなった。自分はサキュバスが入り込んだせいで多少不自由になるかもしれないが、お陰で困っている人々を救えるかもしれないと。

「ありがとう！　早速その弱点とやらを教えてちょうだい」

リリィははやる気持ちを抑えつつ、自分の中に入り込んだサキュバスに尋ねた。

『……まだ教えない』

「え……」

『だって、教えたら最後、すぐに退魔師《たいまし》に頼んで私を祓《はら》わせるなんて卑怯な真似をされかねないもの』

「そんな事はしないわ！　貴女が良いと思うまで私の中にいてくれていいから！　お願い、教えてちょうだい！　困ってる人々がいるの」

リリィの必死の懇願《こんがん》をよそに、サキュバスは楽しそうな声で笑った。それはそれはもう悪魔らしい声色であった。すぐに聞けると思っていたリリィはガックリと肩を落として項垂《うなだ》れたが、それでも人間がこれまで得られなかった情報を得る好機が身近にあるのには変わりない。

「必ず、教えてくれると約束して。出来るだけ早く」

『うふふ……！　そのうちに、ね』

こうしてリリィとサキュバスの、特異な共存の日々が始まったのである。

リリィの中に入り込んだサキュバスの名前はナターシャというらしい。

ナターシャがリリィに話しかける時には、頭の中に直接声が響く、そして最初こそ口に出して返事をしていたリリィも、自然と声に出さずともナターシャと会話が出来るようになった。

しかしナターシャが入り込んだせいで、困った弊害《へいがい》が出ている。時々、激しい情欲《じょうよく》を催《もよお》すのだ。根が真面目なリリィはその衝動に必死に抗《あらが》い続け、婚姻の儀まで自らの手で慰《なぐさ》める行為すらせずに、理性が吹き飛びそうなほどの辛い情欲に堪《こら》えた。

『ここまで強情な人間は初めてね。自慰《じい》すらしないで堪《こら》えるなんて。面白いわ』

(そのように淫《みだ》らな事、出来ないわ)

『少しくらい慣れておかないと初夜が辛いというのに、リリィは真面目すぎるのよ』

元はと言えばサキュバスであるナターシャのせいであるにもかかわらず、流石《さすが》は悪魔なだけあって、このような状況のリリィを虐《いじ》めて楽しんでいるようだ。

そしてとうとう婚姻の儀の直前になって、リリィはベルトランと対面した。会うのは教会の図書室で会って以来、まだたったの二度目である。

「改めてリリィ殿、王命とはいえ、こんな年寄りのところに嫁《とつ》ぐ羽目になって申し訳ない。あの時にはまさかこんな事になろうとは思いも寄らず」

「本当に……けれどベルトラン様こそ、私のような行き遅れの娘を妻にする事になってしまって、大変申し訳なく思っております」

今から婚姻を結ぶはずの夫婦が、二人して頭を下げて謝り合うというおかしな状況に、リリィの中のナターシャは抱腹絶倒《ほうふくぜっとう》していた。決して姿が見える訳ではないが、ナターシャが笑い転げている様がリリィにはまざまざと想像出来る。

『あははは……！　これから夫婦になるというのに、二人して謝り合うなんて滑稽《こっけい》ね！』

（ナターシャ、黙っていて）

リリィは、決して口には出さずにナターシャに強く抗議した。それでなくとも恋した相手との再会で、胸が躍るのを抑えるのに必死だというのに、ナターシャに揶揄《からか》われては堪《たま》らない。

ちなみに、何故今までベルトランと会えなかったのかというと、最近まで国内できな臭い事件が起こっていたため、騎士団と団長であるベルトランはその対応に追われていたのだ。

けれど、晴れの日である婚姻の儀までには何とか収拾をつけようと、団長を敬愛する騎士団の面々が大いに士気を上げた結果、無事にベルトランはこの日を迎えられたのである。そうでなければ責任感の強いベルトランは、自身の婚姻を延期しただろう。

リリィは元々騎士団の行事などで、有名人である騎士団長ベルトランを何度も見かけていたのだが、それも遠くから眺めるだけであった。間近でその顔を見たのは、教会の図書室にリリィを探してベルトランがやってきた日が初めてだった。

そして今日花嫁の控室で二度目の顔合わせをしたベルトランは、リリィより三十も年上の五十三歳であると知った。にもかかわらず男らしく逞《たくま》しい体躯と知的なグレーの瞳、そして歳を重ねても凛々《りり》しい美形の顔立ちは、そこら辺の若者よりも余程リリィをときめかせたのである。

元々若い男は苦手で、どちらかといえば年上好みのリリィであったから、自分の父親と変わらない年頃のベルトランは安心出来る男性で、まさに理想的なのだ。

リリィはもし自分が他の令嬢のように誰かと婚姻を結ぶのならば、その相手とは穏やかで良好な夫婦関係を築きたいと、ずっと心に思ってきた。

それが偶然にも恋に落ちたベルトランが相手となると、出来るならお互い愛し合える夫婦になれれば良いのに、と強く思ったのである。

「ベルトラン様、私は世間知らずの不束者《ふつつかもの》ですが、どうぞよろしくお願いいたします」

好きだと伝える事はすぐに出来なくとも、ゆっくりと距離を縮めていければ良いとリリィは思っていた。にもかかわらず、初《しょ》っ端《ぱな》からベルトランに牽制《けんせい》されてしまう。

「これからは、妻となるリリィ殿が決して不便のないよう取り計らうつもりだ。この婚姻は王命であるから、貴女も不本意だろうが形だけの妻としてそばにいてくれたら良い」

ベルトランはリリィが王命で仕方なく婚姻に応じたと考えたのであろう。これから妻となる若い娘へ、良かれと思って放った言葉はリリィを酷く傷つけた。

「形だけの……妻……」

「そうだ、パーティーや式典などには共に参加してもらわねばならないが、あとは貴女の好きに過ごしてもらえれば良い。若い貴女をこのような年寄りの隣に立たせるのは申し訳ないが、それだけはお願いするだろう」

本心からすまなそうな顔をして、鬼神のような騎士団長と呼ばれる熟年の男は、しっかりと首《こうべ》を垂れて若い妻へ願い求めた。

『あらぁー……なかなか堅い男なのねぇ。可哀想なリリィ。せっかく好きになったのに、さっさと牽制《けんせい》されちゃって……』

（ベルトラン様は、私のような小娘を妻だとは思えないのね）

「ベルトラン様。私は若輩者ではございますが、役目は果たします。安心してお任せくださいませ」

大変なショックを隠し、リリィは貴族として培《つちか》った仮面を被って微笑んだ。すると、ベルトランは安堵のため息を短く吐いてから、目尻に皺《しわ》を寄せて穏やかに笑ったのだ。

「ありがとう、リリィ殿」

騎士団長ベルトランは部下と国民に敬愛されている……しかし鬼神の如《ごと》く強くて恐ろしくもある、という噂が世間ではまことしやかに囁かれていたのだが、この穏やかな笑顔を間近で見られるのはなかなか貴重である。

自分にだけ向けられたその表情に、リリィは胸が締め付けられるような心地がして、動悸《どうき》と手の震えまで起きるほどであった。

（あぁ、やっぱり私はこの方の事が好きなのだわ）

それは飽きるほどに読み漁った恋愛小説と同じような症状で、リリィも自分の感情が間違いなく恋慕の情であると納得した。

『リリィ、貴女幸せね。旦那様を愛せるなんて』

意外にも、ナターシャの声は穏やかで優しい。いつものように囃《はや》し立てられるかと思っていたりリィは、拍子抜けしてしまう。

（そうかしら？　夫に片想いするなんて、馬鹿みたいな話だわ）

『ふふっ……これから旦那様の気持ちがどうなるかなんて、分からないわよ。貴女を手放せないほど愛するようになるかも』

（まさか。そうだと嬉しいけれど、きっとそうはならないわ）

ナターシャがサキュバスでなく愛の女神であれば、リリィはその言葉を素直に信じられたかもしれない。けれど本の中の騎士に恋をしてからというもの、まだたったの二度目である恋に戸惑うリリィは、不安と自信のなさの方が大きかったのである。

花婿であるベルトランとは一旦別れ、とうとう挙式の時間がすぐそこまで近づいた頃、花嫁の控室ではリリィの母親であるペリシエール侯爵夫人が、王命により突然嫁《とつ》ぐ事になった愛娘を強く抱擁していた。

貞淑で美しくリリィの憧れでもある母は、花嫁のベールを下ろすために、リリィの弟マリウスを伴って娘の元を訪れたのだ。

「ごめんなさいね、リリィ。お父様が宰相であったばかりに、貴女にこのような婚姻をさせてしまって」

リリィと同じく美しいプラチナブロンドと、サファイアのような深い青の瞳を持つペリシエール侯爵夫人は、非常に愛情深い人でリリィと弟のマリウスをとても可愛がっていた。

夫である侯爵の徹底した娘への愛情表現に苦笑いを浮かべつつも、時にはリリィへ助け舟を出してくれた存在である。地味なドレスを身に纏《まと》うリリィを心配し、夫に黙って令嬢らしい華やかなドレスを仕立ててくれた日もあった。

侯爵とは違った形でリリィを慈《いつく》しんでくれたこの夫人は、いくら立派な英雄騎士団長が相手とはいえ、このような政略的な、しかも大きな歳の差婚には最後まで反対の立場を取っていたのである。

だが、それも王命のために覆《くつがえ》せず、結局は了承するしかなかったのだ。

王家御用達《ごようたし》のお針子が丹精込めて作り上げた、真っ白でありながら華やかで煌《きら》びやかなウェディングドレスを身に纏《まと》い、いつもより大人びた風に見える娘。普段から大人しい装《よそお》いを好む娘も、この日ばかりはとても華やかな装《よそお》いである。

慣習により花嫁のベールを下ろす時、夫人は寂しそうに笑った。侯爵の黄金の髪を受け継いだ弟マリウスも、まだ十歳ではあったが姉の貴族としての役割をきちんと理解し、寂しさを隠しながら青い目を細めて笑顔で見送る。

「姉上、とても綺麗です。落ち着いたら会いに行っても良いですか？」

「勿論よ、マリウス。ぜひ会いに来てね」

姉弟がしみじみと会話をしているというのに、ナターシャはこの弟は本当に可愛いだとか、もう少し成長したら食べちゃおうかしら、とか不届きな言葉ばかり頭の中で囁いている。

（夫に誠実でありたいと言ったでしょう！　それにマリウスは血の繋がった弟なのだから、私の身体でそんな不謹慎な考えはやめて！）

『分かってるわよ。冗談よ！　じょ、う、だ、ん！』

そんなリリィとナターシャのやり取りなど誰も気付くはずもなく、この国の総力を挙げての盛大な婚姻の儀はとうとう始まった。

この国の敏腕宰相でもあり花嫁の父でもあるペリシエール侯爵は、愛娘リリィと並んでバージンロードを歩きつつ、キラキラと光る涙を眦《まなじり》に滲《にじ》ませる。人前では常に厳《いか》めしい顔しか見せてこなかった父が、こんなに自身の感情を露《あら》わにするのは珍しく、リリィも感慨深いものがあった。

「お父様、ありがとう」

「リリィ……」

そしてまた心配そうに娘を見る父にリリィは明るい笑みを浮かべ、「大丈夫、ベルトラン様とならら良い夫婦になれます」と伝える。父は娘の言葉を無理矢理にでも信じ、その幸せを願うしかない。

厳《おごそ》かな雰囲気の大聖堂内では、装花の飾られた椅子に多くの人々が腰かけている。美しく荘厳《そうごん》な大聖堂で婚姻の儀を挙げられるのはこの国でもごく一部の者だけで、歴代の王族もこの場所で夫婦となる契りを交わしてきた。

そんな由緒《ゆいしょ》ある場所で婚姻の儀が執《と》り行えるのも、ひとえに王命であるからに他ならない。それだけでも参列した貴族たちには、ペリシエール侯爵と騎士団長ベルトランが国王にとって重要な存在なのだと印象づけられ、なお一層この国には欠かせない二人の求心力を高めたのだった。

リリィと侯爵が祭壇に近づく。夫となるベルトランは騎士の正装を身につけ、この場の清廉な空気も相まってリリィには非常に頼もしく見えていた。

「よろしくお願いいたします」

そう言って侯爵が席へと下がると、ベルトランは一度しっかり頷いて花嫁となるリリィの方へゴツゴツと男らしい手を差し伸べる。

ベルトランにエスコートされたリリィは緊張の面持ちで隣に並び、顔馴染みの司祭が待つ祭壇へと慎重に上がった。それからはいつものひょうきんさを隠した司祭が、非常に威厳のある声でベルトランへと言葉を投げかける。これ以上ないほどに緊張が高まったリリィにとっては、永遠と思えるほどにこの時間が長く感じられたのだった。

司祭による、夫婦の愛と思いやりの気持ちを誓うかの問いに対し、ベルトランは低く深みのある声音で短く答える。

「誓おう」

たったそれだけの言葉に、リリィの胸にははち切れんばかりの喜びが湧き上がる。

(とうとうこの方が、ベルトラン様が私の旦那様になるのね)

『ふぅん、確かに良い男だわ。これは初夜が楽しみね』

頭の中のナターシャが、これからの具体的な話をし始めたものだから、リリィはベールの下で頬を真っ赤に染めてしまう。

(やめて、そんなはしたない)

同じ文言をもう一度、今度はリリィに投げかける司祭は、花嫁がこの国の英雄である新郎に惚《ほ》れ惚《ぼ》れして恥じらっていると思ったのだろう。

普段よりも尚更に穏やかに微笑むと、リリィの返事を待った。

げる。

「はい。誓います」

婚姻の誓約を立てた後には向かい合わせになり、ベルトランは、リリィのベールをそっと持ち上
花嫁となるリリィがどんな人物か知らなかったのであろう騎士団の面々は、その年若く美しい娘の登場に驚き、感嘆のため息がそこかしこで漏《も》れていた。それだけでなく、「団長が羨《うらや》ましい」だの「こんなに美しい人が社交界にいたか？」だのという囁きまで届いてくる。

そしてベルトランはというと、精一杯気遣うようにしてリリィの細い両肩に手を置き、誓いの口づけをその形の良い額《ひたい》に、ごくごく軽く落としたのである。

リリィは自分の額《ひたい》に遠慮がちに触れるベルトランの唇の感触に喜びを感じつつも、本の世界のように唇に口づけをされなかったのを残念に思い、一瞬憂《うれ》いを帯びた目をサッと隠すように伏せる。

そんなリリィの憂《うれ》いには気付かず、司祭ははっきりと通る声で神の名の下に二人が夫婦となった事を宣言した。

こうして花嫁は、無事リリィ・ディ・ペリシエールから、リリィ・ド・オリオールへと名を変え、人妻となったのである。

やがて大聖堂は大きな祝福に包まれた。夫婦となった二人には口々に祝いの言葉が投げかけられる。普段はリリィの陰口を叩いていた貴族たちも、野暮《やぼ》な丸眼鏡を外し、身体の線を隠す意匠の地味なドレスを脱ぎ捨てて美しい花嫁衣装を身に纏《まと》ったリリィの美貌と立ち姿にすっかり言葉を失うほどだった。

二人を結んだ国王夫妻をはじめ王太子や王子たちも、この国の騎士団をまとめ上げる騎士団長の少しばかり遅い婚姻を心の底から喜んだ。元々国王と乳兄弟《ちきょうだい》であるベルトランは、王太子や王子たちにとっては家族も同然なのだ。

儀式に参列した多くの騎士たちも、鬼の騎士団長が年若い妻に優しい表情を向けるという意外な一面を見た事で最後までざわついていた。

そんな中でベルトランはというと、リリィという年若い妻を、たとえ王命によるお飾りの妻だとしても尊重し、彼なりに大切に扱おうとしていた。貴族の政略結婚らしく妻となったリリィが不自由しない生活を保障し、その代わり必要な時には妻の役割を演じてもらう。それがこの王命による婚姻の意義なのだと、信じて疑っていなかったのだった。

無事に婚姻の儀を終えて、新しく夫婦となった二人は馬車に乗り、あの石畳の道を駆け抜ける。

狭い空間でベルトランと二人っきりとなったリリィは、緊張からあまり話を出来ずにいたが、ベルトランは優しくリリィに話しかけ、どうにかして緊張を解《ほぐ》そうと努力しているようだった。

そんなベルトランの気遣いと優しさにリリィは胸がホッと温まる思いがし、ひとときの幸せを噛み締める。

騎士団長として国の有事にはすぐに動けるよう、王都に邸《やしき》を構えているベルトランは、その住まいに妻となったリリィを案内した。

丸みのある塔の部分と尖った屋根が幾つも見られる美しいデザインの建物は、大きな玄関扉を開ければシックな色味の木をふんだんに使った内装で、非常に落ち着いた雰囲気である。富を主張し派手な飾りを好む多くの貴族が構える屋敷とは違って、ベルトランの住まいはどこか清廉な空気さえ感じさせる。ベルトランが言うには、この屋敷は騎士団長となった際に、国王から賜ったものだという。

「素敵なお屋敷ですね。木目の美しい木を多く使っているので、温かくてとても安らぎます」

「それは良かった。由緒《ゆいしょ》正しき侯爵家育ちの貴女にとって、ここの造りはどうにも派手さがなく、つまらないかもしれないと心配していたのでね」

「いいえ、滅相もありません。私はこのように素敵なお屋敷に住まわせていただける事を嬉しく思っておりますわ」

リリィの言葉は心の底からの本音であった。元々派手さを好まない彼女にとって、堅牢で清潔だけれどもいかにも富を主張するような派手さのないこの屋敷は、とても好ましかった。

一方のベルトランも、初めて新しい住まいに足を踏み入れた妻を優しく包み込む気遣いを見せる。リリィの楚々《そそ》とした佇《たたず》まいや控えめな態度に好感を覚え、彼女とならば夫婦としてこれから円満にやっていけるであろうと希望を持ったようだ。

「それにしても、出迎えが遅く申し訳ない。この屋敷には人手が少ないものでな。リリィ殿を迎える支度に忙しいのかもしれない」

ここの使用人は一般的な貴族の邸《やしき》に比べて極端に少ないらしい。それはベルトランが度々《たびたび》騎士団の駐屯地に泊まり込む日もあったからで、実際にこの屋敷に戻って寝泊まりする事の方が少ない時期もあるほどだ。

「おかえりなさいませ、ご主人様。そして奥様、お疲れ様でございました。私は家令のジョゼフと申します。出迎えが遅くなり、申し訳ございません」

広々とした玄関ホールで二人を出迎えたのは家令のジョゼフ。深い皺《しわ》が刻まれた顔は眦《まなじり》がすっかり下がり、とても機嫌が良さそうに見える。それもそのはず、ジョゼフをはじめとした使用人たちは、主人であるベルトランがリリィと婚姻を結ぶのを心待ちにしていたのだから。

「わざわざありがとう。慣れるまでは迷惑をかけると思うけれど、これからよろしくお願いしますね」

リリィはこのジョゼフという家令が老齢の割にしっかりとした足取りなのに感心し、慣れない屋敷で愛想の良い人物が身近にいる事を喜んだ。

屋敷内を進むうちに他の使用人たちにも会ったのだが、貴族の屋敷と違って女性の割合が極端に少なく、代わりにベルトランに負けず劣らず逞《たくま》しい男性が多いのを不思議に思った。

『何だか妙に筋肉質な男どもばかりねぇ。まさか部下の騎士を使用人として雇っているんじゃないの』

(まさか。流石《さすが》にそんな事はないでしょう)

しかしナターシャに言われ改めて見てみれば、確かに筋肉質で体格の良い使用人が多く、心なしかその行動に騎士らしさが滲《にじ》み出ているような気がしないでもない。

『あのジイさんもどうやら只者《ただもの》じゃなさそうだし。リリィの旦那も含めて、ここは面白いところねぇ』

（ジイさんって……ジョゼフの事？　確かに年齢の割にはとても元気が良いおじいさんに思えたけれど）

『はっ！　これだから世間知らずのお嬢ちゃんは。あれはどう見たってただのジイさんじゃないわよ。これまで色んな男たちを見てきた私の目を信じなさい』

姿形は見えないが、リリィには得意げに笑うナターシャの姿がありありと思い浮かぶようだった。

「リリィ殿」

屋敷内をエスコートしていた足を止め、ベルトランはリリィの名を呼んだ。リリィは夫となったベルトランからじっと顔を見つめられるだけで急激に頬が熱くなるのを感じる。

「はい、ベルトラン様」

「突然の慣れない生活にしばらくの間は苦労するだろうから、リリィ殿にはこれからゆっくり時間をかけて家政を執《と》り仕切ってもらえれば良い。その際は、ジョゼフと協力してよろしく頼む」

「承《うけたまわ》りました」

本来ならすぐにでもオリオール夫人としての業務に取りかからねばならないところを、ベルトランは慌てなくて良いと気遣いを見せた。やはり歳上の大人の余裕と言うべきか、若妻に対して落ち着いた態度を示すベルトランに、リリィはどんどん恋しい気持ちを募らせていく。

リリィにとって本の中の登場人物を除けば、人より遅いが初めての恋なのだ。未だ自由に制御出来ない恋心は、ちょっとした事でリリィを喜ばせ、これまでに経験した事がない幸福を覚えさせた。

それに若妻となったリリィが笑みを浮かべて使用人に挨拶をすれば、彼らも同じに答えてくれる。どうやらこの屋敷はリリィにとって過ごしやすい場所になりそうだ。初めての輿入《こしい》れで不安を抱えていたリリィは、ベルトランと周囲の者たちの優しさによって随分と救われたのだった。

ベルトランはリリィを彼女の自室となる部屋の前まで案内すると、その後をリリィよりも若くて親しみやすそうな侍女に任せた。

「奥様のお荷物は既にご実家から届いております。どうぞ、こちらで確認をお願いいたします」

「ありがとう」

鼻の上から両頬にかけてそばかすの浮かぶ若々しい赤毛の侍女。聞けば二十歳でこれからはリリィの専属となるらしい。

「レナ、これからよろしくね」

「はい、奥様！　よろしくお願いいたします！」

そばかすの娘はレナという名だと聞き、リリィは彼女に荷物の置き場を指示し、ソファーに腰かけひと休みした。

「奥様と呼ばれるのは、まだ慣れないからくすぐったいわね」

リリィは自分がベルトランの妻となったのを今更ながら強く実感し、レナに向かって恥ずかしそうに話す。

「まあ！　そうですよね。でも、我々は奥様が来られるのを心待ちにしていたのですよ」

「そう？　それは嬉しいわ」

自分が妻として歓迎されているというのはやはり嬉しいもので、リリィはエメラルド色の目を柔らかく細めて笑った。

「ご主人様はずっと独身でしたし、駐屯地からお戻りにならない日も多かったのです。ですからこのお屋敷も少々寂しゅうございました」

「そうだったの……」

「けれどこれからはこんなにお美しい奥様がお側にいらっしゃるのですから、旦那様もお早くお戻りになられますね！」

レナの言葉にくすぐったさを覚えたリリィはふと、自分が形だけの妻なのだとベルトランに言われたのを思い出した。すると、みるみる間にその横顔は憂《うれ》いを帯びた表情になる。

「でも、ベルトラン様のような大人の男性は、私のような小娘を、あまり好まれないのではないかしら……」

人懐っこいレナを前にして、思わず泣き言を漏《も》らしたリリィはハッと口元を押さえた。

「あ……っ、気にしないで！　少し、心配になっただけなの」

レナは驚いた顔をしたのちに、茶色でくりくりとした目をパチパチとしてから、ふんわりとした綿のように優しく微笑んだ。

「奥様、ご主人様を随分と想ってらっしゃるのですね。素敵です！　心配いりませんよ。今から私が、奥様を大人っぽく変身させて差し上げます」

大きく頷いたレナは自分の胸をポンと叩き、ワードローブの中をゴソゴソと漁る。

『良さそうな侍女ね。私も貴女の地味な服装には辟易《へきえき》としていたから、ちょうど良いわ』

(そこまで地味かしら?)

『ええ、とっても酷いものよ。その野暮《やぼ》な丸眼鏡だって、もう意味がないのだから外しておしまいなさいな』

(それは……)

『素材は良いのに、よくもまぁこうも冴えない外見に出来たものだわ。まぁそのお陰でこれまで乙女でいられたのだから、策士な父親の作戦勝ちね』

リリィの頭の中では、ナターシャがなかなか辛辣《しんらつ》な言葉を繰り出している。婚姻の儀の間はそこそこ静かであったのに、ここにきてその言葉には遠慮がない。

(だって、着飾るよりも読書の方が楽しかったのですもの。だけど……これからはベルトラン様のためにも気をつけるわ)

『ふふっ……そうそう、その意気よ。さあ、これから貴女がどう変身するのか楽しみね』

そんな会話がリリィの頭の中で繰り広げられている間にも、侍女のレナは晩餐《ばんさん》に向けてリリィを美しく飾り立てていた。普段は良く言えば清楚《せいそ》な雰囲気の、悪く言えば大人しくて地味とも言えるリリィの私服はすっかり封印して、化粧もリリィの魅力を際立たせるようにと丁寧に施していく。

ベルトランがジョゼフに命じて準備させていた数着のドレスの中から、レナは一番大人っぽいものを選んだ。平民と見紛《みまご》うほど野暮《やぼ》ったいと言われたリリィを、色香漂《ただよ》う大人の女性へと変身させてくれたのだった。

『ふぅん。この侍女、人間にしてはセンスがいいじゃない』

珍しくそうナターシャが褒めるほどに、リリィにはその装《よそお》いが似合っている。高貴な黒一色のドレスは細かな装飾がふんだんに施され、肩回りやデコルテがレースによって透けて見えた。華奢《きゃしゃ》な腰と豊かな胸元を強調するように身体にフィットしつつも、とても上品なデザインである。それに合わせた繊細な装飾品も全て手の込んだ逸品で、女性らしさと高潔さを巧みに演出している。

「レナ、とても綺麗……まるで私じゃないみたい」

「奥様は清楚《せいそ》なドレスもお似合いでいらっしゃいますが、お美しいお顔立ちを活かした、華やかな装《よそお》いも素敵ですよ」

「ありがとう。どうかこれからもよろしくね」

プラチナブロンドのふわふわとした髪は丁寧に編み込まれ、この屋敷に来た時の大人しい雰囲気とは全く違って見える。伊達《だて》眼鏡を外したリリィは整った顔立ちをすっかり露《あら》わにし、その印象はガラリと華やかに変化した。

レナに案内されて食堂にリリィが現れると、先に席についていたベルトランはその大きな変化に目を見張る。椅子を引いてエスコートしたのち、ベルトランの反応が気になって身を硬くするリリィの肩にそっと手を置いた。

「リリィ殿。清楚《せいそ》な貴女も美しいが、そのような装《よそお》いもよく似合っている」

きっと世辞なのだと思っていても、リリィにとっては好いた相手からの惜しみない賛辞である。

右肩に置かれた温かく硬い手のひらの感触が、ずっと離れなければ良いのにと密かに願った。

「このように素敵なドレスを準備していただき、ありがとうございました」

素直なリリィの言葉にベルトランは一瞬困ったような表情をする。騎士道一筋で独身であったベルトランは、女の装《よそお》いや装飾品については詳しくなかったため、本当のところは家令のジョゼフが選んだものであったからだ。

だがここまで妻が喜んでいるのに、わざわざ台無しにするような事を話すのも可哀想だろうと、敢《あ》えて真実を話さないようにした。

「これからも貴女の欲しいものがあれば遠慮なく買えば良い」

「いえ、私は……」

「女性は社交するのにもそれなりの装《よそお》いが大切なのだろう。妻としての役割を果たしてもらう代わりに、貴女がこれまで過ごしてきた侯爵家と同程度には不自由を感じさせないようするつもりだ」

役割、というベルトランの何気ない言葉に、また『形だけの妻』という言葉が頭をよぎったリリィはつい俯《うつむ》いてしまう。

ある程度年齢を重ねた夫が娶《めと》ったばかりの若い妻を慮《おもんぱか》って放った言葉が、その形を鋭い矢のように変え真っ直ぐに飛んでいく。はしゃぐ気持ちでパンパンに膨らんでいたリリィの心は、言葉の矢によってあっという間に萎《しぼ》んでいたのだった。

主人の祝い事の夜というのもあって、厨房でも腕にヨリをかけて作ったのだろう、晩餐《ばんさん》は豪華でとても美味《おい》しそうなものばかりである。歳若く、まだこの屋敷にも慣れないリリィが退屈しないようにと、夫であるベルトランが会話で気を利かせながら時間は過ぎていく。気分が落ち込んでいたリリィも、美味《おい》しい料理に少し元気を取り戻せた。

何よりも、二人を見守る使用人たちの温かな歓迎の雰囲気が、どうしようもない事に傷ついたリリィの心に、そっと温もりを与えてくれたのであった。

（お屋敷の使用人たちも、とても気立ての良さそうな者たちばかりだわ。皆さんナターシャの言った通り元は騎士団の所属で、ベルトラン様のお世話をしたいとすすんで退団したと聞いた時は驚いたけれど。ベルトラン様も私を気遣ってくださるし、形だけの妻だからといって一人で落ち込んでいてはダメね）

『そうでしょう。はじめからおかしいと思ったのよ。ただの使用人にしては皆筋骨隆々《きんこつりゅうりゅう》だし、やけに動きが統率されているもの。でも確かに旦那様は貴女を大切にしようとは思っているみたいね。いいんじゃない？　お飾りの妻だって。世の中の貴族なんてそんなもんでしょう？』

サキュバスであるナターシャからすれば、夫婦だろうが恋人であろうが、はたまた他人であろうが、身体で交われれば良いので、愛などという感情は到底理解出来ないようだ。

そして世の中には政略結婚で愛のない結婚をしたのち、各々《おのおの》が外で愛人を作る貴族など掃いて捨てるほどいた。逆に心から愛し合って婚姻を結んだ貴族など希少なのだから、ナターシャの言う事も頷ける。大切にしてもらえるだけ幸せでしょうと言いたいのだ。

（それは確かにそうなのだけれど。でも私は、ベルトラン様をお慕いしてしまったのよ。いつかはベルトラン様にも私に対する愛が芽生えてくれたら良いのに……と、つい願ってしまうの）

『ふぅん。そういった気持ちは私には理解出来ないけれど、今は初夜が楽しみでならないわ！　こんなイイ男なんだもの。ヤりがいがありそうね！』

あまりに卑猥《ひわい》なナターシャの言葉は勿論誰にも聞こえていない。けれども目の前には当のベルトランが座っていて、純情なリリィはカアッと耳まで赤らめてしまう。

「リリィ殿、どうなされた？　このワイン、貴女には強すぎたのだろうか？」

「あ……いえ。今日は緊張もしていましたし、少しだけ、酔ったみたいで……」

「それはいけない。そろそろ部屋に戻って楽にされたら良い。すまないが、リリィ殿を頼む」

でも……とリリィが口を挟む間もなく、心配そうな表情で侍女のレナに命じるベルトランに、レナは「かしこまりました」と動き始めてしまった。

（本当はもう少しだけお話ししたかった）

『馬鹿ね。今から新婚夫婦は十分に身体と身体で会話するんでしょうが』

（ナターシャ！　そのような言い方はやめて）

少々寂しい気持ちを抱えたとしても、ベルトランの行動は純粋な親切心からのものなのだとリリィには十分に伝わっている。夫となったベルトランは、終始リリィに対して優しい声色と表情なのだから。

「奥様、さぁ参りましょう」

「ええ。ありがとう、レナ」

ベルトラン自身はというと、まだもう少しワインを嗜《たしな》む気らしく、リリィの後ろ髪を引かれるような思いに気付く素振りはない。

『旦那様、恋する乙女心には疎《うと》いみたいね』

（ベルトラン様は私を心配してくださっているのよ。つい酔ってしまったなどと言ったから）

『ま、どうせ後で会えるわよ。何てったって今日は初夜なんだから』

相変わらずの奔放《ほんぽう》な発言だったが、それによって確かに今は子どもが駄々をこねて拗《す》ねるような真似をしている場合じゃないと気付いた。今夜は二人にとって初夜なのだ。

「それではベルトラン様、お先に失礼いたします」

「ああ、悪酔いしないよう、水をしっかり飲むようにしなさい」

「はい。ありがとうございます」

まるで娘を心配する父親のようにしてかけられる言葉は、ベルトランがリリィを妻として意識していないからだとも捉えられる。ここでもリリィは少しだけ複雑な気持ちになってしまったが、『初恋を拗《こじ》らせた人間ほど面倒臭いものはないわね』とナターシャに言われ、自身の後ろ向きな考えを反省するのだった。

レナと共に自室に戻ったリリィはしっかりと果実水を摂った後、勧められるがままに美しい薔薇《ばら》の花が浮かべられた浴槽で湯浴みをしている。

「奥様の髪、とても綺麗な色で羨《うらや》ましいです。それに、お肌も真っ白ですべすべですね」

「そう？　レナの赤毛もとっても可愛いわ。それに、そのそばかすがとても愛らしい」

「うふふ。ありがとうございます」

月の光が射し込んだような美しいプラチナブロンドの髪は、良い香りの香油をつけて綺麗に梳《す》かれていく。そして身体中にも薔薇《ばら》の香油をしっかりと塗り込まれたのだった。

「それでは奥様、旦那様と奥様の寝室にご案内いたします」

それぞれの寝室とは別に、その中間に位置する部屋には夫婦の寝室があるという。初夜は勿論そこで過ごすのだ。

「ねえ、レナ……なんだかとても不安だわ……」

「大丈夫ですよ、奥様。誰でも初めては緊張すると申しますもの。ここは、歳上のご主人様に全てお任せくださいませ」

レナは明るい笑みを浮かべてそう言った。不安げな主人を励ますように、ギュッと手を握って頷く。そうやってしっかりとリリィを鼓舞したレナは、やがていそいそと出ていってしまった。

「レナ……」

リリィが辺りを見回すと、深い青色のシーツがかけられた大きな寝台と、焦茶色の家具たちが落ち着いた雰囲気の夫婦の寝室は、燭台の明かりに照らされてもぼんやりと薄暗い。

明らかに素肌が透けて見えるような化粧着《ネグリジェ》しか身につけていないリリィは、独りぼっちの寝室で夫であるベルトランを待つ。

（ねえ、ナターシャ。初夜って酷く痛むのよね？　大丈夫かしら？　私でも上手く出来るかしら？）

小説では肝心なところは誤魔化すような表現しかなく、初夜にどういった事をすれば良いのか、リリィは全く知らなかった。母からはレナと同じで『旦那様にお任せしておけば良いのよ』としか聞かされておらず、年上の夫との初夜を無事に終えられるのかと不安で胸がいっぱいになっていた。

『リリィの旦那様は経験豊富そうだし、任せてりゃそのうち終わるんじゃないかしら？　あんまりダメそうなら、私が貴女に代わって楽しんでも良いのよ？』

心細そうなリリィとは違い、ナターシャはとても楽しそうな声を上げる。

（えっ！　嫌よ！　ベルトラン様と私以外の人が交わるだなんて！　考えたくないわ！）

たとえ自分の身体であろうとも、リリィはナターシャとベルトランが愛の契りを交わすなど許せるはずもなかった。

『あら、意外と独占欲が強いのね。じゃあどうしても困った時には教えてあげるから。大丈夫よ』

珍しく優しい言葉をかけてくれるナターシャに、リリィはほんの少し気持ちが楽になる。ナターシャが入り込んでからというもの、少しずつではあるが彼女との距離が縮まっているようだ。

（ありがとう、ナターシャ。私、頑張るわ）

そのうちガチャリとドアノブの回る音がして、シャツにトラウザーズという楽な服装のベルトランが現れた。寝台に腰かけている妻がビクリと身体を揺らしたのに気付いたのか、ベルトランもどこか気まずい様子で、まだ少し濡れているアッシュブラウンの短髪をガシガシと掻く。

「酔いは大丈夫かな？　もし……気分が優れないなら、このまま休んでも構わないが……」

夫婦の初夜だというのに、ベルトランは怯えた様子に見える年下の妻を慮《おもんぱか》って、何もせずそのまま休んでも良いと言うのだ。そのベルトランの優しさが、不本意にも恋心を秘めるリリィの心を抉《えぐ》っている事も知らずに。

けれど、リリィが夫であるベルトランを好きになってしまったなど、当のベルトランは知らないのだから仕方がない話である。リリィとの婚姻は王命による政略結婚で、突然自分のような年上の男と夫婦にならねばならなくなった、とても可哀想な娘だと思っているのだから。

（リリィ、このまま辛い辛いといつまでも思っているだけでいいの？　ベルトラン様は私の気持ちなどご存知ないのだから、一人で落ち込んでも仕方がないわ）

自問自答したリリィは、ギュッと拳を握り込むと勇気を出して夫に訴える事にした。いつまでも勝手に一人で傷ついても仕方がないのだと、自分にはあんなに気が強い悪魔のナターシャがついているのだと思えば、自然と勇気が湧いてくる気がする。

「あの、ベルトラン様。実は……お話がございます」

とはいえ、好きな殿方の前で薄い化粧着《ネグリジェ》一枚では気恥ずかしく、リリィはその身体を両手で抱《いだ》くようにして話し始めた。

「ああ、それは構わない。……が、どうやらそのままでは身体が冷えてしまいそうだ。これを……」

そう言ってベルトランは、用意されていたガウンをリリィの肩に羽織らせた。ふわっと漂《ただよ》う男らしい匂いは、ベルトランが使う香水の香りなのか、それともベルトラン自身の香りなのか……リリィは薄明かりの中で頬を染め、小さく礼を述べた。

「ありがとうございます、ベルトラン様。……実は、私からベルトラン様に、お伝えしたい事があるのです」

「何だろうか？」

「ベルトラン様……私はベルトラン様を……お慕いしております」

自然と視線が下がり、俯《うつむ》いたままで声は震え、それでも懸命に自身の想いを伝えた。どうしてもベルトランの反応が気になる。けれどもなかなか返事をしないベルトランに、焦《じ》れたリリィはゆっくりと顔を上げてみた。

すると、寝台に腰かけたリリィのそばに立ったままであったベルトランは、薄暗い寝室の中でも分かるほどに顔を真っ赤に染めているではないか。

「……っ！」

上目遣いに見上げるリリィとパチリと目が合うと、ベルトランは顔の半分をその男らしく大きな手で勢い良く覆い隠したのだった。

「ベルトラン様……私は貴方と愛し合う夫婦になりとうございます」

肌が透けるほどの薄着をした若く美しい娘が、大きな寝台に腰かけて、三十も年上の夫に懇願《こんがん》するような声色で愛を伝えているのだ。流石《さすが》のベルトランも虚をつかれたのか、すぐには口を開けないでいた。

「……だが、貴女のような若い娘に、私のような老骨《ろうこつ》は似合わないだろう。リリィ殿には、本来ならばもっと若く凛々《りり》しい男が似合いであったろうに……」

「いいえ、私はベルトラン様が良いのです。お願いです、私をお嫌いでなければ……女として愛する努力をしてくださいませんか？　そのように年齢差を言い訳にはしないでいただきたいのです」

いつものリリィであったなら、こんな積極的に愛を語るなど出来なかったであろう。しかし何故か今日ばかりは、どうしてもこうしなければならないとリリィの本能が訴えていたのだ。あるいは密かにナターシャの力添えがあるのかもしれない。

「……リリィ殿……」

「私、実は初めて教会の図書室でお会いした時から、貴方に恋してしまったのです」

「あの時……私に？」

「はい」

あの時、図書室での決して長くないやり取りの間に、リリィはベルトランをいっぺんに好きになったのだ。

この国が誇る騎士団団長ともあろうベルトランが、リリィの足元に躊躇《ちゅうちょ》なく跪《ひざまず》き謝罪したのにも驚いたが、自身を本の虫なのだと笑った顔に、優しい声に惹かれてしまった。偶然にもベルトランの妻となる幸運を手にした時、どれほど嬉しかったか……その気持ちを噛み締めるようにして言葉に変えていく。

「ベルトラン様の優しさも、逞《たくま》しいお身体も、低くて甘い声音も、それに本の虫だって仰《おっしゃ》って笑ったところも好きです。その目尻の小皺《こじわ》だって……私にしてみればとても魅力的なのです」

そうリリィが口にした途端に、バッとベルトランが自分の目尻に手をやった。やがて気恥ずかしそうな態度を落ち着かせるようにして、フウッと大きく息を吐く。

「リリィ殿がまさかそのように想ってくれているなど、思いも寄らない事であった。……だとしたら、すまない」

あの時と同様に、ベルトランはさっと跪《ひざまず》くとリリィの膝に手を置き、真摯《しんし》な声色で謝罪する。

突然の出来事にリリィは戸惑いを隠せない。

「……何故、謝るのですか？」

「私が貴女の気持ちを汲《く》み取らず、『形だけの妻で良い』などと言ったものだから。もしやリリィ殿を傷つけたのではないかと……」

「それは……多少……」

「やはりな。すまない……私はこれまで剣だけに生きてきたものだからいかんせん女心には疎《うと》く、こういう時にどうすれば良いのか分からないんだ」

眉尻を下げ、酷く困っているらしき表情はまるでリリィが子どもの頃に飼っていた大型犬のようである。

「ベルトラン様、そんな風に謝らないで」

「しかし、貴女のように素晴らしい妻を娶《めと》って浮かれていたとはいえ、今は自分が酷く許しがたい」

騎士団団長として見せる強く厳《いか》めしい表情はすっかりなりを潜《ひそ》め、そこにいるのはただのベルトラン・ド・オリオールという心優しい一人の男だった。

「浮かれていたのですか？」

「あぁ……年甲斐《としがい》もなくワインを飲みすぎてしまうほど」

そう言って細い皺《しわ》が走る頬を赤く染め、熟練の騎士としての鎧をすっかり脱いでしまったかのように項垂《うなだ》れる夫が、何故だかリリィは愛しくて愛しくて堪《たま》らなくなった。

突然愛を語ったリリィだったけれど、ベルトランの方もこれほど真剣に妻と向き合おうとしてくれているのだ。

「では……どうか私を、愛してくださいませんか？　そして、貴方の本当の……妻にしてくださいませ」

そう言ってリリィは目の前に跪《ひざまず》くベルトランの柔らかなアッシュブラウンの短髪に指を入れ、するすると眦《まなじり》や頬の方へと手を滑らせる。唇の端に指先が触れた時、ベルトランが慌てたように声を上げた。

「……ッ、しかし……！　実は私には……問題があって！」

思わぬリリィの行動にこれまで以上に顔を赤らめながらも、何故か苦悶《くもん》の表情を浮かべたベルトランは、ポツリポツリと自分の秘密を語り始めたのである。

「実は……私は騎士団長となった頃くらいから、女《おなご》と交わっても……その……射精出来ないのだ」

「え？」

心持ち小さな声になったベルトランは、真剣にリリィに向き合うため、己の恥となるような秘密を暴露した。

「任務の後などは昂《たかぶ》りを抑えるため、娼婦の世話になる機会もあったのだが、どうやら私は遅漏《ちろう》というやつでな。医師が言うには、騎士団長としての職務からくる精神的なものが原因だと」

「遅漏《ちろう》……ですか……？」

流石《さすが》に本好きのリリィでも、男のデリケートな部分までは知識が及ばない。遅漏《ちろう》という言葉も初めて耳にするものだった。だが、きっとこれは騎士団長ベルトランの沽券《こけん》に関わる事柄なのだというう事だけは理解出来る。ベルトランのように立場のある者がそんな秘密を口にするとは、いかにベルトランが妻を大切にしようと、誠実であろうと努力をしているかが窺《うかが》い知れる。

「あの……私の勉強不足で申し訳ありません。それはどのような？」

「つまり……私は達するまでに人よりも時間がかかるので、それが貴女の身体に負担をかけてしまうやもしれん」

「そんな事はありません。私、平気です」

「それだけでなく、私が貴女との行為で射精出来ない事に関して、貴女が自分自身を責めるのではないかと……」

がっくりと肩を落とし、顔の半分を手で覆ったベルトラン。騎士団長としての威厳を全て失ってしまったかのようである。しかし、そんなベルトランにじわりじわりと心の底から嬉しさが込み上げたリリィは、そっと彼の眦《まなじり》を撫で、穏やかで優しい微笑みを向けた。

「ベルトラン様、私にそのような大切な話をしてくださって、ありがとうございます。さぞ、お辛かったでしょう？」

夫は妻の思いがけない反応に、俯《うつむ》きがちであった顔を上げた。そして思わず、短い疑問の声を漏らしたのだ。

「……なに？」

「話してくださって嬉しいのです。これから一緒に夫婦として暮らしていく私の事を、信じてくださったという証ですもの」

「まあ、それはそうなのだが……」

年下妻の言う事は尤《もっと》もだ。真剣に愛を告白してくれたリリィに対して、確かにベルトランはこれまで以上に誠実でありたいと思ったのだから。

「それに、きっと日々のお勤めで疲れてらっしゃるのです。私はそんなベルトラン様を、優しく癒して差し上げたい」

寝台からすっくと立ち上がったリリィは、跪《ひざまず》くベルトランの方へなおも近づくと、ふんわりと労《いたわ》るように優しくその身体を抱きしめる。逞《たくま》しいベルトランの身体は決してリリィの腕では包み切れなかったが、それでも懸命に抱き続けた。

『貴女の旦那様みたいな男はね、家では妻に甘えて癒されたいのよ。いい？　私の言う通りにしなさい』

実は少し前、リリィはこのようにナターシャから言われていた。もっと言えばベルトランの秘密を聞いた時から、ナターシャによってこの先どのようにしたら良いかを、しっかり指南されていたのだ。

だからこそリリィらしからぬ積極的な態度に出られたのである。

「リリィ……殿……」

薄手の衣《ころも》を身につけて、上からガウンを羽織っただけの年下妻の柔らかな身体が、歳を重ねても硬く筋肉質なベルトランをふわりと包み込む。

「ベルトラン様……もう一度伝えます。私は貴方を心からお慕いしております」

これまでに比べて何故かより女らしい声音の妻が、潤《うる》んだ緑色の瞳で夫を見上げる。鼻をくすぐる薔薇《ばら》の香りは、普段は少々の事で動じないベルトランの胸を大きく高鳴らせた。

「今度は私の口に、口づけをくださいませ」

婚姻の儀での口づけは額《ひたい》に落とされたものだから、リリィはそのやり直しをしたがっている。その意図に気付いたのか、ベルトランは一瞬戸惑ってから、固く結ばれていた口をそろそろと開いた。

「……リリィ殿、本当に……この年寄りが相手で良いのか？」

形だけの妻でも良いと言いながら、出来れば夫婦として誠実な関係を築きたいとベルトランも願っていた。それでもまさかこんな風になるとは想像もしていなかっただろうが。

「年寄りだなんて。たった三十歳差ですよ。それに私は、ベルトラン様を心底愛してしまったのです。だからお願い……貴方も、どうか私の事を愛してください」

愛らしい我儘《わがまま》のように聞こえるかもしれないが、このリリィの甘い誘いの言葉がベルトランの鋼の理性を失わせる事となったのである。

「そのように言われて、貴女のように美しい妻を愛せない夫はいないだろう」

ベルトランは優しくリリィの顎《おとがい》を掬《すく》い上げ、僅かに顔を傾けた。美しいエメラルドの瞳に真っ直ぐ視線を合わせ、やがて二人はそっと唇を重ね合わせる。それでもベルトランが遠慮がちに重ねただけの唇を、リリィは柔らかく喰《は》んだ。

「……!?」

まさか年若い乙女のはずの妻がそのような行動を起こすと思わなかったベルトランは、ビクリと身体を震わせる。はむはむと、ベルトランの唇を何度もゆっくり喰《は》んでみせたリリィは、次にペロリと舌先で舐めた。驚いたその隙に僅かに開いたベルトランの口内へ、リリィは細く小さい舌をねじ込む。

「ん……っ!?」

思いがけぬ積極的な口づけに、呻《うめ》き声を上げた夫はグレーの目を大きく見開き動けずにいる。それには構わず、チュクチュクと湿った水音を立てながら、リリィはベルトランの口内を優しく舌で撫でていく。

しっかりとした夫の舌は、突然の行為にどうしたら良いか分からずに遠慮がちにしていたので、リリィは優しく丁寧に舌を沿わせ、絡ませた。

「ん……はぁ……」

リリィが悩ましげな息を吐く頃には、少しずつベルトランも舌を絡ませてくれるようになった。柔らかな舌と舌の触れ合いによって、リリィは熱い吐息を度々《たびたび》漏《も》らす。初めての口づけで得た心地良さといったら、自然と口元が緩んでしまうほどに至高のものだったのだ。

リリィはベルトランを逃すまいというように、硬い両頬を両手で挟んで積極的に口づけを続けていく。

「はあ……っ、ベル……トラン……さま……」

夫の名を呼ぶ声は切なく、とても色っぽい。

「リリィ殿……」

そのうちに遠慮がちであったベルトランも息が荒くなり、リリィの身体に当たる男らしく鍛えられた下腹部、そこにあるモノが徐々に存在感を増してくる。

やがてベルトランの大きな右手が、いつの間にかリリィの後頭部を支え、二人はお互いを欲して堪《たま》らないかのように、甘い口づけを何度も繰り返す。

「はぁ……っ……もう……寝台へ……ベルトラン様……」

「……ッ、リリィ……貴女という人は……」

処女《おとめ》であるはずのリリィが、あまりに扇情的に誘うものだから、のぼせ上がった頭の片隅で密かにベルトランは混乱していた。けれども、もはや抗《あらが》えぬほどに膨れ上がった欲望に負けを認め、ベルトランはリリィを軽々と横抱きにして寝台へと誘《いざな》ったのだ。

壊れ物を扱うかのようにそっとリリィの身体を倒そうとした夫に、ふるふると首を横に振った妻ははっきりとこう言った。

「ベルトラン様、違います。今宵《こよい》はこの私にお任せくださいませ」

愛しい新妻が何を言ったのか、ベルトランには到底理解が追い付かなかったのだろう。彼は大きな寝台の上でリリィと向き合って座ったまま、固まってしまった。

「いや、まさかそういう訳には……」

「いいえ、お願いですから。お任せくださいませ。私だって、初めての事で恐ろしいのです……」

「な、なるほど……リリィ殿のペースで進めたいというのか……」

いくら歳を重ねていたとしても、これが初婚であり初夜というものの経験がないベルトラン。しかもこれまではその道の手練《てだれ》である娼婦しか抱いてこなかった。つまり、処女を抱いた経験はないのだ。

若い頃には戦いで昂《たかぶ》った気持ちを抑えるため、周囲の騎士たちと同様に巧者《こうしゃ》な娼婦を求めて娼館へ通い、後腐れなく熱を発散していたものだ。最前線にいた頃は、いつ死ぬか分からないような状況で恋人を持つというのは不誠実だと思っていたから、数ある遊び相手はいたものの特定の女を作る事はなかった。

だからもしかすると自分が不勉強だっただけで、男が処女と交わる時というのはリリィが言う通り、女の方に合わせるものなのかもしれないと俄《にわ》かに思い始める。

「ベルトラン様。どうか私に、させてください」

「……っ」

その上、此度はリリィのような高貴な令嬢が相手である。剣に生きてきたベルトランの住む世界とは違う、貴族という世界では常識の作法なのかもしれないとも考え始めた。勿論、そんな事は全くもって常識の作法などではないのだが、今のベルトランに確かめる術《すべ》はない。

「貴女が、そこまで言うのなら……」

何より可愛らしい妻が初夜の場で瞳を潤《うる》ませつつ願うのだから、ベルトランはもうリリィの好きにさせてやろうと思ったのかもしれない。

「ありがとうございます」

リリィはベルトランが了承してくれた事に心底ホッとして礼を述べる。

「では、具体的に私はどうしたら良いのだ？」

「ベルトラン様は、ただ仰向けに寝転がっていてください」

そう言ってリリィは仰向けに寝そべったベルトランの太い大腿《だいたい》に跨《また》ると、シャツの釦《ボタン》を、ゆっくりと時間をかけて外していった。逞《たくま》しい胸筋と腹筋を、燭台の灯りと窓から零《こぼ》れる月の光で露《あら》わにしてから、胴体から首筋、頬へと順番に手をやり、最後にちゅ……と唇に軽い口づけを落とす。

「く……ッ」

たったそれだけで、ベルトランは苦しげな表情を見せたので、リリィは少し不安になった。

(ナターシャ、これで大丈夫なのよね？)

『いいわよ。このまま続けて』

(分かったわ)

普段は多くの部下たちを従えて、責任ある立場にいるベルトランは、これまで誰かに甘えるなどという経験は皆無だった。そのせいで精神に負荷がかかり、普通の交わりでは達する事が出来なくなったのだと、経験豊富なナターシャは言った。

『だからね、妻が積極的に動いて癒してあげれば良いの。営《いとな》みの時だけはリリィがベルトランを可愛がって、甘えさせてあげればきっと上手くいくわよ』

サキュバスであり、経験豊富なナターシャがそう言うのならば、恥を捨ててでも愛するベルトランを救ってあげたいと、リリィは決意したのだった。

一度上半身を起こしてガウンをゆっくりと脱いだリリィは、衣から透ける肌をベルトランに見られているのに羞恥《しゅうち》を感じたが、同時に夫の下腹部が一層膨張した事に安堵する。

薄い化粧着《ネグリジェ》一枚のリリィは、ぴっとりと上半身を密着させるようにして、ベルトランの首筋に幾つもの口づけを落としていく。

「く……っ……」

ベルトランが幾度も苦しげに声を殺すその間、白く小さい手は、屈強な首回りや胸筋をサワサワと優しく撫でた。

「リ、リリィ殿……やはり……これは、役割が反対なのでは？　私が……貴女を……」

「ベルトラン様。お願いですから、一度私にお任せくださいませ」

「いや……しかし…………ッ」

まだベルトランもこの未知の感覚に違和感があるのか、自分がリードすると言いかける。リリィはナターシャのアドバイスを元に、目の前にある胸の小さな突起をペロリと舐めて、無理矢理黙らせる事にした。

「ぐ、ぁ……ッ」

しばらく舐めて舌先で転がしてやると、ぷっくりと存在感を示した乳頭になる。その間も、リリィはナターシャから順に指南を受けて、ベルトランの腹部や腕などを優しく撫でてやった。

「ベルトラン様、貴方を……愛しています」

「リリィ……殿……っ」

リリィの告白と愛撫《あいぶ》によって段々と質量を増したベルトランの男の部分が、トラウザーズの中で苦しそうだ。とうとうリリィはそこへと手を伸ばす。

焦《じ》らすように、ゆっくりと時間をかけて釦《ボタン》を外して解放すると、なお一層その部分はグンと大きくなった。しかし肝心のそこには触れずに、硬く筋肉の乗った腹を撫で、時折口づけを落とすリリィ。

「は……っ、リ、リリィ殿……すまないが……触れて……くれ……頼む……」

もう随分と長い時間を、新妻による焦《じ》れったい愛撫に費《つい》やされ、流石《さすが》のベルトランも酷く辛そうな表情で懇願《こんがん》する。もはや威厳などかなぐり捨てて、ただひたすらに増していく熱を逃すのに必死だった。

「ベルトラン様……こうですか？」

既に硬くなっている昂《たかぶ》りにリリィがそっと触れる。華奢《きゃしゃ》な手で摩《さす》ってやると、それだけでベルトランの身体はビクッと震えた。

「あ……く……ッ」

「苦しいのですか？」

グレーの瞳を縁取《ふちど》る目尻の皺《しわ》を深くして、眉根をぎゅっと寄せたベルトランは、痺《しび》れるほどに色っぽく見える。そんなベルトランに跨《また》がり上から見下ろしていたリリィは、自身の背中をゾクゾクとしたものが駆け上がるのを感じた。

「はぁ……っ、リリィ……殿。もう……貴女の身体を……解《ほぐ》しても良いか……？」

ベルトランはまさか自分が、初夜で年下妻に懇願《こんがん》する羽目になろうとは思わなかっただろう。何故こんな事になっているのか、あまりに衝撃的な展開が繰り広げられすぎて、ぼうっとした頭では深く考えられずにいる。

だが久方ぶりに感じるこの強い情欲を、目の前の可愛らしく美しい妻が全て受け止めてくれるのだという安心感は、ベルトランをより一層昂《たかぶ》らせたのである。

「はい……お願いいたします。私も、貴方と真の夫婦になりとうございます」

処女のはずなのに何故か積極的で扇情的な姿を見せる妻が、今は頬を紅潮させて恥ずかしげに強請《ねだ》っている。その差異《ギャップ》に、ベルトランは異常なほど興奮したのだった。

「リリィ殿……その衣を脱がせても良いか？」

「はい……」

未だにベルトランの太ももに跨《また》がったままのリリィに、なるべく優しい声で問う。シュルシュルと、胸元に縛られたリボンを幾つか解《ほど》くと、真っ白でシミ一つない肌が現れた。

その美しい裸体に、ベルトランは思わずゴクリと喉仏を動かし、唾液を飲み込んだ。

そして図書室でリリィと出会った日の事を思い出す。あの時のぶかぶかでサイズの合っていないドレスでは気付かなかった形の良い豊満な胸と、その中心にある淡い珊瑚色《さんごいろ》の突起と乳輪は、簡単に触れてはならない神聖なものにさえ思えた。

「触れても……？」

「はい……」

度々《たびたび》問うベルトランは、この目の前の若く美しい妻が自分のものである事がまだ信じられないでいる。

「あ……っ、ん……」

柔らかで、しかし張りのある乳房《ちぶさ》を緩慢《かんまん》に揉みしだくと、リリィの口から艶《なまめ》かしい声が上がる。

堪《たま》らずベルトランはがばりと上半身を起こし、そのままリリィの背中を片腕で支えながら、ゆっくりと寝台に仰向けにさせた。

「ベルトラン……さま……」

美しい胸を露《あら》わにして切なげに己の名を呼ぶ妻に、ベルトランはさも愛おしそうに口づける。今度はベルトランも、自分から妻の可愛らしい舌を捕らえようと口腔内を弄《まさぐ》るのだった。

「ん……っ、あ……はぁ……」

大好きなベルトランに求められる事が嬉しいのか、リリィは自然と甘い吐息を漏《も》らして応える。

やわやわと柔らかな胸の双丘《そうきゅう》を揉みしだきつつ、何度も熱い口づけを落とすベルトランは、目の前の娘が愛しいと全身で伝えているかのようだ。

やがて名残《なごり》を惜しむようにして唇から離れたベルトランは、リリィの身体の方々《ほうぼう》に鬱血痕《うっけつこん》を散らしていく。

「リリィ殿……貴女はとても綺麗だ」

「はぁ……っ、ベルトラン……様も……素敵な方です」

「少し解していくが、痛みをなるべく感じぬように、香油を使おう」

処女であるリリィを気遣ってベルトランがそう言ったが、リリィは心のままに気持ちを伝えた。

「いいえ……どうか私に……破瓜《はか》の痛みというものを与えてください。それは……ベルトラン様と……夫婦になれた証ですもの……」

「……ッ、何という事を……貴女には驚かされてばかりだ……」

ベルトランは何ともいじらしく可愛らしいこの妻を、きつく抱きしめそのまま激しく貫いてしまいたいほどの強い衝動に駆られた。しかしそこは持ち前の鋼の理性で抑えたのだった。

「では……辛かったら言ってくれ」

そう言ってスッと頭を下げたベルトランは、まだ固く閉じられている楚々《そそ》とした妻の秘所にザラリと舌を這わせる。

「あ……っ！　は……ぁ……！　そんな……っ」

サキュバスに入り込まれて激しい情欲を感じた時でさえ、固い決意で自慰すらしなかったリリィのそこは、薄い色味の花弁のようだった。非常に慎ましく、とても可憐《かれん》で美しい。

ベルトランが丹念に舌を使って愛撫《あいぶ》をすると、リリィはピクピクと細い大腿《だいたい》を痙攣《けいれん》させる。舌での刺激と同時に小さな花芽を指の腹で撫でられると、甘い喘《あえ》ぎ声が一層高くリリィの唇から漏《も》れた。

「や……っ、あぁ……ん……っ！　いやぁ……！」

しばらく解《ほぐ》してやれば、閉じられた花弁から甘い愛液が次々に漏《も》れ出てくる。ベルトランはその甘美な露を味わいながら、慎重に太い指を合わせ目に沿わせ侵入させていった。

キツく閉じられた花弁も、ベルトランを受け入れようとゆっくりと花開き、やがて一本……二本と中に受け入れる。

「リリィ殿、大丈夫か？　痛みは？」

「だ、大丈夫です……っ、ただふわふわして……」

「……そうか」

安心したように笑ったベルトランは、三本目の指を挿《い》れると中を丹念に拡げていく。狭い壁を拡げるように擦り、トントンと奥を刺激する。

「あぁ……んっ、はあ……っ……気持ち……いい……ッ、ベルトランさま……ぁ」

か細いリリィの喘《あえ》ぎを聞くだけで、ベルトランの昂《たかぶ》りは今までにないほどにますます増大していった。

「は……ぁ、も、もう……ベルトランさま……どうか……もう……」

「それでは……ゆっくりするから、辛かったら必ず言うように」

「あ、あの……ベルトラン様……」

この時のとろんと蕩《とろ》けたようなリリィの表情は、数多《あまた》の男たちを虜《とりこ》にするであろうとベルトランは思った。続けて妻が自分に告げた言葉に、ベルトランはまたまた瞠目《どうもく》し、絶句してしまう。

「私が……上でも良いですか？」

「は……？」

「その方が……自分の良いように出来ると思うのです……」

頬を紅潮させ、ハァハァと息を荒くし、エメラルドのような目を潤《うる》ませた若妻が、初夜に夫に強請《ねだ》ったのは、『女性上位でも良いか』という願いであったのだ。

流石《さすが》のベルトランも、まさかの言葉に時が止まったかのようになっていたが、そこは可愛らしい妻のお願いであるから、頷くしか方法はない。

「本当に、大丈夫か……？」

「だ、大丈夫……です……」

こうして、またベルトランはリリィの下となって、今度は座って対面した状態で、初めての交わりを試みる流れとなった。

寝台のヘッドボードに背を預けたベルトランに、リリィは向かい合い抱き合った状態から、ゆっくりと腰を上げる。少しでも緊張を和《やわ》らげようとしたのか、ベルトランは目の前にあるリリィの胸の蕾《つぼみ》を優しく喰《は》んだ。

「や……っ、あぁ……ん！　そこ……は」

たったそれだけなのに、リリィは強く善《よ》がり、豊満な胸にベルトランの顔を抱き寄せて、夫の後頭部の柔らかな髪を撫でた。そしてベルトランのそそり立った屹立《きつりつ》の先に、愛液の溢れる花弁を押し当てる。愛する者との触れ合いは、二人に切なげな声を上げさせた。

「く……っ、リリィ……」

「はあ……っ、ベルトラン……さまぁ……」

このまま思い切りひと突きしてしまいたい衝動を堪《こら》え、ベルトランはじっと動かずに成り行きをリリィに任せる。その代わり、リリィの身体のそこかしこに口づけを落とし、これから襲うであろう痛みへの恐怖を宥《なだ》めてやる。時に肌を強く吸い、優しく舌を這わせて舐めてみたりもした。

「んん……っ」

勇気を振り絞ったリリィがググッと腰を落とすと、蜜の溢れる合わせ目がぐいっと押し広げられて、少しずつ熱い杭がリリィの内側へと埋もれていく。リリィのナカの熱くぬめつく粘膜が、ベルトランの硬い楔《くさび》をしっかりと包み込む。

「んぅ、あ……ぁぁ……っ！」

「リリィ……」

時折ジュプリと卑猥《ひわい》な水音を立てながら、狭い隘路《あいろ》を進む切っ先は、そのほとんどを徐々にリリィの内側に収めていった。優しく宥《なだ》めるような口づけと、いつの間にか変わった呼び名は、処女のリリィを勇気付ける。

「ベルトランさま……私……平気です」

リリィは涙目で訴える。やがて一際淫靡《いんび》な水音を立てて、ベルトランの昂《たかぶ》りは全てリリィの中へと収まった。

「あ、ああ……ッ！」

「ぐ……っ」

その瞬間、中はキュウキュウと夫を締め上げ、ピクピクと痙攣《けいれん》する身体は酷く悩ましく、妻の熱い吐息はとても扇情的で、夫は腰を思い切り振りたいのを堪《こら》えるのに必死であった。

「は……ァ、ベルトランさま……何とか……入りましたか……？　私と貴方はこれで真の夫婦ですよね？」

健気《けなげ》な言葉を吐き、綺麗な緑色の瞳を縁取《ふちど》る目尻より、ポロポロと透明の雫を零《こぼ》すリリィ。それを見たベルトランは胸が締め付けられたように苦しげな表情をする。

「今貴女が愛しくて堪《たま》らないと言えば……閨《ねや》での睦言《むつごと》と言われるだろうか。だが、私は貴女がとても愛おしい」

ベルトランからの愛の言葉に、リリィは嬉しくてつい下腹部に力を入れてしまう。

「う、ぁ……ッ」

ぎゅうぎゅうと襞《ひだ》がうねって締め付けられる感覚に、思わずベルトランは短く呻《うめ》いた。やがて二人とも恍惚《こうこつ》とした表情を浮かべる。

「あぁ……私も、ベルトラン様を……お慕いしております」

そう言いつつも、破瓜《はか》の痛みを堪《こら》えて涙を流す妻に、夫はその目尻に溜まった涙を拭《ぬぐ》ってから口づけた。やがて二人の口づけは激しくなり、舌を絡ませ、口蓋《こうがい》を舐め上げ、歯列を撫でていく。そうこうしているうちに、リリィは更なる快感を求めてゆるゆると腰を動かし始めたのだった。

はじめはゆっくりと上下に少しずつ揺れて、だんだんと大きく出し入れするようになると、ベルトランはリリィの真っ白な尻を掴んで補助した。

「あ……っ！　や……ぁっ！　激し……！　あぁ……ん！」

揺すぶる度《たび》に上がるリリィの嬌声《きょうせい》は、リズミカルにベルトランの耳をくすぐる。グシュ、グチュッと音を立てながら挿し入れる杭が、華奢《きゃしゃ》な妻を串刺しにしていた。まるでリリィの身体はベルトランのものだと主張しているようである。

そのうち体力のないリリィはクタリとベルトランの肩口に寄りかかってしまう。手練《てだれ》の娼婦ならいざ知らず、ただの令嬢であるリリィには、このように閨事《ねやごと》で体力を使うのは厳《いか》めしいものであったのだろう。

「リリィ……私がしても良いか？」

「は、はい……」

ズルリ……と漲《みなぎ》りを引き抜いて、秘所にツウッと愛液が伝うのを眺めながら、ベルトランは凶暴なほどの欲情を堪《こら》えるのに苦労していた。

ハァハァと荒く息を吐くリリィをそっと仰向けにすると、ベルトランは再びググッと己の杭を隘《あい》路《ろ》に侵入させていく。何度目かの我慢。思いっきり突き入れたいのを堪《こら》えつつ、処女の妻を労《いたわ》るように心がけた。

「あぁ……んっ！　私……変に……ッ、や……ぁ！」

「リリィ……私は貴女と夫婦になれて……幸運な男だ」

本心からの愛の言葉を囁いて、とうとうベルトランはリリィの子宮口まで己の切っ先をグブリと挿し入れた。これまで感じた事がない圧迫感に、リリィは苦しくて息が出来なくなるくらいだ。

「は……っ、苦し……ッ、ん、あ……んっ！」

「く……ッ」

ゴリゴリと音を立てそうなほどの衝撃。リリィの柔らかな子宮の入り口がベルトランの膨張した切っ先を刺激して、もっともっと奥へ入り込みたいという凶悪な欲望を煽《あお》っていく。理性を総動員しながらも、心なしか速めの抽送となっていくベルトランは、もう二十年近く感じていなかった感覚に陥《おちい》っていた。

「はあ……っ、ベルトランさまぁ……！　すき……すきです……っ！　ずっと……！　私……ッ、あぁ……っ、もう、おかしくなる……ッ、んん……ッ」

手を広げ、愛しい人を抱きしめようとするリリィに、ベルトランはきつい抱擁と優しく頭を撫でる事で応えた。入り口づ近まで引き抜いては、ズンと奥へとぶつけるベルトランにリリィは揺さぶられる。

「ああ……ん！　奥まで……ッ、届いて……！　ハア……っ、や……あっ！」

処女のリリィが痛みよりも快楽に呑まれ高みに上り詰めた時、一層切なげな嬌声《きょうせい》を上げた。同時にキュンキュンと内部を締め上げたその刺激によって、ベルトランはとうとうリリィの中に子種を吐き出したのである。

ビュクビュクといつまでも止まない射精の感覚に、当のベルトランが一番驚いていた。それこそこのような感覚は、初めての経験だったのだから。

「はぁ、ハァ……あぁ……ベルトランさま、達する事が出来ましたね……良かった……」

そう言って微笑み、フウッと目を閉じた愛らしい妻に、ベルトランは言葉に表せないほどの愛情を感じた。しばらくは余韻《よいん》に浸《ひた》っていたが、そのまま眠ってしまったリリィからズプリとベルトラン自身を引き抜くと、処女を失ったばかりの可憐《かれん》な花弁から、ドプリと音を立てて大量の白濁と僅かな破瓜《はか》の血が漏《も》れ出す。

「なんて事だ……」

美しい肌の色と、そこから溢れる濃厚な白濁、そしてそれに混じる鮮血はとても淫靡《いんび》で、いたいけな乙女を我がものにしたという事実をベルトランに強く訴えかける。

その酷く背徳的な場面を目にし、ベルトランは自分が正常な時間で達した事に驚いていた。

スウスウと寝息を立てて意識を飛ばしてしまったリリィは、三十も余分に歳を重ねたベルトランからすれば、あどけなく愛らしい妻である。それなのに、この妻に翻弄《ほんろう》されて、果てにはいつの間にか長年の病も治ってしまったようなのだ。

「もう、貴女に形だけの妻だなどと言う事は、到底出来そうもない……」

ポツリと呟くベルトランは、自嘲《じちょう》の笑みを浮かべていた。

翌朝、リリィが目覚めると既に日は高く昇っており部屋全体が明るく照らされていた。着ていた化粧着《ネグリジェ》はいつの間にやらベルトランによって脱がされたのか、身体は掛布だけを纏《まと》っている。

「ベルトラン……さま？」

何故かとても心細くて、掠《かす》れ声で夫の名を呼ぶ。右向きの身体を捩《よじ》って後ろ側へ向くと、そこには眉間に皺《しわ》を寄せて眠るベルトランがいた。

実は昨夜リリィの身体を丹念に拭き清めたあと、その美しい身体を見たせいか、久方ぶりの留まりを知らぬ強い情欲に困り果てたベルトランは、再び硬さを取り戻した自身の昂《たかぶ》りを必死に鎮めようとして無理矢理に眠ったのである。

掛布からはみ出した肩回りと胸は、五十三歳とは思えぬほどに逞《たくま》しく、昨夜はこの腕やら胸に抱かれていたのを思い出したリリィは思わず頬を赤らめた。

『おはよう。昨日は頑張ったわねぇ。なかなか良かったでしょ？　旦那様もイケたみたいだし』

（ナターシャ……あれで良かったの？　とても恥ずかしかったけれど、ベルトラン様はお喜びになっていたかしら？）

リリィが起きたのを見計らって、ナターシャが頭の中で囁く。昨夜のリリィの積極的な攻めは、ナターシャが全て指示して行ったもので、処女のリリィはそれが当たり前の事なのかどうかなど知らないままに従っていた。

『かなり良かったと思うわよ。だって、遅漏《ちろう》で悩んでたって言う割に、結構早くリリィのナカに出せたじゃない』

（そうなのかしら？　とにかく必死だったから、よく分からないわ。それに……私も初めてなのに、痛みよりもフワフワした感じの方が強くて……）

『処女の癖にナカで達するなんて、貴女も大概淫乱《インラン》ね！　ふふっ……』

それはいつもの軽口であったはずだったが、ナターシャの言葉にリリィは段々と心配になってくる。このサキュバスの言う通りにしてみたものの、もしかしたらベルトランはリリィを『淫乱《インラン》』だと思ったかもしれない。

（愛していると、言ってくださったけれど……『淫乱《インラン》』な妻だと思われたかしら）

『馬鹿ねぇ、淫乱《インラン》な妻が自分だけにその顔を見せるのが男は堪《たま》らないものなの。普段貞淑で可愛らしい年下妻が、閨《ねや》では乱れて攻めまくるなんて。男には堪《たま》らないわよ』

（せ、攻める……考えてみれば、とんでもなくはしたない事をしてしまったわ！　ベルトラン様の……お胸の突起を舐めたり、立派な陰茎を撫でたりしてしまうなんて！）

高笑いをするナターシャをよそに、リリィは一人で悶絶し、熱くなった顔を両手で覆い隠す。

『ふふ……やっぱり私の思った通り、この男は攻められるのが好きみたいね。これからもどんどん積極的に攻めちゃえばいいわ。そうしたら、きっと旦那様は貴女に夢中よ』

ナターシャは百戦錬磨のサキュバスだ。そのナターシャが言うのであれば、そうなのかもしれないと素直なリリィは納得する。

（本当に？　ナターシャ、また私にお作法を教えてね？　私……ベルトラン様のためなら頑張るから）

健気《けなげ》にも教えを乞うリリィに、ナターシャは気を良くして囁く。

『それじゃあ今から私の言う事を聞くのよ……』

その後も、ベルトランが目覚めるまで、ナターシャの『女性が攻める閨《ねや》でのお作法』の講義は続いた。

(世の中の女性は皆そのような事を……?)

『当然よ。そうでもしなければ人形のようにじっとしてばかりの妻なんて飽きられて、捨てられてしまうわよ』

リリィはそのお作法とやらの淫《みだ》らな内容に悶絶しながらも、ベルトランのためならば、と真剣に耳を傾けていた。

「ん……リリィ……?」

「べ、ベルトラン様!」

そのうち、一度呻《うめ》き声を上げたベルトランがゆっくりと瞼を開ける。グレーの瞳が目の前の妻の姿を捉え、それが優しく細められたのを見て、リリィは胸が引き絞られるように切なくなった。ベルトランの目尻に現れる小皺《こじわ》が、リリィはとても好きだったからだ。

「身体は、平気か?」

「はい、大丈夫です」

「昨夜は……取り乱してすまない。私が貴女をリードしなければならないのに……」

ベルトランは、初夜で処女の妻に攻められて欲情したのを恥じているようだ。同時にこのような夫で幻滅されていないかと不安が募ったのか、眉根を寄せて辛そうな表情をする。

（ベルトラン様、どうなさったのかしら？）

『まぁ、男として格好がつかなかったとか思っているんじゃない？　真面目な男だから』

リリィが散々ベルトランを攻めて、そのお陰で遅漏《ちろう》に悩んでいたベルトランは正常に達する事が出来た。

どうやらナターシャの言う通り、冷静に考えれば初夜の場で新妻にあのような醜態《しゅうたい》を晒《さら》してしまうなど、年長の夫としてあり得ないのではないのかと、ぐるぐる考えを巡らせているようだ。

「ベルトラン様、私は貴方を愛しております。昨日はあんなにはしたない姿を見せてしまって……幻滅されていませんか？」

「な……っ！　そんな訳はない！　私の方こそ、貴女にあのような行為をさせてしまって申し訳ない。幻滅されたのではないかと、不安なのはこちらの方だ」

お互いが不安がって迎えた初夜の翌日、なんだか可笑《おか》しくなって、リリィは思わず笑ってしまう。

「ふふっ……私がどれほどベルトラン様を好きなのか、ご存知ないからそんな事を仰《おっしゃ》られるのです。貴方が望むなら、これからも閨《ねや》では淫《みだ》らな妻でいたいのですが……どうでしょう？」

愛らしい顔立ちで妖艶《ようえん》に微笑む妻は、煌《きら》めくエメラルド色の瞳を潤《うる》ませている。ぷっくりとした唇はツヤツヤと光り、朝からベルトランを誘っているように思えた。

「いい歳をした老骨《ろうこつ》が、貴女に溺れてしまいそうで恐ろしいな。だが、私も貴女がとても愛おしい。妻となってくれて心より感謝する」

そう言ってベルトランはリリィの頬へそのゴツゴツとした男らしい手を伸ばす。やがてどちらからともなくそっと近づくと、唇をチュ、チュと重ね合わせた。まるで小鳥が啄《ついば》むような口づけに、リリィはもどかしさを感じてしまう。

「あ……っ……」

思わず声を上げて目で訴えたリリィに、ベルトランは眦《まなじり》に皺《しわ》を作って苦笑した。

「あまりすると、いつまでも可愛らしいリリィを貪《むさぼ》ってしまいそうだ」

「それでも良いです……だって私は貴女の妻でしょう……？」

「……っ！　いや、ダメだ。昨日の今日で負担はかけられない。それに今日は、その……リリィの体調さえ良ければ、外へ出かけないか？」

突然の提案に、リリィはきょとんとした顔でベルトランを見つめた。蜜月として休暇を取っているベルトランだが、外出の誘いをしてくれるなどとは思いも寄らなかったからだ。

「はい、ぜひに」

ニッコリと笑ったリリィは、ベルトランの逞《たくま》しい胸に頬を寄せて、そこにチュと口づけを落とす。

(愛を知った幸せというのは、こんなにも甘くて温かいものなのね)

『悪魔の私にしてみれば、どうにもむず痒《がゆ》くて理解出来ない感情だわ』

(いつかナターシャにも知って欲しいわ。愛がどういうものなのかを)

未だ下腹部に鈍い痛みと違和感があった。けれどもリリィの得た幸福は、その不快感にも大いに勝っていたのだった。

部屋に運ばれた朝食を食べた後、ベルトランはリリィに口づけを落としてから自室へと戻っていった。その優しい眼差しは慈《いつく》しみに溢れていて、リリィはそんなベルトランの妻になれた幸運に、涙が出そうなほど感激した。

『あらあら。旦那様ったら、すっかり貴女に骨抜きじゃない』

（ナターシャ、私、こんなに幸せでいいのかしら……）

ナターシャと取り留めのない会話をしているうちに、ベルトランが呼んだ侍女レナによって、リリィは浴室へと促される。身体は寝ている間にいつの間にかベルトランが拭き清めてくれていたが、まだ不十分だろうからと勧められ、湯浴みをしてから外出の支度にとりかかる事にしたリリィ。

しかしその真っ白な肢体に、薔薇《ばら》の花弁のようにたくさん散らされた鬱血痕《うっけつこん》を見て、侍女のレナはとても興奮していた。

「奥様、私の想像以上に素晴らしい夜をお過ごしだったのですね」

「レナったら……」

「私も奥様専属の侍女として嬉しいです！」

『なんだかこの娘、貴女に懐いちゃってるわよ』

（私もここに来てすぐで、ナターシャしか頼れる人がいなかったから、こんな風に親しくしてくれてとても嬉しいわ）

ナターシャとリリィがそんな話をしているとは露《つゆ》ほども知らず、レナは今日もそばかすの浮いた明るい表情で、声音も元気に話しかけた。

「奥様、お身体は平気ですか？　真っ白な陶器のようなお肌に、赤い花弁が散らされたようで美しいですね。よほどご主人様に大切に愛されたご様子で、うふふ……」

「そんな風に言われると恥ずかしいわ」

「ご主人様はお年を重ねていらしても、とても素敵な方ですからね。若い奥様を満足させるために必死なのですよ」

新しい環境で気軽に話せる同性がいるのは望ましく、レナの態度にリリィは好感を抱いた。

「ねえ、レナ。私、貴女のような侍女がついていてくれて嬉しいわ。こちらに嫁《とつ》いですぐだし、やはり心細かったのよ。ありがとう」

「そんな！　すみません！　私、ついつい出すぎた真似をしてしまって、いつも家令のジョゼフさんに怒られるのです」

「私の前では構わないわ。これからもよろしくね」

その後リリィはレナに湯浴みを手伝ってもらう。少し痛む下腹部も、ベルトランと一つになれた嬉しさの方が勝ってそこまで気にならなかった。

ふとした時に幸せそうな顔でそっと薄い腹に手をやるリリィ。その尊い姿にレナが悶絶しそうになった事は、リリィの中のサキュバスは気付いていても、当の若妻は知らない。

「ベルトラン様、お待たせして申し訳ありません」

自室で何やら書類に目を通していたベルトランに、深いブルーのワンピースを身につけたリリィは声をかける。プラチナブロンドの長い髪は一部を編み込んで下ろされており、ワンピースと同じ色のつばの広い帽子がとてもよく似合っていた。

このワンピースと帽子も、家令のジョゼフが手配したものであり、人気のお針子の新作らしい。

「とてもよく似合っている。帽子はその美しい絹糸のような髪に映《は》えるな」

「ありがとう、ございます……」

外出のために着替えたベルトランも、リリィからすればとても魅力的で、自分の夫にもかかわらず真っ直ぐに見られないほど胸がときめいてしまう。

「今日は、どこへ行くのですか？」

「いや……貴女の服を、もう少し買い足す必要があるかなと思ってな。それと、近頃ご婦人方に人気だというカップケーキ専門の店があるそうで、そこへ行ってみようかと」

『あら。見た目によらず、とても気が利く夫なのね』

（ナターシャ、失礼よ）

元々ベルトランは王命で結婚する事になったリリィが不憫《ふびん》で申し訳なく、せめて誠実であり大切にしようと心に決めていた。しかし、リリィからの意外な愛の告白を受けたベルトランは、これまで経験がない熱い感情が湧き上がり、この若い妻が心底愛しいと感じたのだった。

にもかかわらず妻のワードローブには自分が選んだ服は一着もなく、頼れる家令に手配させたものばかりであったのだ。それが大きな気持ちの変化によって、今更ながらに自分の選んだ服を着て欲しいと思ったのだった。

それにベルトランから心持ちの変化を聞かされたジョゼフには『婚姻まで一度もお出かけされた機会がないのですから、夫婦となった今からでも共に外出なさいませ』と強く言われてしまい、挙句最近人気の店を教えてもらったのだ。

実は宰相の娘と結婚するよう命じられた時、ベルトランはお節介な乳兄弟《ちきょうだい》である国王に相当辟易《へきえき》としてしまっていた。だがあのお節介で面倒臭い国王にも今では心の底から感謝している。これまで知らなかった自分の現金さをジョゼフに語り、相当な苦笑いを浮かべさせたのだった。

「では、行こうか」

それも致し方ない話。このように自身が愛を得て幸せになる日が来るなど、ベルトランは想像した事もなかったのだから。

「はい、ベルトラン様」

閨《ねや》では積極的だったリリィも、それ以外では年上の夫であるベルトランを立てる事を心がけ、街へ出かけた。行く先々で結婚のお祝いを述べられ、美しい若妻は誉めそやされる。若く、貞淑で美しい妻を貰ったベルトランを、ほとんどの者が喜んでいたものの、時には羨《うらや》んでいる者もいた。

しかしリリィを不埒《ふらち》な視線で見やる輩《やから》がいれば、ベルトランは決して見逃さずに未だ衰えを知らぬ鋭い眼光で睨みつける。鬼の如《ごと》く強い騎士団長に睨まれると、大抵の男はそそくさと目を逸らし、そして去っていく。

目当ての仕立屋に着く頃には、ベルトランは何人の男たちを視線だけで射殺したか分からないほどであった。

「ベルトラン様、素敵な生地がたくさんありますね。既製品のドレスもとても素晴らしいわ」

店内に一歩足を踏み入れ、リリィが驚きと喜びの混じった声を上げたところで、ベルトランは眉間の皺《しわ》と鋭い目つきを緩ませる。素直な感想を口にする妻は愛らしく、ベルトランを和《なご》ませた。

若くて美しいリリィは仕立屋たちも飾り甲斐《がい》があるのか、次々と新しい布を当ててはこれが良い、あれが良いと忙《せわ》しなく動いている。リリィは今まで父親である侯爵の意向もあって、大人しく、地味なデザインのものを好んでいた。けれども仕立屋たちが選ぶものはそれとは真逆の、華やかで煌《きら》びやかなデザインばかりである。

「ベルトラン様、どれが良いでしょう？　素敵なお品がたくさんあって悩みますね」

少々困った顔でリリィがベルトランに問うと、何を思ったかベルトランは、仕立屋に向かって「リリィに似合うものは全て買おう」と言ってしまった。

「べ、ベルトラン様！　そのような事、いけません！」

「何故？　貴女に似合うとこの店の者が言うのであれば、それは確かなのだろう。どうせ今まで独り身でいたのだから給金の使い道も大してなくてな。これからはリリィのために、より多くの贈り物をしたい」

フワリと笑ったベルトランの目元の小皺《こじわ》は魅力に溢れていて、抗議も忘れて思わず黙ってしまう。

『あらぁー、良い男ねぇ。こういう時は素直に甘えておくのが可愛い女ってものよー』

（え……っ、そうなの？）

『当たり前じゃない。ここで貴女が変に遠慮すれば、旦那様を甲斐性《かいしょう》がないと思っているのだと、周囲に取られかねないわよ。とにかく貞淑な妻は、こういう時は旦那様の言う通りにしておくのよ』

(難しいのね……)

いつの間にか、サキュバスのナターシャの言いつけを律儀に守ろうとしている事に、リリィは気付いていない。ナターシャは、そんなリリィとベルトランをかき乱し、楽しんでいるようだ。

「どうかベルトラン様のなさりたいようにしてくださいませ。あ……でも……」

「どうかしたのか？」

「もしよろしければ、国王陛下の生誕を祝う夜会で着るドレスと、その際のベルトラン様の装《よそお》いは、どうか私に選ばせていただけませんか？」

近々開催される予定の夜会の装《よそお》いを自分で選びたいと言うのだ。そのような可愛らしいお願いを酷く遠慮がちに口にするリリィに、店の者は思わずホウッと息を吐く。

実はこの国の英雄とも言える騎士団長ベルトランの結婚は、国民の多くが知る事ではあったが、お相手が随分と若く三十も年下であるので、一部では不穏な噂が流れていたのだ。

「なんだ、そのような瑣末事《さまつごと》か。リリィがそうしたいのならば、そのようにすれば良い」

何を言われるのかと、少し構えていたベルトランは、リリィの可愛らしい望みに拍子抜けしたようだ。

「ありがとうございます。ベルトラン様」

不穏な噂というのは、『リリィがずっと独身であった騎士団長の財産を狙って近づいた』だの、

『年上のベルトランを籠絡《ろうらく》して、贅沢《ぜいたく》な生活を送る機会を狙っている』だのというものである。

店の者もその噂については承知していたが、流石《さすが》に一流の店であるから、そんな事はおくびにも出さず接客をした。しかし、リリィが『お願い』を切り出した時には、内心噂通りの悪妻なのだろうかとハラハラしていたのである。

それほどまでに騎士団長としての務めを真面目にやり遂げ、国民の英雄でもあるベルトランは、皆に尊敬され、愛されているのだ。

「まあまあ、可愛らしいお願いですわね。それでは、奥様はあちらでゆっくりとお話をお聞かせ願えますか？」

「はい。よろしくお願いいたします」

「騎士団長様は、今しばらく店内をご覧になってお待ちください」

仕立屋の店主と店員に連れられて、リリィは奥の打ち合わせスペースへと移動する。ベルトランはそんなリリィを待つ間に、店内の宝飾品や装飾品を、他の店員と一緒に見て回った。

「騎士団長様、奥様はとても奥ゆかしくて、可愛らしいお方ですわね。それに、お二人はとても愛し合ってらっしゃるのですね」

年配の女性店員は、眼鏡の位置を直しながら笑顔でそう言うと、ほんのり頬を染める。

「そうだな。妻は私のためにとても尽くしてくれるし、私も妻を大切にしたいと思っている」

「まあ！　素敵ですわ！」

「……私の髪色か目の色が、彼女に似合うドレスに使えるものであれば良かったが、髪はくすんだ茶色であるし、瞳はグレーという地味な色味で残念だ」

仲の良い夫婦または恋人同士で、お互いの髪色や瞳の色を使った装《よそお》いをする習わしがある。ベルトランは、自分の色味がドレスを作るにはそぐわないと肩を落とした。

「そうですわねぇ……けれど……」

年配の店員が、再び眼鏡に手をやって話そうとした時に、別室で打ち合わせをしていたリリィが戻ってきた。

「ベルトラン様、お待たせして申し訳ございません」

「いや、構わない。もう良いのか？」

「はい。素敵な装《よそお》いを仕立てていただけそうです」

既製品のドレスやワンピースは、屋敷の方へと届けてもらうよう手配し、夫婦は仕立屋を後にする。

「今から向かう店は少し歩くが、大丈夫か？　疲れているようならば、馬車を使うが……」

「大丈夫です。きっと二人でおしゃべりしながら歩くのも楽しいでしょう」

そう言ってエメラルド色の目を細め、穏やかな笑みを浮かべたリリィはとても愛らしく、ベルトランが思わず見惚《みと》れてしまうほどである。

「リリィがそう言うならば。私も、貴女のような美しい妻を連れて歩けるのは鼻が高い」

「私だって、ベルトラン様のような素敵な旦那様と並んで歩けるなんて幸せです」

夫婦の間には甘ったるい空気が流れ、リリィの頭の中ではナターシャが可笑《おか》しそうに笑っていた。

『あはは……っ！　本当に甘ったるい夫婦だこと！　今にも砂糖を吐きそうだわ』

淫魔《いんま》であるサキュバスには、捕食《性交》の際も二人のような余計なやり取りは必要ないので、なかなか新鮮に映っているらしい。


王都の街並みはリリィが幼い頃に生まれ育った領地とは違い、風光明媚《ふうこうめいび》で道ゆく人々も洒落《しゃれ》た装《よそお》いの男女が多く歩いている。以前はこのような華やかな場所に自分は似合わないと思っていたリリィも、ベルトランの隣であれば堂々と歩ける気がしていた。

通りの左右には様々な店が立ち並び、飲食店や雑貨店、宝飾品店など、平民向けの店と貴族向けの店が、通りごとに分かれて存在している。

「この辺りは市井《しせい》の人々が多く訪れる通りなのですね」

視線を方々《ほうぼう》へ向けながら、リリィは腕を組んで隣を歩くベルトランへ話しかけた。リリィがあまり訪れた覚えがない通りは、貴族と同じくらい平民も多く歩いている。

「人が多い通りだからな、はぐれないよう気をつけるように」

「はい。ベルトラン様の逞《たくま》しい腕にエスコートされていると、頼り甲斐《がい》があってとても安心します」

そうリリィが伝えると、ベルトランは「そうか」と言って耳まで赤く染めたのだった。

そんな二人の与《あずか》り知らぬところで、実は街中でこの夫婦は注目の的となっている。英雄騎士団長として有名なベルトランが、リリィのような若い妻を娶《めと》ったという噂を確認しようと、通りすがりの人々の視線は二人に釘付けとなっていたのだ。そして偶然にも近くを二人が通れば、交わされる会話に耳を傾ける。

そんな事を知ってか知らずか、二人は延々と甘ったるい会話を続けていた。会話の合間にリリィが愛らしく笑えば、ベルトランは優しげな眼差しを向ける。周囲の人々もそんな二人を見て、不穏な噂などデマだったのかと首を傾《かし》げ、囁き合った。

「ああ、ご婦人方が口を揃えて『美味《おい》しいからおすすめ』だと言う店はこの先にあるらしい」

「カップケーキは、ベルトラン様もお好きですか？」

プラチナブロンドの髪をふわりと風に揺らしながら、ベルトランの腕に寄り添ったリリィが尋ねる。ベルトランは、低く唸《うな》ってから眉間に皺《しわ》を寄せ、ぽつりと一言答えた。

「……食べた経験がない」

「えっ？　カップケーキをですか？」

「そうだ、実は甘味があまり得意ではない」

「それでは何故今日は？」

まさか誘ったベルトランがカップケーキを食べた経験がなく、ましてや甘いものが苦手だなどとは思いも寄らず、リリィは続け様に問うてしまう。

驚いた表情のリリィから問われ、ベルトランは口元を押さえると小さな声で話し始めた。よーく耳を澄まさなければ聞こえないほどの、蚊の鳴くような声のベルトランに、リリィは不思議そうにしつつも懸命に耳を傾ける。

「若い娘はそういうものが好きだろう？　それに、その店は恋人同士で訪れる者たちが多いと聞いたからな。私とリリィは既に夫婦だが、これから少しずつそういう時間を作っていきたいと思って……」

『きゃあ！　リリィ！　貴女の旦那様、大したイケオジねぇ！　若い貴女に好かれようと、必死で頑張ってるのね』

　リリィよりも先にナターシャが分かりやすく反応した。

（ナターシャ……私、どうしましょう……）

『あら、どうしたの？』

（ベルトラン様が……愛しすぎて、胸が苦しいわ）

『はいはい、なんだか貴女の中に入り込んだはいいけど、砂糖を吐いてばかりで調子が狂うわね』

（そんな事言ったって！　ああ、もうどうしたら良いのかしら！）

　ベルトランが話し終わっても、あんまりリリィがナターシャと頭の中で会話をしていたものだから、その沈黙に不安感を募らせた夫は、妻の方をチラチラと盗み見た。しかしナターシャと話しているリリィはそれに気付かず、ベルトランは自分の行動が独りよがりだったのではと不安になったのか、そろそろと口を開く。

「リリィ……やはり私のような老骨《ろうこつ》にはそんな考えは似合わぬか？」

　そこでやっと返事をしていなかった事に気付き、リリィは喜びの気持ちを伝えようと慌てて首を横に振る。大好きなベルトランにおかしな勘違いをさせてしまっては大変と、心からの感謝と気持ちを言葉に乗せた。

「そんな訳ありません！　私はベルトラン様を誰よりも愛しております！」

そこではた、と周囲に人がいるのに気付いたリリィは、一気に顔を真っ赤にすると、小さな両手で顔を覆う。

「リリィ……」

そう呼んだベルトランの声に、呆れや苦々しさは感じない。安心したリリィは、やがてベルトランにだけ聞こえるような声で、懸命に続きを口にした。

「私は……これから死ぬまでずっとベルトラン様のもので。だからベルトラン様も私だけのものであって欲しいと願っているのです。欲張りですよね？」

対してベルトランは、リリィからの言葉の意味をゆっくり咀嚼《そしゃく》するようにした後、目尻の皺《しわ》を深くして非常に嬉しそうに笑った。

「リリィ、ありがとう」

その笑顔はふだん厳《いか》めしい顔が多い騎士団長の滅多に見られない表情である。

今王都では一番の話題になっている夫婦の会話に、周囲の人々はつい聞き耳を立てていた。中にはリリィが年上の騎士団長を誑《たぶら》かす悪女であるという噂の真意を確かめようとしていた者もいる。

けれども意外な事に、甘くて蕩《とろ》けそうなほど愛情溢れる夫婦のやり取りを目の当《ま》《あ》たりにする羽目になったのだった。

「申し訳ありません……つい大きな声を出してしまって……」

「いや、リリィの可愛らしい本音が聞けて安堵した。では、行こうか」

「はい……」

屈強な騎士団長の腕へと遠慮がちに手を伸ばす若い妻、二人は再び目当ての店に向かうため、非常に仲睦《なかむつ》まじい様子で去っていく。その場に居合わせた人々は、のちにこの日の様子を嬉々として周囲に語ったのだが、勿論当の二人は知るはずもなかった。


やがて二人は目的の店へと足を踏み入れる。白い壁に可愛らしい木製扉、テラス席には多くの恋人たちやご婦人方の姿が見られた。皆それぞれカラフルなカップケーキと飲み物を前に、笑顔で談笑している。

「ベルトラン様、テラス席までいっぱいですね。美味《おい》しそうなカップケーキがたくさんあって、人気店だというのも頷けます」

「今回はあらかじめ個室の席をとってあるんだ」

「まあ、本当ですか。ありがとうございます」

実はベルトランはこんな風に気が利く性質ではなく、そこは家令のジョゼフをはじめ使用人たちによる助言の賜物《たまもの》である。

ショーケースには色とりどりのカップケーキが並び、目移りしたリリィにはそこから選ぶのが至難の業《わざ》であった。

「どうしましょう……あの……二つ、食べてもいいですか？　あ、でも……やっぱりはしたないかしら？」

「好きなだけ食べるといい。良ければ私の分も選んでくれないか？」

「本当ですか！　では、ベルトラン様には甘さ控えめのものを選んでみましょう」

結局リリィが選んだのは、自分用にブルーベリーとバニラ、ベルトランにはレモンと蜂蜜を使ったものだった。席は四人掛けのテーブルで広々としており、出入り口は優しい若葉の色合いをした布で仕切られた空間となっている。

「可愛らしいお店ですね。普段、ベルトラン様は外食をあまりなさらないのですか？」

「騎士団の面々で酒場に行ったりだとか、食堂に行ったりはするが、このように洒落《しゃれ》た店に来るのは初めてだ」

「ふふっ……嬉しいです。私との初めて、なんですね」

リリィはあまり意識せずにそう言ったのだが、ベルトランは『初めて』という言葉に、昨夜のリリィを思い出し、一人顔を熱くしていた。

「ごほ……っ！　これからは、リリィがしたい事を教えてくれれば、私も共に楽しめるように努めよう」

「私は読書が好きなのです。ベルトラン様のお好きな本はどのようなものがございますか？」

突然夫婦になった二人は、飲み物とカップケーキが届くまでの間、お互いについて話す事にしたようだ。

「私は……そうだな、英雄叙事詩《えいゆうじょじし》や甲冑《かっちゅう》、武器の本が特に好きだ」

「ベルトラン様らしいですね。また私にもその本を貸していただけますか？　読んでみたいです」

リリィのいじらしいお願いに、ベルトランは不思議そうにしている。女心に疎《うと》いベルトランは、リリィの『好きな人の好きなものを共有したい』という気持ちに気付いていていない。

「いや、しかし若い娘が読んでも面白くはないだろう」

「ベルトラン様の好きなものを、私も共有してみたいのです」

「そ、そうか……」

リリィの乙女心を理解したベルトランは、照れ臭そうに首を縦に振る。

「お待たせいたしました」

店員が運んできたお皿には可愛らしいカップケーキと、瑞々《みずみず》しい果物が添えられている。それだけでリリィは瞳をキラキラと煌《きら》めかせ、お皿の上の芸術品に見惚《みと》れてしまう。

「あまりに可愛くて、食べるのがもったいないです」

「なるほど、可愛らしいと食べるのがもったいない……か。そのような考えは持ち合わせた事がなかったな」

「ふふっ……ベルトラン様とこのような時間を持てて、とても嬉しいのです。けれど食べてしまえば、この時間が早く終わってしまう気がして」

リリィは少し夢見がちなところがあったから、うっとりとした表情で語る。ベルトランの方はというと、自分とは随分違う感性を持ったリリィの言葉に、新鮮な気持ちで耳を傾けていた。

「でも、やっぱり食べちゃいましょう」

「え？　いいのか？」

「このカップケーキの美味《おい》しさを、ずっと覚えておくと決めました」

「なるほど。では、食べよう」

見た目がとても鮮やかなケーキを、リリィはパクリと一口フォークで口に運んだ。

「んんー！　美味《おい》しいです！」

「私もいただこう」

逞《たくま》しく、可愛らしさとは無縁の雰囲気のベルトランが、大きな手で小さなカップケーキをそろそろと口に運ぶ姿はアンバラスだった。けれど、それもリリィにとっては微笑ましい光景であり、眼《がん》福《ぷく》である。

「どうですか？　甘すぎました？」

「いや、美味《うま》いな！　甘さはあるが、あっさりして優しい感じだ」

どうやらレモンと蜂蜜のカップケーキは、甘いものが苦手なベルトランも気に入ったらしい。小さなケーキを崩さぬように食べるのに苦戦するベルトランに、リリィは優しい眼差しを向けて微笑む。

『ねぇ、リリィ。面白い経験をしてみない？　いい？　今から私が言うようにしてみなさいよ』

（もう！　今は邪魔しちゃダメよ。……でも、なぁに？）

『きっと、旦那様は可愛らしい顔を見せてくれるわよ。いい？　あのね……』

ナターシャの提案を聞いたリリィは、少しだけベルトランの驚く表情が見たくなった。ちょっとした悪戯心《いたずらごころ》が芽生えたのである。結局、悪戯《いたずら》好きなサキュバスの提案に乗るのだった。

先程まで嬉しそうな笑顔だったリリィは、眉根を寄せて、少しばかり悲しそうな顔を作った。どうしてもベルトランの意外な表情を見たい一心で、慣れない演技をする。

「良かった。私のケーキもとても美味《おい》しいのですけれど、きっと甘いから……食べ合いっこ出来ませんね」

「食べ合いっこ？」

「少しずつ交換するのですよ。私のものをベルトラン様が少し食べて、ベルトラン様のものを私が少しいただくのです」

リリィの話す事、やる事全てを目新しく感じるベルトランだったが、流石《さすが》に目尻の小皺《こじわ》がなくなるほどに目を見開く。そのような行為をするとは思いつきもしなかったからだ。しかし、可愛い妻が眉尻を下げて願うのだから、到底拒めるはずもない。

「構わない。食べかけですまないが……ほら、食べるといい」

「では、食べさせてください。あーん」

「わ、私が？　では……」

ケーキを刺したフォークを、恐る恐るリリィの口へと運ぶ。緊張から夫の手が震えているのに気付いていた妻は、口の端が上がるのを堪《こら》えつつ気付かないふりをした。

「ぐ……」

と、ベルトランが苦しげな呻《うめ》き声を上げる。ぷっくりとした赤い唇をあーんと開くリリィを見ているうちに、初夜を思い出してしまったのだろうか。頬を紅潮させている。

目の前で自分だけに無防備な表情を見せているのが、こんなに愛らしい若妻なのだからそれも仕方がない。そんなベルトランの気持ちも知らず、口の中にレモンと蜂蜜の優しい味が広がったリリィは、嬉しそうにふふふと微笑んでみせた。

「あら？　ベルトラン様？　どうなさいました？」

何故か少し前屈みになり、苦しげに眉間に皺《しわ》を寄せた夫に、事情を知らない若い妻は小鳥のように愛らしく首を傾《かし》げた。

「い、いや……なんでもない……」

「では、私もベルトラン様のお口に入れて差し上げます」

「え？」

「ほら、ここは個室ですから誰も見ておりませんよ。あーんして？」

甘味が苦手なベルトランのために、さわやかなブルーベリー色のクリームがたっぷりのった部分は避けて、しっとりとした生地に甘酸っぱいジャムが挟まれている部分を選ぶ。

「はい、ベルトラン様」

「ん……」

その際、夫の口角にあるほうれい線を愛しげに見つめる妻の顔は恍惚《こうこつ》としていた。きっとこの幸せな時間が長く続けばいいのに、と願っているのだろう。

「あら、ジャムが……」

唇に僅かに付着したジャムを人差し指で口元からスッと拭《ぬぐ》い取り、リリィはそれを自分の口にパクリと運んだ。

「んんー。甘酸っぱいですね。ふふっ……」

そんなリリィの突飛な行動に、思わずぼーっとしていたベルトランは、ゴクリとケーキを飲み込む。そしてハァーっと大きく長いため息を吐くと、額《ひたい》に手をやり呟いた。

「貴女という人は……無自覚に私を翻弄《ほんろう》するのが上手いようだ」

『ほうら、旦那様は積極的なリリィに喜んでるみたいよぉ？　それじゃあ、今夜もガンガン攻めちゃいましょう。楽しみねぇ』

（もう、ナターシャったら。……でも、ベルトラン様のこんな表情も素敵だわ）

リリィの行動によって現れるベルトランの表情は、決して多くの者が知るものではない。リリィはそれが嬉しくて、大きな幸福を感じていた。

一方のベルトランはリリィが無自覚に自分を煽《あお》っていると思っているようである。リリィとしては純朴でつまらない自分よりも、ナターシャの助言を得て、年上の夫からしても魅力的な妻になりたいと願って実行しているのだが。

案外サキュバスであるナターシャとの『同居』は、リリィにとって刺激的で新鮮な日々となっている。

（ナターシャのお陰ね。ベルトラン様の、このように慌てるお姿を見られるなんて。あら……？

でも、どうして先程から前屈みになって苦しげにしてらっしゃるのかしら？）

『ああ、ふふっ。それは男の都合よ。意外と性欲の強い旦那様ねぇ。リリィの思わぬ行動にすら敏感に反応するなんて』

（どういう意味？）

『もう、リリィったら鈍いわねぇ！　だから、股間が苦しくて前屈みになってるんでしょ！　リリィの行動に欲情したのよ。貴女の旦那様は！』

ナターシャとの会話は誰にも聞かれていない。勿論、目の前で未だに眉間に皺《しわ》を寄せ、何かを堪《こら》えるようにして何度も茶を口にするベルトランにもだ。

（そ、そういう理屈なの……私ったら、そのような仕組みにはあまり詳しくないから……）

『近頃は貴族の子女だってふしだらな生活を送っているというのに、貴女って本当に真面目だったのね』

ナターシャが今までどんな人間たちを見てきたのか、リリィは想像もつかないでいた。それでも既にこのサキュバスには愛着が湧いているから、リリィはこのままずっと自分に憑《つ》いていても良いのではないかと思い始めていたのである。

『真面目なのは良いところよ。私なんか、手当たり次第に食べちゃってたら、騙されてこんな目に遭ったんだから』

（ねぇ、そういえばナターシャは誰に、どんな風にされて傷ついていたの？）

ベルトランがまた小さなカップケーキと格闘している間、リリィはナターシャと会話しつつケーキを口に運んだ。

ナターシャとリリィが初めて出会った時、ナターシャは瀕死《ひんし》の状態であった。その際の言動から、何者かによって故意に傷つけられたらしいと悟ったリリィは、その相手が誰なのか前々から知りたいと思っていた。

『それについては、またの機会に話してあげるわ。今は旦那様との初めてのデートを楽しんで』

いつものように飄々《ひょうひょう》とした声ではあったものの、ほんの少し低い。何やら深い事情があるのだろうとリリィは感じ取る。

(分かったわ。ありがとう)

ちょうどベルトランがカップケーキを食べ終えた頃であったからか、ナターシャはそれ以上口を開く事はなかった。今はそっとしておこうと、リリィもそれ以上詮索《せんさく》をするのはやめておく。

「ベルトラン様、本当にここのカップケーキは美味《おい》しいですね」

「それは良かった。私もまさか自分がこのようなものを、美味《うま》いと思いながら食べられるとは知らなかった」

「また参りましょうね」

二人が充実した時間を過ごした個室を出た時、店主の中年女性が声をかけてきた。

「騎士団長様、奥様、ご成婚おめでとうございます。そして本日は当店にお越しいただき、誠にありがとうございます」

髪をシニヨンにきっちりとまとめ、清潔感のある制服を着た店主は、二人に向かって笑顔で祝いの言葉を述べた。

「甘いものが得意ではない私でも、十分楽しめた。ありがとう」

ベルトランがそう告げると、店主は嬉しそうに目を細める。それから、ベルトランの隣に立つリリィの方へ微笑みと共に穏やかな視線を向けたのだった。

「奥様、カップケーキはいかがでしたか？　ご意見などありましたら、ぜひお聞かせください」

「とても美味《おい》しくて見た目も素敵でした。ですが……」

そこで一旦言葉を詰まらせたリリィが、悩んだ末に再び口を開く。

「もう少し、甘い素材以外のもの……例えば甘いものが苦手な殿方でも食べられる、サッパリとした味を増やしてはどうでしょうか？」

「まあ！　確かに種類が甘味の強いものに偏《かたよ》ってしまっているので、飲み物だけをご注文になる殿方が多いのです」

「ご婦人方と共に来店される殿方向けに、甘くないカップケーキを幾つか売り出したら、大変喜ばれると思います」

思いも寄らないリリィの言葉に、店主は目を丸くした。そして、興味深そうにジリジリとリリィに近づき続きを促す。

「それは？　例えばどんなものでしょう？」

「そうですね……例えばチーズを使ったものだとか。あとは野菜を使ったカップケーキなども良いかもしれません」

「まぁ！　お野菜!?」

「はい。実は、本で読んだのです。遠い異国では、そのように風変わりなケーキもあるのだとか」

読書好きなリリィは、時に他国の書物も読む事がある。昔読んだ一冊に、そんな記載があったのを思い出したのだ。

「そういえば、先日旅の途中だとかいう退魔師《たいまし》の方も、似た事を仰《おっしゃ》ったのです。『甘くないカップケーキを増やしてもらえると嬉しい』と」

「その退魔師《たいまし》の方の祖国では、そのようなものがあったのかもしれませんね」

「奥様、どうもありがとうございました。また騎士団長様とぜひいらしてくださいね。それまでには、新作も用意しておきます」

人の好さそうな店主は、ぜひ土産《みやげ》にしてくれと、カップケーキを食べきれないほどたくさん包んでくれた。ベルトランとリリィは、また訪れると約束して店を後にする。

「ベルトラン様、お土産《みやげ》は使用人の皆さんにお渡ししませんか？　こんな素敵なお店を教えていただいたのですもの」

「リリィがそれで良いならば。貴女の好きにすれば良い」

「ありがとうございます！　皆さん、きっと喜びますよね」

純粋に喜びを表現するリリィに、ベルトランは頬を緩ませて優しく微笑んだ。ベルトランに現れる目尻やほうれい線の笑い皺《しわ》は、リリィにとっても喜びの印である。

「では、今日はもう帰るとしよう。皆に早く渡してやらないとな」

「はい、帰りましょう。私たちのお屋敷に」

この国の夜は早い。王都の街並みはいつの間にやら夕焼けに染まっていた。まだ人も多く行き交う通りは昼間と同じく賑わっていたが、二人は帰途に就く。

屈強な騎士団長と華奢《きゃしゃ》で美しい妻が仲睦《なかむつ》まじく歩く姿に、街ゆく人々が振り返る。彼らの表情のほとんどは驚きや喜び、そして一部の妬みなど、様々な反応を示していた。

しかしその中でも、特に異質な眼差しを向ける者がいる。建物の脇から覗くのは、白いローブを被った若い男。その瞳は、幸せそうに笑い合う夫婦の方へと吸い寄せられている。

「はっ」

短く息を吐き出すような声と皮肉な笑みを浮かべる男の鋭い眼光は、憎悪か嫌悪を感じるほどに強烈であった。

「騎士団長ともあろう者が、あのような状況で呑気《のんき》に笑っているなど……この国はえらく平和なものですね」

苦々しげに言葉を吐き捨てたローブの男は、その姿をさっと翻《ひるがえ》す。そして黒く翳《かげ》った建物の間へと消えていったのだった。


燭台とランプの灯りに照らされた夫婦の寝室で、寝台に腰かけたベルトランとリリィは微妙な距離を保って会話をしていた。

途中、ふと初夜の出来事を急に意識してしまったリリィは、必死に今日出かけた感想を話し、使用人たちがお土産《みやげ》を喜んでいたというのをベルトランに伝える事で、気恥ずかしさを誤魔化している様子だ。

「ベルトラン様、皆がお土産《みやげ》のカップケーキを喜んでくれて良かったですね。美味《おい》しいものは皆で共有すると嬉しいですから」

そう言って笑うリリィの姿は、昨日のような薄っぺらで扇情的な化粧着《ネグリジェ》ではなく、フリルとリボンがあしらわれた可愛らしい、着心地の良いロング丈のものである。

「しかしリリィは今日一日出かけて疲れたのではないか？　嫁《とつ》いできて間がない上に、早速私が連れ出してしまったからな」

リリィの照れ隠しに気付いているのかいないのか、ベルトランは人一人分離れた場所に座るリリィに労《いたわ》りの声をかける。風呂上がりで下ろしたままの、ふわふわしたプラチナブロンドをフルフルと震わせながら、リリィは首を横に振ってみせた。

「疲れてなど……ベルトラン様の休暇もあと二日しかありませんから。またお勤めが始まりましたら、なかなか出かける事も出来ないでしょうし。今日はとても充実した一日でした」

ベルトランは国王から三日間の特別休暇を賜っている。普段から多忙なベルトランは、通常ならば朝早く屋敷を出て、帰るのも遅いのだとレナが話していた。

だから、ゆっくりと過ごせるのは不定期の休日と、この休暇の間だけなのだ。

「それならば良かった。明日は何かしたい事はあるか？」

「明日は……そうですね……ベルトラン様と一緒に馬に乗って遠出をし、自然の中でお互いおすすめの本を読むなどどうでしょうか？」

リリィは一人では馬に乗った経験がなかったが、父と共に遠乗りに出かけた事は何度もあった。逞《たくま》しいベルトランに抱きしめられるようにして馬に乗るのは、とても恥ずかしいけれどぜひともしてみたい経験である。

「それも良いな。では、明日はそのようにしよう。さあ、明日のためにももう床に入ろうか」

ベルトランの言葉に、リリィは少しだけ寂しい気持ちが胸をよぎった。何となく、今晩も二人で契りを交わすのかと思っていたので、すぐに返事が出来ないでいたのだ。

『リリィ、ダメでしょう？　自分の気持ちは伝えないと。男って、自分からはなかなか素直になれないものなのだから』

(そうかしら……)

ナターシャに励まされたリリィは、自分から素直な気持ちを伝えてみる事にした。ベルトランならきっと、リリィを厭《いと》わずに受け止めてくれるという期待があったのかもしれない。

「あの……ベルトラン様。疲れておいでですか？」

「ん？　いや、私は疲れてなどいない。騎士団で鍛錬を積む日々に比べたら、今日は身体をゆっくりと休められる日であった」

そんな夫の返事を聞いた妻は、スッと立ち上がり、衣擦れの音をさせながら近寄った。そして何をするのかと、不思議そうな顔をしている夫の頬を小さく色白の両の手で挟み込み、己の方を向かせる。

「ベルトラン様。はしたない、と思わないでください。私はベルトラン様が愛しくて堪《たま》らないのです……」

「リリィ、何を……」

寝台に腰かけるベルトランの、開かれた大腿《だいたい》の間に華奢《きゃしゃ》な身体を入り込ませたリリィは、ぷっくりとした唇をほんの少し開けて、驚きで僅かに開かれた夫の唇を奪う。

リリィからちゅ、ちゅと何度か啄《ついば》むようにして合わせると、やがてベルトランもリリィの細い腰に手を回してから、その口づけに応えた。

「ん……はぁ……」

やがて二人の間に熱い吐息が漏《も》れ始め、リリィはベルトランの頬に置いていた手をそっと後方に滑らせて、耳介《じかい》をくすぐるように撫でる。

思わぬ動きにびくりと身体を震わせたベルトランに、リリィは耳介《じかい》から首筋へと手を這わせながら、重ね合わせた唇の間から、つぷっと舌を差し入れた。

「ん……っ」

ベルトランからくぐもった声が漏《も》れ出て嬉しくなったリリィは、そのまま口腔内の熱い粘膜を舌で撫で、時折夫の舌に絡ませたりしてみた。

濡れた水音がひっきりなしに二人の間に響く頃には、ベルトランの手は腰から自然とリリィの引き締まった双丘《そうきゅう》へと下りていく。

「はぁ……っ」

吐息と共に唇を離して息継ぎをしたリリィの濡れた唇は、まるで瑞々《みずみず》しい果実のように見え、ベルトランはゴクリと喉仏を上下させた。

「ベルトラン様、攻めるのと攻められるのと、どちらがお好きですか？」

突然の質問に、ベルトランはハッと息を呑む。

「いつもお外では部下の方々を管理する側ですけれど、実は誰かに支配されたい、又は甘えたいとお考えではないのですか？」

「何故、そんな事を？」

「貴方の秘密《症状》についてですが、きっとそれをきちんと理解してくれる方がいなかったから、今まで良くならなかったのではないかと」

騎士団長であり支配する側であるベルトランが、疲れ果てた精神の奥底では、誰かに甘えたい、支配されてみたいと思っているなどと誰も想像すらしなかったのではないか。

今までベルトランが買っていた娼婦だって、男が攻めるのが当たり前だと思っていただろう。騎士団長という立場であるベルトランが相手なら尚更かもしれない。

「ベルトラン様の症状《遅漏》は、私が積極的になる事で、従属欲が満たされて良くなったのかと思ったのです」

ナターシャの受け売りではあったが、リリィはベルトランの悩みを解決したい一心で、顔から火が出るような思いをしながらも、懸命に気持ちを伝えていく。

「……そうかもな。外では部下たちを従え常に気が張り詰めているから、せめて妻の前では……と思う気持ちもあるのかもしれん。だから昨夜は症状が出なかったのか、と腑《ふ》に落ちた」

眉根を寄せ、眉間に縦皺《たてじわ》を作ったベルトランが、懇願《こんがん》の目でリリィを見上げる。

「このような夫を、情けないと思うか？」

さながらその姿は、女神に祈りを捧げる哀れな男のようだ。

「まさか。私だけが知るベルトラン様を見られるなんて、嬉しゅうございます。閨《ねや》でだけは私がベルトラン様を支配出来るなんて、それってとても気分が高揚しませんか？」

うっとりとした声音で話すリリィは、恍惚《こうこつ》とした表情でホウッと熱い息を吐いた。

「リリィ……」

ベルトランがリリィの名を呼ぶのと同時に、リリィはその豊かな胸元に夫の頭を抱き寄せる。

「ベルトラン様、癒して差し上げます。私が、貴方を」

妻は夫の柔らかなアッシュブラウンの髪を撫でながら、その旋毛《つむじ》に優しく口づけた。

「そのような事が、あって良いのか……？」

自分の胸元で呆然と呟くベルトランに、リリィは少し悪戯《いたずら》な声音で答えるのだった。

「その代わり、私が淫《みだ》らな女だという理由で離縁なさるのはよしてくださいませね」

「まさか……っ！」

ベルトランの返事を待たずに、リリィは柔らかな耳介《じかい》をカプリと優しく喰《は》む。何度か啄《ついば》み、そして耳介《じかい》から耳裏、首筋へと唇を這わせているうちに、ベルトランの息遣いは荒く変化していく。

やがて夫のシャツに手をかけた妻は、釦《ボタン》を一個ずつ外し、逞《たくま》しい胸板にススッと手を這わせる。

そうしながらも器用につぷっと耳穴に舌を差し込んだ時、ベルトランは低く呻《うめ》き、手を添えていたリリィの臀部《でんぶ》をギュッと鷲掴《わしづか》みにした。

「あん……っ、強く掴んじゃ……」

「す、すまない……つい……」

「ここ、舐められるのはお嫌ですか？」

そう言いながら、舌先を尖らせて耳穴に差し入れると、ジュプンと淫《みだ》らな水音がした。同時に、ビクリとベルトランが震える。

「嫌ではないが？」

「や……いや、ではない……が……」

「何故……何故……貴女はそんなにも……」

そりゃあ不思議であろう、つい昨夜まで処女であった妻が、初夜からずっと年上の夫を攻め立てているのだから。

「ベルトラン様を悦《よろこ》ばせるために、学んだのですよ」

耳元でそう呟くと、リリィはベルトランの胸の頂《いただき》を親指と人差し指で軽く摘《つま》んだ。その急な刺激に、ベルトランは身体を震わせる。

三十も年下の若い妻に、このように淫《みだ》らな行為をされているという背徳感。それがベルトランを興奮させ、下半身の猛《たけ》りに充血を感じさせたのだった。

「今日は、新たな試みに挑戦してみようかと思うのです」

「新たな……試み？」

息を詰まらせるようにして、何とか答えるベルトランに、リリィは容赦ない言葉を浴びせた。

「ベルトラン様のご立派な楔《くさび》に、私から口づけをしたいのです」

絶えず胸や脇腹を、触るか触らないかの絶妙なタッチで撫でながら、愛らしい妻はその口に似合わぬ卑猥《ひわい》な言葉を口にする。

「……ッ！」

「お嫌ですか？」

苦しげに息を詰めたベルトランに、リリィは悲しげな眼差しで尋ねる。しかしその手は相変わらず逞《たくま》しい筋肉の鎧をくすぐっているのだ。

「そんな事……リリィにさせる訳には……」

「あら、どうしてですか？」

「どうしてって……」

フワリ、とベルトランの目の前で美しいプラチナブロンドが舞った。次の瞬間、ベルトランの胸の頂《いただき》は飴玉を舐めるように、リリィによって刺激が加えられる。

「く……っ」

そしてリリィの右手はというと、苦しげなトラウザーズの上から膨らんだ部分を優しく撫でた。

「ベルトラン様……昂《たかぶ》っておられますね。どうしたのでしょう？」

「リリィ……っ」

ゆるゆるとベルトランの腰が揺れた。もっと刺激が欲しいとばかりに、リリィの手に触れる硬く膨張したものは脈動している。

「触っても良いですか？」

耳元で囁くリリィの問いに、ベルトランは首肯《しゅこう》した。リリィがトラウザーズの釦《ボタン》に手をかける。ゆっくりと焦《じ》らすようにしてそれを外すと、暗赤色の剛直が飛び出し、鍛え上げられた下腹につきそうなほど反り返る。

「く……っ！」

妻の華奢《きゃしゃ》な指によって可愛がられる年上夫の力強い楔《くさび》は、昨日よりも怒張しているように思えた。

「ベルトラン様、私は貴方を心から愛しております」

そう口にしたリリィは、ナターシャから聞いた通りに試してみる。勿論、ベルトランはそんな事をリリィが本当にするとは思っていないだろう。

そっとその場に跪《ひざまず》いたリリィは、目の前の楔《くさび》を指で甘美に扱《しご》いてみせる。まもなくその先から透明の雫が垂れるのを目の当《ま》たり《あ》にすると、そこにそっと顔を寄せたのであった。

「リリィ……っ！　だ、だめだ……っ」

拒絶か、それとも懇願《こんがん》なのか、ベルトランの切ない叫びのような声をリリィは聞こえないふりをした。

楔《くさび》を細い指で手前に引きながら、ぽってりとした唇でその先に口づけを落としたリリィは、神聖な儀式のようにゆっくりとその楔《くさび》のそこかしこへ唇を寄せる。

「く……っ、あ……！」

苦しげな夫の声は、妻にとっての励ましとなり、とうとうリリィはそのエラが張った部分までを、くちゅりと口に含んだ。

「ん……」

リリィが一瞬、表情を苦しげにしたのは、ベルトランの先走りが苦かったのかもしれない。その未知の味にも怯《ひる》む事なく、リリィは舌で撫で、口内の柔らかな粘膜で擦る。

「ぐう……ッ、リリィ……っ」

歴戦の猛者《もさ》である娼婦に比べれば勿論慣れない手技ではあったものの、ベルトランはその妻の努力といじらしさだけでも達しそうになっていた。

遅漏《ちろう》で悩んでいたベルトランが、今ではリリィの口内を汚さぬようにと必死で堪《こら》えているのだ。

「リリィ……リリィ……っ」

名を呼ばれると、何故かもっとしてあげたくなってしまうリリィ。本能で夫の心地好い部分を探し出し、その可愛らしい舌でなぞり上げた。

「だ、ダメだ……っ！　リリィ、もう良い！」

ガバリ、とリリィの身体を己の剛直から離したベルトランは、濡れた唇がぽってりと腫《は》れたようなリリィの顔を見て、なお一層股間に血が集まるのを感じてしまう。

「何故ですの？　良くなかったですか？」

少し悲しそうな妻を見れば、夫はもう本音を言うしかなかった。

「いや！　違う！　その……思わずリリィの口に出してしまいそうになって……」

「……それは、えっと……」

「ものすごく良すぎたんだ。こんなはずは……」

まるで信じられないとばかりに呟く夫に、妻は花が綻《ほころ》ぶような美しい笑みを浮かべて口を開いた。

「嬉しいです。ベルトラン様が喜んでくださって」

そんなリリィを見て、ベルトランの理性はどこかへ吹き飛んでしまいそうになる。だが、すんでのところで何とか踏みとどまり、まだたった二日目の夜を共に過ごす妻に優しくしてやらねばと己を律したのだった。

「リリィ、貴女の身体を見たい」

「はい。ベルトラン様……」

素直な妻はシュルシュルと胸元のリボンを解《ほど》き、ゆっくりと化粧着《ネグリジェ》を脱いでいく。薄明かりに照らされたその身体は、まるで女神だとベルトランは思っただろう。

白い裸体をすっかり晒《さら》したリリィを、ベルトランはゆっくりと寝台へ倒す。

「リリィ、今宵《こよい》は私にもお前を愛させてくれ」

「はい……ベルトラン様の思うままになさってくださいませ」

先程までの小悪魔のような姿はなりを潜《ひそ》め、今では従順で可憐《かれん》な妻は、ベルトランの情欲を一層駆り立てた。

再び唇を重ねた二人は、そのまま溶け合うようにして熱を分け合い、やがてベルトランはリリィの陶器のように美しい肢体に口づけ、そしてゴツゴツとした騎士の手で撫でた。

「あ……っ、べるとら……ん……さま……」

舌足らずな口調で喘《あえ》ぐリリィは、非常に扇情的で淫《みだ》らである。ベルトランは、かなり久しぶりに己がリードする交わりでこのような高揚感を得ていた。

もしかしたら、愛するリリィ相手であれば男として強くありたいと心の底で思うのかもしれない。または、この優しく可憐《かれん》な妻がこれほどまでに尽くしてくれたのだから、年上で経験豊富である自分が尽くさずにいたら、神の罰があると思ったのかもしれない。

「リリィ、愛している」

そう囁きを落としながら、ベルトランはリリィのまろやかな胸元へ顔を埋めた。甘い匂いのするそこへ口づけを落としたら、その頂《いただき》にある可憐《かれん》な蕾《つぼみ》へ舌を這わせる。

「ん……っ、あぁ……ん、ベルトランさま……ぁ」

薄桃色の蕾《つぼみ》を優しく刺激してやると、ピクリと反応する腰回りがやけに淫靡《いんび》に見えた。そのまま、たわわな双丘《そうきゅう》を味わいつつもベルトランの手は臍《へそ》から下生えの方へと移動する。

薄い下生えの奥には、リリィの秘めやかな部分が隠されており、今日こそは自分がリードすると決意したベルトランが、そこを優しく撫で上げる。

「や……っ、あぁ……んっ、そ、そんな……っ」

「痛かったりしたら、隠さずに教えてくれないか」

「は……っ、はい……」

言いつつ何故かとても楽しそうなベルトランに、リリィはぼうっとした頭で返事をしていた。いつの間にか形勢逆転しているのもどうでも良いくらいに、未知への期待感から、リリィは胸が高鳴って苦しいほどだった。

美しい妻の、秘めたる場所を暴けるのは自分だけだという高揚感は、ベルトランの心を今までないほどに満足させた。やわやわと、優しく撫でているうちに、リリィの花弁からは愛蜜が溢れてくる。

「はあ……っ、は……やぁ……っ」

熱い吐息を漏《も》らすリリィに、ベルトランは大人らしい野性味溢れた笑みを向けた。初めて見るベルトランのそのような表情は、リリィに欲情して堪《たま》らないというのが、ありありと伝わってくるものである。

「リリィ……今日は私が貴女を良くしてあげよう」

「あ……っ！　ん……ぁん……っ」

美しい妻の秘所へとそっと顔を近づけたベルトランは、その甘い香りに吸い寄せられるようにして、花弁の愛蜜を啜《すす》った。

「はぁぁ……んっ」

もはや攻められるだけのリリィは、とにかく襲いくる快感の波を、どうにかしてやり過ごす事しか出来ない。

ピチャピチャと淫《みだ》らな水音をさせて、三十も年上でこの国の民の多くが憧れる騎士団長の夫が、自分の秘密の場所へ口づけているというのを考えただけで、リリィはもう頭がおかしくなりそうであった。

「は……ぁっ、ベルトランさまぁ……っ」

ぷくりと膨らんできた珊瑚《さんご》の粒のようなところを、ベルトランが尚も執拗《しつよう》に舌と指で攻めると、リリィは高い喘《あえ》ぎ声を上げて達してしまう。

「やぁぁ……っ！」

背を弓形《ゆみなり》にしてピクピクと痙攣《けいれん》するリリィは、そのうち背を寝台につけて、ハァハァと荒い息を吐きながらポォーっとしていた。

「リリィ……達したな」

「たっする……？」

「良かったか？」

口周りを手の甲で拭《ぬぐ》いながら、爛々《らんらん》としたグレーの瞳でリリィを見るベルトランは、普段の穏やかな姿とは打って変わって別人のように獰猛《どうもう》な笑みを浮かべている。

「はい……ベルトラン様……」

「貴女が相手であれば、どんな風に慈《いつく》しんでやろうかと考えてしまうな」

結局年の功というやつか、今宵《こよい》のリリィはベルトランに翻弄《ほんろう》されてしまうようだ。

「ベルトランさま……抱きしめてくださいませ」

先程まで、少々くたりとしていたリリィも、ベルトランに抱擁を強請《ねだ》るまでには回復した。両手を広げて夫を迎え入れようとする妻を、ベルトランは優しく覆いかぶさるようにして抱きすくめる。

そしてどちらからともなく唇を合わせて、そのうち舌を絡ませ歯列を舌で撫で合いながら、ベルトランは右手をリリィの秘所へと伸ばすのだった。

「あ……ん、んん……ぁっ」

口づけの合間に漏《も》れる悩ましげな声に、リリィの下半身に時々触れるベルトランの楔《くさび》は、より一層硬さを増す。

ジュプリ、と可憐《かれん》な合わせ目に指を挿《さ》し入れたベルトランは、襞《ひだ》のうねりを確かめるようにして指を動かした。リリィは息を吐き出しつつ、ベルトランのする行為を素直に受け入れる。

一方でベルトランの方も、まだ男を受け入れる事に慣れぬであろうリリィの大切な場所を解してやるのに専念しながらも、早くこの妻を己の肉杭で貫きたいという暗い欲望と闘っていたのである。

「ベルトラン様……苦しそう……」

生殺しの状態がかなり辛くなっていたのか、ベルトランの眉間には深い皺《しわ》が刻み込まれている。

時々自分の身体に当たるベルトランの猛《たけ》りが、早く花弁の奥へと入りたがっているとは露《つゆ》知らずリリィは心配そうに口にした。

「リリィ、貴女の中へ入っても良いか？」

「……はい。今日はベルトラン様のお好きなようになさってください」

せっかくリリィがそう言っても、ベルトランにとっては目の前の美しく華奢《きゃしゃ》で、まだ男を一度しか受け入れた経験のない妻を、己の欲のまま蹂躙《じゅうりん》する事など出来るはずもない。

だがリリィの濡れそぼった秘所は、甘く淫《みだ》らな蜜を垂らしてベルトランを待ち望んでいる。

「もしも辛かったら、言ってくれ」

「はい……」

涙目のリリィがそう答えると、ベルトランはフッと笑ったように見えた。

まるで初めての交わりのように、ベルトランはリリィに何度も口づけを落として宥《なだ》めながら、仰向けの妻の脚を優しく折り曲げる。そうしてその間に自分の身体をぎゅっと密着させた。

合わさって閉じた可憐《かれん》な花弁に、ベルトランの硬く大きな剛直を何度か擦り付けるようにして、花蜜溢れる隘路《あいろ》の入り口にズズズッとゆっくり侵入していく。

「んんん……っ！」

中を拡張して進む熱い楔《くさび》は、妻の身体を慮《おもんぱか》りつつも、ゆっくりと奥へと進んでいった。

「は……あっ、すごく熱い……あ、ぁん……ッ」

中で蠢《うごめ》く柔らかな粘膜は、ベルトランのものを包み込むようにして受け入れる。やがてジワジワとベルトランが律動すれば、昨日ほどの苦痛はなく快楽の方が増しているのか、リリィはすぐに甘い喘《あえ》ぎを零《こぼ》した。

そうしながらもリリィは、しっかりとベルトランにしがみつき、途中幾度も口づけを強請《ねだ》る。だがベルトランが段々とその動きを速めるごとに、口づけよりも喘《あえ》ぎの方が増え、しまいにリリィの啼《な》き声しか聞こえなくなっていった。

「あぁッ……！　気持ち、いい……！　あん……ッ……んんッ……！」

恍惚《こうこつ》とした表情のリリィの肢体はしっとりと汗にまみれ、陶器のような白い素肌には、ベルトランによって紅い花弁に似た痕が方々に散らされていく。

その淫靡《いんび》な身体はとうとう夫の理性を焼き切り、彼らの交わりはジュプリジュプリと淫《みだ》らな水音を響かせながら、肌と肌がぶつかり合うほどの激しい動きとなっていった。

「リリィ……っ！」

「や……あぁ……んッ、べる……とらん、さまぁ……ッ」

舌足らずな妻の呼びかけに年上の夫は思わず息を呑み、自らの腰をこれまで以上に妻の身体へと強く押しつける。

そしてグリッと奥を突いた感触に、夫は低く呻《うめ》いた。

「ぐ……っ」

瞬間、柔らかくて熱い肉壁の中では大きく膨れた楔《くさび》が引《ひ》き攣《つ》った。一呼吸あとにはリリィの子宮口目がけて、熱い飛沫《しぶき》がドクドクッと放たれたのである。

「あ、んん……っ！」

腹部に感じる熱に、リリィはホウッと息を吐く。ベルトランは二、三度腹の中の奥へ奥へと押し付けるようにしてから、リリィの体内より自らの楔《くさび》をズルリと引き抜いた。

ぐったりとするリリィの、僅かに腫《は》れぼったくなった花弁から零《こぼ》れ落ちる淫《みだ》らな白濁。とても妖《よう》艶《えん》で卑猥《ひわい》で、しかし美しいとさえ思える。

リリィのその姿はベルトランの欲望へ直《じか》に働きかけて、またすぐ鎌首を持ち上げる剛直に、ベルトラン本人が一番驚いていた。

「参ったな……」

「ベルトランさま……？　どうなさいましたか？」

「身体は、辛くないか？」

優しく頬を撫で、口づけを落としながら問う夫に、若い妻は素直に答える。

「はい、平気です」

いじらしい妻に何かを決意した様子の夫は、白濁の溢れ出るその場所に再び楔《くさび》を打ち込んだ。

「あ……ッ！　また……！」

「リリィ……年甲斐《としがい》もなく貴女を抱き壊してしまうかもしれない。嫌だったら言ってくれ」

「そんな、ベルトラン様が求めてくださるなら……私は幸せです……」

そんなリリィに、ベルトランは愛しくて堪《たま》らないといった風に優しく触れ、その後幾度となくその胎内に子種を吐き出したのだった。

流石《さすが》にリリィが睡魔に負けたところで、二日目にもかかわらず激しい夫婦の営《いとな》みは、やっと幕引きとなった。

けれど、事後にリリィの汚れた身体を丁寧に拭き取ってやっていたベルトラン。その女神のような肢体を前にして、収まらぬ自分の欲望と身体の変化に驚きを隠せない。

あれほど参っていたベルトランが、遅漏どころか年甲斐《としがい》もなく絶倫で悩む羽目になったのだから、この若くて健気《けなげ》な妻の積極的な閨《ねや》作法は、夫の悩み解消に大いに役立ったのだ。

「しかし、これではリリィが疲れてしまう。何とか自制せねば」

リリィの柔らかな頬にかかった一房のプラチナブロンドを耳にかけてやりながら、ベルトランはガシガシと自分の短髪を掻き上げる。

「……陛下の望みは、すぐに叶うかもしれんな」

ポツリと吐き出したベルトランの言葉は、深い眠りについたリリィには届かない。


翌朝、先に目覚めたベルトランは、透き通るような色合いのまつ毛が縁取《ふちど》る瞼を未だ閉じたままのリリィを寝台に置いて、ジョゼフに馬の準備を命じた。

「あの可愛らしい奥様とは、本当に仲がよろしいようで何よりです」

相変わらずピシッとしたお仕着せに身を包み、白髪を丁寧に撫で付けた家令は、恥ずかしげもなくそう口にした。至って真面目な口ぶりである。

長年の付き合いのジョゼフがそう言うものだから、ベルトランは嬉しそうに口の端を上げた。

「ああ、リリィを妻に出来たのは僥倖《ぎょうこう》だった。縁を取り持ってくださった陛下には、感謝しない

となし

「それはようございました」

「まさかこんな歳になってから若い妻を持とうとは、思いも寄らぬ事だったがな」

そう言いながらも嬉しそうなベルトランに、ジョゼフはニコニコと人の好い笑みを浮かべてうんうんと頷き、同意した。

この屋敷の使用人たちだって主人のベルトラン一人しかいない寂しい屋敷よりも、奥方がいてのちのちは子どももいるような賑やかな屋敷の方が仕事のやり甲斐《がい》があるというものだ。

「して、ご主人様。国王陛下のところへはいつ訪問される予定ですか？」

「そうだな、リリィがここの生活に慣れてからでも良いかと思っていたが……案外せっかちな陛下の事だ。早く行かねば面倒な展開になりかねないな」

「謁見用のドレスが仕立て上がったら、という事にしておきましょうか」

流石《さすが》、出来る家令ジョゼフである。ベルトランはその提案に大きく頷き、今日の外出に持っていく予定の本を探しに執務室へと向かった。

「あんなに嬉しそうなご主人様は、初めて見ましたね」

ズンズンと大股で去るベルトランの背中に向けて、ジョゼフは口元を綻《ほころ》ばせて一人呟く。

「これは、私も長生きせねばなりませんな」

一方、寝室で目を覚ましたリリィ。下腹部に違和感は少々あったものの、特に痛みなどなく起き上がる事が出来た。

少し動くと大切なものが平たい腹の中から脚の間にドロリと垂れてくるのが分かり、勝手に動いても良いものかと思案する。

（ナターシャ、これって動いても良いの？）

『おはよう、リリィ。大丈夫よ、溢れても問題ないわ。ほんとに貴女の旦那様ってば、はじめは遅漏《ちろう》で悩んでいたのに、どういう事かしらね？　きっと貴女の丁寧な治療が功を成したのね』

恥ずかしげもなく答えるナターシャを、それでもリリィは心強く思った。当然ながら閨《ねや》作法については初めてだらけで、リリィだけではベルトランとの関係は上手くいかなかったかもしれない。ナターシャのお陰でこの王命による夫婦の仲がすぐに深まったのだと、リリィは本心から信じていたからだ。

「レナ、湯浴みを頼めるかしら？」

使用人を呼ぶための鈴を振ったリリィは、その後湯浴みと着替えを行った。湯浴みの時に、昨夜何度となく注がれたものが溢れていき寂しく思ったが、それほど愛されているのだと感じて、リリィは終始幸せそうな表情を浮かべていた。

支度を整えると、いよいよ夫婦は馬での外出に出発するのだった。

動きやすい服に着替えたリリィを腕に抱き、ベルトランは青毛の愛馬に跨《また》がって屋敷を出る。

「怖くはないのか？」

「領地でも、父と一緒に乗った経験はあるのです。一人では怖くて無理ですけど」

「そうか、怖かったら言ってくれ」

真後ろに感じる夫の体温に、リリィは心なしか頬を赤く染め、常に妻を優しく気遣う姿勢に思わず笑みを浮かべた。

『旦那様は優しいわねぇ。やっぱり若い男よりも、包容力のある男の方が良いわ』

(ナターシャ、胸がすごくドキドキするのだけれど、ベルトラン様に聞こえないかしら?)

『ふふっ! 聞こえないわよ! 貴女には分からないでしょうけど、後ろで旦那様も少しは緊張しているみたいよ』

(えっ! 本当? それって私が乗っているから?)

『良いところを見せたいんでしょう。男ってそんなものよ』

(そうなのね……)

ナターシャとの会話によって、緊張していたリリィも身体の力が抜けて楽になった。ベルトランもリリィを意識していると聞き、素直に嬉しかったのだ。

「気持ち良いですね。高いところから見る景色はいつもより新鮮に思えます」

「そうか? 私にとっては見慣れた景色だが、リリィが喜んでくれているならば良かった」

ゆったりとした速度で馬を走らせて、やがて着いたのは王都に隣接する森の中。広大な森は国によってきちんと整備されていて、凶暴な野生動物もおらず、民の憩《いこ》いの場となっている。

「ありがとうございます」

先に降り立ったベルトランの胸の中へ飛び込むようにしてリリィが勢い良く飛び降りても、きちんと受け止めてくれるベルトランは頼り甲斐《がい》がある。

「やはり、ベルトラン様は逞《たくま》しくて素敵です」

「そうか？　もう老体だがな、リリィくらいは抱き上げられるぞ」

「憧れだったのです。このような触れ合いをするのが」

ベルトランによって軽々縦抱きにされたリリィは、不意をついて夫の唇にチュッと接吻《キス》した。

「不敬かもしれませんが、本の中の王子様とお姫様みたいですよね」

「私が、王子様……か」

「はい！　私の素敵な王子様です」

何度か軽い口づけを交わしてから、やっとリリィを下ろしたベルトランは、一際大きな木陰に敷物を敷いてそこに本を並べる。

「では、背中合わせに座って本を読みましょう。そうすればお互いが楽に過ごせますよ」

可愛らしいお願いにベルトランは素直に応じて、夫婦は背中合わせに座ってお互いおすすめの本を読み合った。

そんな風にして新婚夫婦はゆったりとした時間を過ごし、休暇はあっという間に終わってしまう。

その間、ナターシャに声をかけても返事が聞こえない時が何度かあって、リリィは不安になった。

が、やがて『心配しなくても、眠くて寝てるだけよ』と返事があり、いつもの通りのナターシャであったから、ホッと胸を撫で下ろしたのだった。

もはや頭の中のナターシャの存在は、リリィにとって自然なものになっており、ナターシャもリリィに対してはじめよりも優しげな声音で話す事も増えていたのである。

休暇明け、すぐに国王陛下からのお呼びがかかり、謁見用のドレスが出来上がったリリィと、少々苦虫を噛み潰したような顔をしたベルトランは、揃って登城した。

謁見室で玉座に座るブロスナン王国の国王は、宰相であるリリィの父親と同じくらいの年齢で、口髭《くちひげ》の生えたとても威厳のある人物である。

リリィが幼い頃から宰相である侯爵と共に幾度となく会っているだけあって、国王は笑顔で二人を出迎える。

「リリィ、久しいな。宰相《父親》は今日席を外させておる。あ奴がいればアレやコレやと口を出すから、なかなかゆっくり話せん」

国王はベルトランの乳兄弟《ちきょうだい》である。それもあってベルトランはこのプライベートな場では、いつもと違《勤務》って砕けた雰囲気で国王に接しているようだった。

「国王陛下に拝謁いたします。陛下のお陰で、私はベルトラン様と幸せな日々を過ごしております」

リリィは渾身《こんしん》のカーテシーで挨拶を行う。ふんわりと広がる淡いグリーンのドレスと、プラチナブロンドが美しく煌《きら》めいた。

「ふむ。何か印象が違うなと思ったら、宰相が着けさせていたあの眼鏡は外す事にしたのか？」

リリィの顔のほとんどを隠していた丸眼鏡は、ナターシャによって着けるのを禁じられたから、リリィは幼い頃ぶりに国王へ素顔を見せている。

「ええ。既にベルトラン様という素晴らしき伴侶を得ましたので、私にはもう必要ないかと」

「なるほど。いくらリリィが美しかろうとも、英雄騎士団長の奥方にちょっかいを出すような馬鹿はおるまい。いやぁ、ベルトランもリリィのような若い妻を貰えて嬉しかろうよ」

リリィは恥じらいの表情でベルトランを見る。ベルトランはサッと頬を赤らめて咳払いをした。

「おお、そうじゃ。リリィの助言のお陰で我が国に蔓延《はびこ》っていた疫病《えきびょう》は、そのほとんどが治ったと報告を受けておる」

「本当ですか？　それは良かったです」

以前リリィはナターシャから疫病《えきびょう》の悪魔は野生の薔薇《ばら》の匂いが苦手だと聞き、他国の文献から知ったとして国王へ奏上した。国中に成長の早い野生種の薔薇《ばら》を植え、そこから取れるローズヒップを薬として使用する事で疫病《えきびょう》はたちまち治ったという。

「退魔師《たいまし》たちの報告によると、疫病《えきびょう》の悪魔たちはすっかりどこかへ行ってしまったようじゃ」

ニコニコと終始機嫌の良い国王は、ここで少々声を潜《ひそ》めた。とは言っても、この場所には国王とリリィ、そしてベルトランしかいない。

「実は四ヶ月前、王太子夫婦に子が出来たというのが分かってな、まだ公表はしていないのだが……」

「まあ！　それはおめでとうございます！」

思わぬ話に、リリィは驚きながらも喜びを伝える。けれどもベルトランは何故か未だに渋い顔のまま。リリィは不思議に思っていたが、続く国王の言葉で全て合点《がてん》がいったのである。

「それがあんまり嬉しくてな。それでベルトランにも同い年の子が生まれるように、リリィと結婚して子を生《な》すように勧めたのだ」

朗《ほが》らかな笑顔の国王は、この国のみならず隣国からも賢王と呼ばれている。確かに政治手腕もなかなかのものであった。だが、欠点として時に非常にお節介なところがあるのだ。

まさにそのお節介でベルトランとリリィの婚姻、はたまた王族に生まれる次世代の子と時を同じくして子を生《な》す事まで命じられていたのであった。

――『すまない。これにはのっぴきならない事情があってな。陛下も、乳兄弟《ちきょうだい》であるベルトラン殿を思うが故《ゆえ》なのだよ』

宰相であるリリィの父が、この不可思議な婚姻を娘に伝えた時に口にしていた言葉の意味が、今になってリリィの胸にストンと落ちた。

優秀な臣下であるベルトランの血が途絶える事が、この国にとって不利益となると考えたのかもしれない。

「それでも……私はベルトラン様を愛しておりますから。このご縁を結んでいただけて、大変感謝しております」

落ち着いた様子でリリィが答えると、国王はチラリとベルトランの方を見た。ベルトランはリリィの言葉に少しばかり口の端を上げ、思わず頬が緩みそうになるのを必死に堪《こら》えている様子である。

「そうか、それは良かった。ぜひとも二人の子が、儂《わし》の孫の学友となるように祈っておる。おい、ベルトラン、しっかり励めよ！」

流石《さすが》にこの言葉にはリリィも赤面して俯《うつむ》いてしまったが、これもベルトランと近しい関係であるからこその言葉なのだろう。普段の国王であれば、このような直接的な言葉を使わないのだから。

『あらぁ、この国の王様ってば案外下世話なところがあるのねぇ』

（ナターシャ、不敬よ）

『私はサキュバスなんだから、不敬もクソもないわ』

（それにしても、陛下がそんな風にお父様に命じていたなんて、流石《さすが》に私には話せないわよね）

まさか婚姻だけでなく、未来の国王の学友とするために、いち早く子を生《な》す事まで命じられていたなどとは思わなかった。

「陛下、そのような直接的な言葉はお慎みください。リリィが驚いているではないですか」

「わはは！　すまん、すまん！　宰相もいないし、つい口を滑らせてしもうたわ！　それにしても、お前もすっかり若い妻に骨抜きにされておるではないか」

少々過激な物言いをする国王に、リリィはひたすら赤面して耐える。リリィの中にいるナターシャも、国王に続くようにして楽しそうに高笑いしていた。

「まあ、そこに関してだけは陛下に感謝しておりますよ。このように素晴らしい妻と、巡り会わせてくださったのですから」

「ほう、鬼と呼ばれるお前も、これからは眉間の皺《しわ》だけでなく目尻の皺《しわ》も増えそうだ」

豊かな髭をふさふさと揺らしながら、国王はベルトランを揶揄《からか》う。

「そうですね。リリィが日々私を癒してくれますから。しかし私に皺《しわ》が増えたとしても、妻は『魅力的だ』と言ってくれるのです」

「ほほっ！　そうかそうか！　こりゃ儂《わし》は本当に良い手引きをしたようだ」

終始上機嫌の国王との謁見を終え、宰相の執務室を訪れた夫婦は、普段は厳《いか》めしい宰相がひたすらにリリィへ謝り続けるのを宥《なだ》めるのに苦労した。

「リリィ！　すまなかった！」

「お父様、頭を上げてください。私は怒ったりしておりませんし、今とても幸せなのです」

「しかし……お前には流石《さすが》に話せなくてな……まさか陛下が、王太子殿下のお子のご学友にリリィの子を望んでいるなどと……」

父娘のやり取りを前に、ベルトランは気まずげに苦笑いを浮かべて立っている。国王と宰相とベルトランの三人では幾度となく話をしていたから、実のところ知らないのはリリィだけであったのだ。

「お父様、私はベルトラン様を愛しているのです。ですから、そのようにお父様が謝罪なさると困るのです。もうおやめください」

リリィがそう言って父を抱きしめると、父はやっとの事で落ち着いた。そして優しく娘の髪を撫でて、ホッと息を吐く。

この父も、臣下としての立場と父としての不安の間で悩んだのだろうと、聡いリリィはよく理解し、そして感謝を込めて背中をさすった。父は娘を心から大切に思っていたのだから。

『嘘でしょ⁉　まずい！』

王城からの帰り道、ベルトランとゆっくり並んで歩くリリィの頭の中で、ナターシャが突然ひっ迫した声音で叫んだ。

そのような声色は初めて聞くものだったので、リリィは思わず立ち止まって頭に手を触れる。

『リリィ！　そばにアイツが来てる！　私を見つけたみたいだわ！』

いつもは飄々《ひょうひょう》としたナターシャ。それが今は、頭が痛くなるほど悲痛な叫び声を上げている。リリィはとにかくパニック状態のナターシャを落ち着かせようと、優しく語りかけた。

(アイツ……？　ナターシャ、落ち着いて。ゆっくりと説明して)

『早く屋敷に帰るのよ！　旦那様に何とでも言って、すぐに馬車で帰って！　お願い！』

(分かったわ！　だから落ち着いてね)

切迫したナターシャの願いにリリィは大きく頷く。真っ直ぐに前を向いて歩くベルトランには、リリィが焦っているのを悟られていない。

「あの、ベルトラン様。私少しばかり気分が優れなくて……ここからは辻馬車で帰ってもよろしいでしょうか？」

「何？　それでは私が抱えて帰ろう」

「え……いえ、そうではなく……」

リリィの言葉を最後まで聞かずに、ドレスの裾を気にして縦抱きにしたベルトランは、重さを感じさせないほどの駆け足で屋敷へと帰る。途中、怪しい影がついてこないかどうか、リリィは必死に目を凝《こ》らしてみたが、特に誰もついてきてはいないようであった。

(ナターシャ、大丈夫？)

『アイツ……私の居場所を突き止めたんだわ』

屋敷に着くと、心配したベルトランはリリィにあれやこれや聞いてきたが、今だけはナターシャと話がしたくて、リリィはしばらく自室で休むと答えたのだった。一人きりになった自室で、リリィは心配そうな顔付きで自身の中の悪魔に尋ねる。

(アイツって、誰なの？)

『退魔師《たいまし》。あの時、騙されたフリをして私を油断させて、祓《はら》おうとしてきたの。何とか逃げたんだけどあのザマよ』

退魔師《たいまし》とは、魔物や悪魔を祓《はら》う者の事。教会だけでなく、旅に出て各地の魔物を祓《はら》って回る者もいるという。

(ナターシャ、退魔師《たいまし》は貴女を完全に祓《はら》おうとしているの？)

『リリィの中に逃げ込んだのがバレてしまった。アイツは、私が貴女の身体を乗っ取って、また悪さをすると思っているだろうから……』

(事情をきちんと話したら、許してくれないかしら？)

ナターシャが自分の中にいるのが既に自然になっていたリリィは、どうにかして退魔師《たいまし》を説得出来ないかと話す。すると、少し落ち着きを取り戻した様子のナターシャが答えた。

『馬鹿ねぇ、事情を話すですって？　私はリリィと仲良く暮らしてます、なんて。ふふっ……そんな話を信じてくれる訳がないわ。それに……』

（それに？）

『……いいえ、何でもない……』

何故かナターシャはそれ以上話してくれなかったので、リリィは未だ心配しているであろうベルトランの元へと向かう事にした。ナターシャと同じくらい、不安げな顔で別れた夫も心配だったからだ。

ベルトランはいつも騎士団の書類仕事を持ち帰り、空《あ》いた時間に目を通しているとジョゼフから聞いていた。滅多に足を踏み入れない、ベルトランが使う執務室の扉をノックする。

「ベルトラン様、ご心配をおかけしました」

やはり執務机に向かっていたベルトランは書類の束から視線を上げ、真っ先にリリィの顔色を見た。そしてすくっと立ち上がり、扉近くに立つリリィへ足早に近づく。酷く心配そうな表情で頬に手を触れるベルトランに、リリィは思わず笑顔になったのだった。

「大丈夫か？　やはり昨夜、私が無理をさせたせいなのか……」

「あ、いいえ！　違うのです！　今はもう治りましたし、国王陛下にお会いするのは久しぶりでしたから、緊張していたようなのです」

そう言ってリリィはそっとベルトランの身体に手を回し、分厚い胸板に頬を寄せてみる。

「そうか、それならば良いが……」

ホッとした様子のベルトランはリリィの華奢《きゃしゃ》な背を優しく撫で、ふわふわとした髪が手のひらに触れて心地好いのか、何度もそれを繰り返す。

やがてどちらからともなく一度だけ唇を重ね合わせる。慈《いつく》しみの心を込めた口づけの快《こころよ》さに、リリィのざわつく心は平静を取り戻したのであった。


ベルトランが騎士団へ出仕している間、リリィは家令のジョゼフについて家政の執り仕切り方を覚えたり、社交界から届く招待状などに目を通したりして過ごす。

「奥様、こちらのお手紙が届いておりました」

ジョゼフが持ってきた封筒には、『エドワード・G・マーシャル』と差出人の名前が記載されていたが、リリィには聞き覚えのない名であった。

「ありがとう、ジョゼフ」

ジョゼフがリリィの私室から退出した後にペーパーナイフで封を開けてみる。そこに書かれた文面に目を通した瞬間、リリィはハッと息を呑んだ。同時に、リリィの中にいるナターシャが短い悲鳴を上げる。

『どうして……何故アイツがここを知っているの⁉』

（……ナターシャを祓《はら》おうとしたのは、このエドワード・G・マーシャルという退魔師《たいまし》様なのね）

退魔師《たいまし》からの手紙には、突然の手紙を出した無礼への謝罪と、手負いの悪魔ナターシャが入り込んだリリィを気遣う文言がしたためられていた。そして几帳面に綴《つづ》られた文面の最後には、自らが取り逃したナターシャを祓《はら》い、巻き添えにしてしまったリリィを救うという決意が記されている。

手紙の最初から最後までを二度読み返したリリィは、ナターシャに対し努めて落ち着いた声色で話しかける。

（大丈夫よ、ナターシャ。このお屋敷はベルトラン様の部下の方がしっかりと守ってくださっているもの。いくら退魔師《たいまし》様でも、無理に侵入される事はないわ）

『確かにその点では、リリィの旦那様に感謝しなきゃね』

（それにしても、この退魔師《たいまし》様……とても真面目な方みたいね）

几帳面な文面から、リリィは手紙の送り主にそのような印象を抱いた。

『あら、退魔師《たいまし》が真面目だなんて我々悪魔にとっては脅威でしかないわよ』

（そう言われればそうよね。ごめんなさい）

『全く。貴女ってばとても賢いのに、時々抜けてるわよね』

どうやらナターシャはリリィとの言葉のやり取りのお陰で、少しずつ冷静さを取り戻してきたようだ。

『アイツの名前なんか知らなかったけど、確かに文面だけ見れば真面目な事を書いてるわね』

（そうなの。でもここに書いてある内容によると、退魔師《たいまし》様は大きな誤解をしているようだわ）

手紙の中で退魔師《たいまし》エドワードは、手負いのサキュバスが何らかの力をもってしてリリィの中へ強引に入り込み、その精神と身体を支配しようとしていると考えていた。リリィを救えるのは退魔師《たいまし》の祓《はら》う力だけであり、同時にこんな事態になったのは自分の責任だと謝罪を述べている。

（私がナターシャに被害を受けていると思っているみたい。その誤解さえ解ければ、もうナターシャを追わなくなるのではないかしら）

『うーん、そう上手くいくとは思えないわね。退魔師《アイツら》は私たち悪魔を目の敵《かたき》にしているだけでなく、消すのを楽しんでいるような奴もいるんだから』

（人間にも、恐ろしい人はいるものね。けれど、やってみる価値はあると思うの。私、退魔師《たいまし》様にお会いするわ）

エドワードはリリィを教会へと呼び出してきたのだった。淫魔《いんま》が身の内に入り込んでいるなどという事は誰にも知られたくないだろうから、決められた時間に告解室《こっかいしつ》へ来るようにと。

『本当に行くの？』

（ええ。悪魔は悪魔でも、ナターシャは私を何度も助けてくれた。それに決して害を及ぼしたりしない。私たちを放っておいて欲しいってお願いしてみるわ）

『リリィ……貴女って、お人好しね。本当に馬鹿が付くほどお人好しだから……淫魔《いんま》なんかに入り込まれるのよ』

（そうかもしれないわね。でも、後悔はないわ）

相変わらずナターシャは強がっているものの、リリィには退魔師《たいまし》を酷く怖がっているように思えたのだ。有無を言わさず悪魔を消してしまう退魔師《たいまし》。恐ろしくて当たり前だろう。

リリィはナターシャの脅威を取り除くため、エドワードに会う事を決意した。


「いってらっしゃいませ、奥様」

玄関で数名の使用人とジョゼフに見送られながら、侍女のレナと共に外出用のワンピースを着たリリィが屋敷を出る。

リリィが手紙で呼び出された場所はベルトランの屋敷からそう離れていない。ベルトランと出会ったあの大きな教会とは別の、ごく小さな規模の教会だった。馬車を使うほどの距離でもないからと、リリィはレナと共に歩いて向かう。

「奥様、教会にはどのような用件で？」

きっとレナはジョゼフからリリィの突然の外出の理由を聞くようにと、強く言い含められているのだろう。さりげなさを装《よそお》って尋ねてくるのだった。しかし元来素直なレナだから、いくらさりげなさを装《よそお》ったとしても、すぐに感じ取れてしまう。

リリィは隠し事をするのに後ろめたさを感じつつも、もっともらしい理由を口にした。

「……実はね、私早くお子が欲しいの。ベルトラン様のお子を早く授かりますようにと、神様にお願いしたいのよ」

「まあ、そうなのですね。そりゃあ私たちもご主人様と奥様が早くお子を授かれば嬉しいです！」

レナと二人で一緒に祈りを捧げた後、リリィは告解をしたいからと言ってレナを待たせる。素直なレナは大きく頷いて了承したので、リリィはチクリと胸が痛むのだった。

「はじめまして、リリィ・ド・オリオール夫人。呼び出しに応じてくださって嬉しいです。この度は申し訳ありませんでした」

告解室《こっかいしつ》の格子窓の向こうにいたのは、赤い髪で左の目元に黒子《ほくろ》のある若い男。整った顔立ちと、その肌艶の雰囲気から、二十代後半くらいと推測出来る。

白いローブを羽織った男は、仮面を貼り付けたような胡散臭い笑顔を、リリィの方へと向けていた。

「貴方が、エドワード・G・マーシャル？」

リリィがそう尋ねると、格子窓の向こうの男は垂れがちな目をスウッと細めた。

「いかにも。私は貴女をお助けしたくて手紙を書きました。この教会の司祭はちょっとした友人でしてね。貴女とお話をするために場所を借りたのです」

退魔師《たいまし》のはずの彼は、この教会の人間ではない。

「それで、いつから私を見張っていたのですか？」

サキュバスであるナターシャを祓《はら》おうとした人間に向けて、ついきつい物言いをしてしまった事に、リリィ自身もハッとした。普段のリリィならば、このように感情的な物言いを他人に、ましてや初対面の者にしないのだから。

「不快な思いをさせてしまったのであれば申し訳ありません、オリオール夫人」

「……ごめんなさい。突然の呼び出しに驚いてしまったのです」

素直に謝るリリィに対して、気にした様子もないエドワードは一度フッと笑ったように息を吐くと話を続けた。

「いいえ、全ては私の不手際が原因ですから」

そう言うと、黒い瞳でじっとリリィを見つめるエドワードが再び口を開いた。

「あの時、私は悪魔を倒したつもりでしたが、隙をつかれ瀕死《ひんし》の状態で逃げられたのです。しかしあの状態ですから助からぬだろうと思っていたのに、まさか人間の中に逃げ込むなんて」

確かにあの時ナターシャは瀕死《ひんし》の状態で、情けを見せたリリィの中に、かろうじて精神だけを残したのである。

「ナターシャは、確かに私の中におります。しかし、彼女は私に対して何ら悪さをしておりません。ですからもう、放っておいてもらえませんか？」

思いがけぬリリィの言葉に、エドワードは目を見開いた。そしてそれをどこか探るような視線に変えて、やっと口を開く。

「夫人は、そのサキュバスを祓《はら》いたいと思ってはおられないというのですか？」

「はい。このまま見逃していただけませんか？」

リリィはもうナターシャに情が湧いてしまっていたから、必死になって何とかエドワードを説得しようと試みる。

『このエドワードって退魔師《たいまし》、私の誘惑に乗ったただの男のフリをしておきながら、閨《ねや》で突然祓《はら》ってきたのよ。全く信用出来ない男だわ』

リリィの言葉にエドワードが相当困惑している様子を見て、頭の中のナターシャがブツブツと悪態を吐く。

エドワードはとても整った顔立ちの若者で、「垂れ目と目元の黒子《ほくろ》が魅力的ね」などと若い令嬢たちが騒ぎそうである。ナターシャもこの外見につい油断してしまったのだ。

(ナターシャ、大丈夫よ。私がきっと説得するわ。だって貴女が私の中にいる以上、勝手には祓《はら》えないのよね？)

『今の状態で祓《はら》うには、貴女の同意が必要だわ。もう私の身体は既にないから、精神の域にまで入り込まないと祓《はら》えないからね』

(それなら私は、貴女を絶対に祓《はら》わせたりしないわ)

しばらくの間無言で考え込んでいたエドワードは、やっとの事で言葉を発する。

「夫人、精神だけになったサキュバスが人間の身体の中に入り込んでしまうなど、聞いた試しがありません。既に何か不都合が起きておりませんか？」

「いいえ。そのような事はございません」

「そうですか。そもそも、何故夫人の中にサキュバスが入り込んだのでしょう？」

エドワードは髪の毛と同じ赤い眉を顰《ひそ》めて、明らかに心配そうな声音でリリィに問う。根っからの悪人ではなさそうなその態度に、リリィは知らず知らずのうちに力が篭っていた握り拳を緩める。

「それは、私が『消えてしまうなんて可哀想、何か出来る事はないかしら』とナターシャに告げたからです」

「え!?　サキュバスに……ですか？　何故そのような馬鹿な真似を？」

いかにも信じられない、という顔でリリィを見るエドワード。リリィは僅かの間考えて、そしてキッパリと答えた。

「はい。だって、とても切なげな声音でしたもの。『もうすぐ消えてしまう』と」

「それで、夫人はサキュバスを身の内に飼う羽目になり、やがて今では愛着が湧き、それを祓《はら》うのが嫌だと仰《おっしゃ》る？」

「その通りです」

心配そうな顔から一転、興味深いといった表情に変わったエドワードにじっと穴が開くほど見つめられ、リリィは居心地の悪さを感じてしまう。実はこの時、エドワードが目の前のリリィに並々ならぬ興味を抱いたなどというのは誰も知る由《よし》がなかった。

ベルトラン以外の異性に、このような至近距離で見つめられる経験などないものだから、リリィは反応に困ってしまっている。

それでもナターシャを助けたい一心で、やっとの事で改めて口を開く。

「お願いします。このまま、ナターシャを私の中にいさせてください」

フワリと、リリィのプラチナブロンドが揺れた。ラベンダー色のワンピースの上に、金糸のような髪をハラハラと零《こぼ》れさせながら、リリィはエドワードに向かって頭を下げる。

その時、エドワードの瞳がゆらりと怪しく揺れた。

「……困りましたねぇ、私は悪魔が嫌いなのですよ」

そして聞こえてきたのはひんやりとした、凍えるような声音。リリィは今まで、こんな酷く冷たい声音の人間を知らなかった。

「けれど、貴女という人は大変興味深い。先生から聞いていた通りの方だ」

リリィが顔を上げて格子窓越しに向こうを見ると、エドワードはその黒い二つの瞳を真っ直ぐにリリィの方へと向けていた。

「先生？　誰かから私の事を？」

「ええ、まぁ。本が好きで、心の美しい方だとお聞きしています。先生からは決して貴女を困らせないようにと言われているのですが……」

リリィはエドワードの言う先生という人に心当たりはない。しかしもしかすると良い方向へ話が進むかもしれないと期待を膨らませる。

対してエドワードは唇で緩く弧を描いていた。リリィがよく読む小説の中であれば、ここでヒロインが恋に落ちてしまうのではないかと思えるほどの、端正な顔立ちの笑みである。

「では、ナターシャを見逃してくださいますか？」

もしかして、と弾んだ声音でそう尋ねるリリィに、エドワードはわざとらしく考える素振りを見せた。顎に手をやり首を少し傾けて考えるその姿は、先程の冷たい声音が不似合いな、とても麗《うるわ》しいものである。

しかしベルトラン一筋のリリィにとって、そのような事は全く関係がないのだが。

「エドワード様！　お願いいたします！」

懇願《こんがん》するリリィに、エドワードはまさに悪魔のような微笑を向ける。

「今後は必ず私をエド、とお呼びください。それと、貴女の中のサキュバスが、本当に貴女や他者に害を及ぼすつもりがないかどうか、しばらく観察させてください」

「そうすれば、許していただけますか？」

縋《すが》るようなリリィの声と態度に、エドワードは恍惚《こうこつ》としたと言っても良い表情で答えた。

「そうですねぇ、このような事は私にとっても初めてですから。どうすれば良いものかと思案しているのです。とりあえず出来る限り、毎日こちらへ顔を見せに来てくださいね。リリィ・ド・オリオール夫人」

『何だかややこしい事になったじゃない。やっぱりコイツ、信用ならないわね。顔だけは良いけど、中身は腹黒よ』

（ナターシャ、そう言わないで。とりあえず、すぐにはどうこうされないみたいで良かったわ）

『全く……リリィは呑気《のんき》ね。油断しちゃダメよ』

こうして、エドワードがナターシャをすぐさま祓《はら》ってしまうような事態は何とか免れた。しかしリリィはこの退魔師《たいまし》のせいで、おかしな事態へと巻き込まれていくのであった。

「今日は教会へ出かけたと聞いた。レナを供につけたらしいが、危ない事はなかったのか？」

夜、夫婦の寝室を後から訪れたベルトランは、ソファーに腰かけて本を読んでいたリリィの隣にやってきて、心配そうに問いかけた。

「あんなに近くの教会ですし、私の旦那様はかの有名な騎士団長ベルトラン様でしょう。不埒《ふらち》な真似をしようとする方なんていませんわ」

ふふっと可笑《おか》しそうに笑うリリィに、ベルトランはまだ渋面で言葉を続ける。

「だが……教会にはしばらくの間通うとジョゼフに伝えたそうだが。何か願掛けでもしているのか？」

「そうです。ベルトラン様とのお子を早く授かりますようにと、神様にお願いしようと思うのです。よろしいでしょう？」

愛しい妻から潤《うる》んだ美しいエメラルド色の瞳でお願いされ、ベルトランも否とは言えず、ううーんと唸《うな》った。

あの後ナターシャとも話をし、とりあえずエドワードの言う通りにしてみるしかないという結論に至ったのだから、教会へ行けなくなると困ってしまう。

「だが……」

「ベルトラン様、私に早く子を授けてくださいませ。国王陛下からも、そのように言われて決めた婚姻なのでしょう？」

リリィは、なかなか首を縦に振らないベルトランに、あらかじめ貰っていたナターシャの助言を試してみる事にした。

『きっとリリィの旦那様は、貴女を心配して、教会へ行くのを渋るわよ。そうなった時には、強硬手段に出てしまいなさい』と言われていたのだ。

「ベルトラン様……今宵《こよい》はお疲れですか？」

そう言ってスクッと立ち上がったリリィは、隣に腰かけるベルトランの膝の上にふわりと化粧着《ネグリジェ》を翻《ひるがえ》して跨《また》った。

「いや、疲れてはいない。だが……」

最近の閨《ねや》はリリィの体調を考えて毎日ではないものの、するとなればベルトランの体質が変化したのもあって、一晩に何度も交じり合う事が多い。

どちらがリードするのかは、その時によってまちまちであったが。そして実は五日前から今日まで、ベルトランは任務によって騎士団の駐屯地に泊まり込んでいた。つまりその間はご無沙汰《ぶさた》なのだった。

「ベルトラン様、お勤めご苦労様でございました。けれど、寂しかったです」

そう言ってベルトランの目尻の皺《しわ》にそっと触れたリリィは、そのあと口元のほうれい線に触れる。

やがて、大好きな夫の顔にゆっくりと自分の顔を近づけた妻は、久しぶりの接吻《キス》をした。

何度もちゅ、ちゅ、と繰り返し啄《ついば》んで、ベルトランがリリィの背に手を回して抱き寄せたら、リリィもベルトランの厚い背に手を回す。どちらからともなく、唇の隙間から差し出した舌を絡ませ、口腔内の柔らかな粘膜を撫で合った。

ちゅぷっと濡れた水音を繰り返しさせながら、何度も舌を合わせて、擦って、そして吸う。溢れてくる唾液を交換するようにして、ねっとりと濃厚な口づけは続く。

そのうちベルトランに跨《また》がるリリィの柔らかな下半身に、硬いものが触れてツンツンと刺激を受け、リリィは甘い吐息を吐いた。

「ベルトランさま……はぁ……ッ」

絡み合う口づけの合間の息継ぎで、ぐうっと膨らんだリリィの乳房はベルトランの胸板を圧迫する。

「はぁ……ん……っ」

敏感になった真っ白な二つの豊かな膨らみの先にある突起にベルトランの硬い胸板が擦れると、リリィの身体はピクリと反応した。その刺激は堪《たま》らず、トロンとした表情のリリィはベルトランの太い首筋にカプリと甘噛みをして、柔らかな舌先でそこをペロリと舐めたのである。

「く……ッ」

ベルトランの何かを堪《こら》えるような低い声は、リリィにとっては催淫剤《さいいんざい》のようなもので、それだけで既に秘所から愛蜜が溢れ出るのを感じてしまう。カプリと噛んでは舐めて、時に強く吸い付きたいのを堪《こら》えながら、リリィはベルトランのシャツの釦《ボタン》を外していった。

胸板の小さな突起を舌先で探り当てたリリィは、その周囲とそこをペロリと舐めて刺激してやる。そこだけは、強く吸っても痕にならないからと許されている場所で、リリィはベルトランの胸の頂《いただき》を吸いつつ、片手で反対側を優しく撫でた。

「リリィ……っ」

苦しげな呻《うめ》き声は快感を伝えていて、若い妻はそれがとても嬉しいのか、攻める手を緩めない。

「あ……んっ」

グンッと硬度を増した夫の剛直が、意図せず妻の下腹部に触れた時、甘い喘《あえ》ぎが夫の耳を直撃した。

ますます硬さを増したそこは、トラウザーズの中でかなり苦しそうにしている。リリィはゆっくりと衣服の上から撫でさすり、もう一度ベルトランに口づけを強請《ねだ》った。

そして、華奢《きゃしゃ》な身体でベルトランの足の間に入り込むようにしてしゃがみ込んだリリィは、そおっとベルトランの熱いものを取り出す。

それを手で優しく手前に引き寄せると、その切っ先に唇を寄せた。鈴口からは、既にサラリとした液体が滲《にじ》み出ていて、リリィはそれを小さな舌で掬《すく》う。

「んぐ……っ」

久方ぶりの刺激に、ベルトランはビクリと身体を揺らす。リリィはそれに気を良くしてか、ツルツルした先の部分をカプリと咥えて、柔らかな口腔内の粘膜で包み込んだ。

舌でツウッとくびれを舐め、ピクピクと反応するベルトランの様子を窺《うかが》いながら、一気にジュプリと根元の方まで咥え込む。

「……っ、あぁぁっ……」

勿論リリィの口に収まりきる訳もないその猛《たけ》りの根元部分を手で扱《しご》いたりしながら、リリィは愛情を込めて肉杭を愛撫《あいぶ》してやる。

「リリィ……くっ、ん……っ、リリィ……」

強くて逞《たくま》しい年上の夫が自分の名を呼んで喘《あえ》ぐのを、妻は恍惚《こうこつ》とした表情で喜ぶ。そしてなお一層深く、喉奥まで咥え込むと、ベルトランの焦った声がしてリリィを制した。

「リリィっ！　ダメだ……ッ」

それを聞いたリリィは悪戯心《いたずらごころ》からか、右手で根元を扱《しご》きつつ、左手は対の陰嚢《いんのう》をやわやわと刺激し、上下の動きの口淫を止める事なく続けてみる。

やがてドクリと膨らんだ切っ先から、ビュルリと何度も吐き出される白濁がリリィの喉奥にぶつかると、ベルトランはもう抗《あらが》えない快感に酔うしかなかった。

「リリィ……っ、すまない……ッ」

ドクドクと脈動する肉杭を最後までしっかりと咥えて、舐めて、ゴクリと喉を鳴らしたリリィの妖艶《ようえん》な表情に、ベルトランは目を細めてから唇を強く噛み締めた。

「子種、呑み込んじゃいましたね。次は、私の中にくださいますか？」

そんな風に甘美な言葉を、この愛らしい妻に言われて断れる夫がいるだろうか？

「ああ、寝台へ行こう」

床に跪《ひざまず》くリリィをさっと抱き上げて、ベルトランは大きな寝台にリリィをそっと降ろした。

そして寝台横のナイトテーブルに置かれた水をグラスに注ぐと、リリィに差し出す。寝台に腰かけたリリィは首を傾《かし》げて、申し訳なさそうな表情のベルトランを見上げた。

「口を濯《すす》ぐなり飲むなりしてくれ」

「どうしてです？」

「いや、その、あまり……美味《うま》いものではないだろう。それに、私の穢《けが》れたものでリリィの喉を汚してしまったから」

どうやら先程ベルトランが吐精したものをリリィが飲み干したので、不快ではないかと気にしているようだ。

「ベルトラン様は、私の中から流れるものを不浄だとお思いですか？」

「まさか」

「それならば私も同じですわ。ですからお気になさらず。でも、喉が渇いてしまったのでお水はいただきます」

仰々《ぎょうぎょう》しく女神に供物《くもつ》を捧げるかのように、ベルトランはリリィにグラスの水を差し出した。リリィはそれをゆっくりと受け取り、コクリと喉を震わせて飲み込む。

「ベルトラン様も、喉が渇きましたか？」

「あぁ、そうだな。確かに」

素直に頷くベルトランを見て、リリィは今日一番満足げな笑みを浮かべた。そして手に持ったグラスの水をグググと口に含むと、夫の両頬を小さな両手で挟み込み、相手が目を見開いて驚くのをよそに強引に唇を奪う。

「んんぅ……!?」

細い舌先でベルトランの唇を押し広げ、リリィはまだ冷たいままの水を流し込んだ。

ゴクリ、とベルトランの喉が鳴る。二人の口元から流れた水が首筋から胸元へと滴《したた》る。

「リリィ……っ」

思いがけない妻の行動に一気に情欲が昂《たかぶ》った様子のベルトランは、性急に華奢《きゃしゃ》な身体を押し倒し、ふわりと覆い被さった。

リリィの濡れた唇が、顎が、首筋が、ベルトランを誘うように匂い立つ。

「リリィ、愛している」

「私も、愛しております」

愛する人と心と身体の両方が通じ合う喜びを知った二人は、夜更けまで慈《いつく》しみの時間を過ごすのだった。


翌日、ベルトランを勤めに送り出した後に、リリィは再び侍女のレナを伴って教会を訪れた。

今度リリィが出かける時には必ず馬車を出すようにと、ベルトランから命じられていたジョゼフの手配で、近距離にもかかわらずオリオール家の馬車に揺られる事となったのだ。

「レナ、付き合わせてごめんなさい。でも、毎日お祈りすると良いと聞いたものだから」

「いいえ奥様、とんでもありません！　私も一緒にお祈りいたします」

騙しているようで居心地は悪いが、早く子を授かりたいのは本音なのだからとリリィはナターシャに言われて、何とか自分の良心を納得させたのである。

「それじゃあ、私が告解室《こっかいしつ》に行っている間、レナは馬車で待っていてね」

「かしこまりました」

こぢんまりとした聖堂をレナが出ていく。エドワードの『観察』とやらがどのくらいの時間かかるのか、リリィには全く想像もつかない。けれど、ナターシャがそばについていると思えば怖くはなかった。

「おはようございます、夫人」

爽《さわ》やかな笑顔で挨拶をするエドワードは、やはり垂れ目も相まって一見優しい印象である。

「ごきげんよう……エド」

リリィが約束通りの名で呼んだ事で、エドワードは満足げに目を細めた。赤いまつ毛に縁取《ふちど》られた黒い瞳には、厳《いか》めしい表情のリリィが映っていた。

「早速確認させてください。貴女の中のサキュバスは、貴女の身体を乗っ取ろうとしている訳ではないのでしたね？」

「はい、時々頭の中で話しかけてくる程度で、この身体を乗っ取られた経験はただの一度もありませんし、その意思もナターシャにはありません」

エドワードは、告解室《こっかいしつ》の格子窓越しにリリィへ次々と質問を投げかける。どうやら観察をしたいというのは本当らしい。

「サキュバスは何故貴女の身体を乗っ取ろうとしないのでしょうか？　身体をなくした今、自由も利かず不便なはずですが」

その問いの答えについては、リリィもよく分かっていない。それに身体を乗っ取られるかもしれないなどという不安は、ナターシャを信じているリリィは一度も抱いた事がなかった。

（ナターシャ、どうして貴女は私の身体を乗っ取ろうとしないの？）

リリィは頭の中でナターシャに話しかけた。外から見れば目を閉じて、ただじっとしているように見える。この時はエドワードも黙ってリリィの様子を観察していた。

『……乗っ取るほどの力が残っていないからよ。もうかろうじて精神が残っている程度の力しかないの。それも、これからずっとの事ではないわ』

ナターシャの普段よりも随分と暗い声色に、リリィは驚いて問いただす。

（えっ？　ずっとじゃないの？）

『はじめに言ったわよ。しばらく、って。だからわざわざこの男に祓《はら》われなくとも、そのうち私は消えてしまうのよ。その時まで、出来ればこのままそっとしておいて欲しいわね』

リリィはナターシャの言葉を聞いて、思わずそのエメラルド色の瞳から大粒の涙をポロリと零《こぼ》した。次々に溢れ出てくる透明の雫は、告解室《こっかいしつ》の木の台にじわりと黒いシミを作っていく。

「夫人！　突然どうしたんですか!?」

突然涙を零《こぼ》し始めたリリィに、エドワードはギョッとした様子で、二人を隔《へだ》てる格子窓に手をかけた。

「ナターシャが……このまま、何もしなくとも……消えてしまうそうなのです……エド……もう、私たちを、放っておいてくれませんか……？」

嗚咽《おえつ》を漏《も》らしながら何とかそれだけ伝えたリリィに、エドワードは眉間に皺《しわ》を寄せて唇を噛む。

「しかし……サキュバスは悪魔です。貴女のような真面目で素直な人間を騙すのは、簡単な事でしょう」

『私はリリィを騙したりしない！　本当に、もう力が残っていないの！　今日消えても、明日消えてもおかしくはないのよ！』

ナターシャがこんな風に取り乱すのは、王都でエドワードの存在を確認した時以来で、リリィはナターシャを安心させるように優しく声をかける。

（ナターシャ……落ち着いて）

「エド、悪意のないサキュバスを追うよりも、人に害をなす悪魔は他にたくさんいるのではないですか？」

だから自分たちの事は放っておいて、退魔師《たいまし》としての力を、より必要としているところに使って欲しいと告げたのである。

「そんなにも、貴女はサキュバスを信用しているのですね」

リリィの話をじっと聞いていたエドワードは、呆れたようにため息を吐いてからそう言った。

「ナターシャを信用しているだけです。悪魔が恐ろしいものだというのは存じております。だけど、ナターシャは既に私の一部のような気がして……」

『リリィったら……』

（本当よ、ナターシャ。貴女がいなかったら……私、到底頑張れなかったもの）

「夫人は変わった人ですね。悪魔を思って泣き、そればかりか助けようとするなんて」

赤いまつ毛を伏せそう言ったエドワードの言葉を最後に、二人の間には長い沈黙の時間が流れる。

リリィは無言のエドワードを置いて、そっと告解室《こっかいしつ》をあとにしたのだった。


以降もリリィはエドワードに言われた通りに毎日教会を訪れた。ベルトランも子を授かるために願掛けしていると聞いてからは、道中は気をつけるように言うだけで行くなとも言われなかったので、リリィは元来の真面目さでエドワードの言いつけを守ったのである。

残り少ない時間しかないナターシャの脅威を取り除くために。

「ところで、夫である騎士団長様は、勿論サキュバスの事はご存知なのですよね？」

教会に通い始めてはや五日。開口一番のエドワードの言葉にしょんぼりと肩を落としたリリィは、ゆるゆると首を横に振った。

「えっ？　何故ですか？」

エドワードの顔に驚愕の色が浮かんだ。彼にとってみれば先日見かけた街中では、隠し事など一つもなさそうなほど仲睦《なかむつ》まじく見えた夫婦だったからだ。

けれどもこの妻は身の内に巣食うサキュバスの事を、最愛の夫に秘密にしているというのだ。それにはどうにも合点《がてん》がいかない様子である。

「……嫌われるのではないかと、不安で」

掠《かす》れるようなか細い声で語られたのは、リリィの本心からの心配事であった。それを聞いたエドワードは、一見して呆れとも取れる何とも言えない表情で相槌《あいづち》を打つ。

「まあ、騎士団長の妻に悪魔が入り込んでいるとは、外聞も悪いですしねぇ」

わざとではないにしろ、ベルトランの秘密をサキュバスのナターシャと共有してしまった事実をリリィは心配しているのだが、エドワードは別の意味を思ったようだ。

「それじゃあ、私と貴女二人だけの秘密という事なのですね」

含みのある言い方をしたエドワードに、リリィは何となく納得出来ないとばかりの顔をして、首を傾《かし》げた。

「そのような言い方は誤解を生みかねません。お控えください」

やがてきっぱりと言い切ったリリィに、エドワードはさも可笑《おか》しそうにフッと息を吐く。

「誤解、ですか？　それはどのような？」

「二人の秘密、などと不貞を疑われる言い方です」

「実は夫人と私のこの秘密の時間は、素性の知れぬ若い男と騎士団長夫人との禁断の逢瀬《おうせ》であると、既に噂になっているようですよ？」

悪戯《いたずら》っぽく笑いながら放つエドワードの言葉に、リリィは思わず声を荒らげた。

「そのように馬鹿げた事！　ありえませんわ！」

「おや、どうしてそう言えるのですか？」

「だってまさか……たかがここ数日の事で、そのような虚偽の噂が立つはずがありませんもの」

リリィが必死になって反論すればするほど、エドワードは何故か不敵な笑みを浮かべているのだ。

「もし、私がわざと貴女をここに来させて、噂を流しているのだとしたら？」

目の前の端整な顔立ちの赤毛の男は一体何を考えているのだろうかと、リリィは懸命に思案する。

赤毛の下にあるその黒い瞳には、リリィには想像もつかない感情が宿っているのだろうか。

「エド、優れた退魔師《たいまし》の貴方が何故そのような意味のない行動をするのか、見当もつきません。何故ですか？」

リリィが真剣な眼差しを真っ直ぐに格子窓越しにエドワードへと向ける。

「夫人、私は悪魔に妹を殺されたのです。私も妹も孤児でした」

唐突な告白に、リリィはエドワードの意図を測りかねていた。しかし、リリィはその残酷な話にじっと耳を傾ける。

「私がまだ幼かった頃、孤児院に疫病《えきびょう》の悪魔が現れて、妹は疫病《えきびょう》で死にました。だから私は憎き悪魔を祓《はら》いながら旅をしているのです」

伏せた赤いまつ毛が、少し震えたように見えたのは気のせいなのか、リリィは格子窓の向こう側のエドワードの方へ、そっと手を伸ばす。

「それは大変お気の毒でございました。疫病《えきびょう》の悪魔によって、私の祖父母も亡くなりましたから、エドワード様のお気持ち、少しは理解出来るつもりです。けれど……」

「何故、私がこのような意地悪をするのかは、分からない？」

エドワードが泣き笑いのような表情を浮かべるから、リリィは格子窓に手をかけてじっと見守った。

「私たちの孤児院には、退魔師《たいまし》であり司祭であった院長先生がいたにもかかわらず、疫病《えきびょう》の悪魔が現れた時には不運にも不在だったのですよ」

苦笑いを浮かべて話すエドワードの黒い瞳には、薄《うっす》らと透明の膜が張って見えた。

「先生は王都の近くに出没した魔物の退治のために、騎士団に同行するよう命じられていたのです……」

リリィは探るような目つきでエドワードを見る。その話と、不貞を疑われる噂を流す理由のどこが関係しているのかと考えた。

「ベルトラン様は……」

やっとリリィが口を開いた時、エドワードはそれを遮《さえぎ》るようにして言葉を放った。

「現在の騎士団長である貴女の夫は、その時は団長ではなかった。だから直接的には関係のない事です。でも……」

ベルトランが関係している訳ではないと聞いて、どこかホッとした様子のリリィへ、エドワードは言葉を続ける。

「あの日サキュバスの気配を追っていた私は、街中で貴女と並んで幸せそうに歩く現騎士団長に対して、どこからか怒りがふつふつと湧いてきたのです」

悪魔であるサキュバスの気配をさせたリリィに、幸せそうに笑いかける騎士団長。それを目にしたエドワードは、自力ではどうにもならないドス黒い感情が溢れ出たという。

「でも、ベルトラン様は……」

「そうですよね、完全な八つ当たりです。けれど、サキュバスを身体に宿した貴女と、幸せそうに笑う騎士団長のその姿に、私は理不尽な怒りを覚えてしまったのですよ」

退魔師《たいまし》でもないベルトランが、リリィの奥深くに入り込んだサキュバスの存在を感じる事は出来ない。頭では分かっていても、きっと妹の死があったから、エドワードは複雑な感情を抱えてしまったのだろう。

「だからちょっとだけ、意地悪をしてしまいました。すみません」

フッと笑ったエドワードは、先程までの仄暗《ほのぐら》い雰囲気から一転、明るい声音でリリィへ話しかける。

「でも、貴女に興味が湧いたのは本当です。噂を真実にしても良いくらいには」

告解室《こっかいしつ》の格子窓で隔《へだ》たれたエドワードの表情は、まるで謀《はかりごと》をしているような意地悪なものであった。リリィは思わず訝《いぶか》しげな表情でエドワードの方を見やってから尋ねる。

「どういう意味ですか?」

「そのまんまの意味ですよ」

じっと黒い瞳で見つめてくるエドワードを、リリィは澄んだエメラルド色の瞳を逸らさずに見つめ返した。

「エド、貴方はきっと善人なのに、どうしてそんな意地悪を言うのでしょう?」

「さあ、どうしてでしょうね」

「故意に人を傷つければ、自分も傷つくのですよ。特に貴方のように根が優しい方は」

そう言ってからリリィはフワリと微笑む。薔薇色《ばらいろ》の頬、煌《きら》めくエメラルド色の瞳、ぷっくりとした赤い唇。その美しい微笑みは、この世の全ての負の感情を包み込む力があるのかもしれない。

だから今までどこか捻《ひね》くれた感情を持て余していたエドワードも、凝《こ》り固まった嫌悪の情が雪解けのようにじわじわと溶けていくのだった。

格子窓の向こうのエドワードが、垂れ目を細めて口元に弧を描く。白いローブに赤毛がやけに鮮明に見えた。

「まあ実際のところ、曖昧《あいまい》なデマなどすぐに消え去りますよ」

「そのデマを流したのが貴方なのでしょう。はじめから、そのような意地悪をなさらなければ良いのに」

意地悪をしてみたり、そのくせ慰《なぐさ》めるような言葉をかけてみたり、エドワードという人間はいまいち掴み所のない部分がある。

「まあ、そこのところは私の意趣遺恨《いしゅいこん》という事ですね」

つまり、妹が死んだのはベルトランのせいではないが、どうしても生まれてしまった八つ当たりの感情を、ベルトランの妻の不貞というデマを流す事で仕返ししたという事らしい。

『嫌な男ね。まあこの世界には、そんな不貞の噂は数え切れないほどあるから。リリィの普段の様子を見ていたら、デマだとすぐに分かるでしょうけど。八つ当たりをそんな風に晴らすなんて、本当に面倒臭い奴』

（ナターシャ、もういいわ。やましい事などないのだから。それに、今はナターシャを祓《はら》うのを諦めてもらうのが大事なの）

『本当にリリィは人が好すぎるのよ。そんなだからサキュバスなんかに入り込まれるの』

ナターシャは、とても理不尽な言葉を放ちながらもリリィの気持ちが少し嬉しそうだ。

「エド、ナターシャを祓《はら》うのを諦めていただけますか？」

「そうですね。そのサキュバスはこれ以上害を及ぼす可能性はなさそうだ。それに、嫌がる貴女を差し置いて、精神の奥深くの悪魔を祓《はら》うのは難しいでしょうから」

「良かった……」

思わずホッと肩の力を抜いたリリィに、僅かに口元を緩めて微笑んだエドワードは言葉を続ける。

「ところで、夫人はサキュバスについて騎士団長に話すつもりはないのですか？」

問われたのち、リリィは硬くてところどころにシミのある石造りの床へと視線を落とし、しばらく考え込んだ。

「話したい、とは思っています。ベルトラン様に隠し事をしているのは辛いので。けれど……」

それ以上リリィは言葉にせず、視線を下げたまま唇を閉じている。その様子をじっと見つめていたエドワードは、リリィに自分の考えを述べた。

「身の内に悪魔が入り込んでいるなんて、しかも淫乱《インラン》で常に男を欲するようなサキュバスが。貞淑な貴女は、それを知られるのが怖いのですね」

エドワードにそう言われて、リリィは曖昧《あいまい》に微笑むに留めた。だってエドワードの言葉は、実に微妙なところで外れていたのだから。


「おかえりなさいませ、奥様」

レナと共に屋敷に戻ったリリィは、ジョセフの出迎えを受けてからナターシャと話をするために自室へ戻る。ナターシャがいつ消えてしまうか分からないという事実を知ったリリィは、実のところ大変なショックを受けたのだった。

下がって良いと命じた侍女のレナが私室の扉を静かに閉めた時、ワインレッドの絨毯《じゅうたん》が敷かれた廊下には、家令のジョゼフが静かに立っていた。

レナは背中を向けるジョゼフと共に、リリィの私室から離れ、今は誰もいないサロンへと移動する。そして後方のレナを振り返ったジョゼフは、ギュッと閉じられていたほうれい線の目立つ口元を開き、レナに問いかける。

「レナ、奥様のお出かけに問題はなかったですか?」

「はい、今日も奥様は告解室《こっかいしつ》でしばらく過ごしてらっしゃいました。何か心配事でもあるのでしょうか……」

「告解室《こっかいしつ》……嫁《とつ》がれてすぐですからね、色々と思うところもあるのかもしれません」

普段は明るく、使用人たちとも夫であるベルトランともにこやかに過ごすリリィだが、多くの貴族たちと同じように、人に知られたくない感情を隠して生きている事もあるのだろうとジョゼフは言う。

「外出の際は奥様に危険のないように気をつけてくださいね。何かあれば報告を」

「はい、それは勿論」

赤毛をサラリと揺らして、レナはしっかりと頷いた。


夜になり、屋敷にも燭台やシャンデリアの柔らかな明かりが灯る頃、ベルトランは騎士団の仕事を終えて帰宅する。

騎士団長専用の馬車が敷地内へ入る音に気付いたリリィは、ベルトランの帰りを玄関ホールで出迎えるために私室を出た。

「おかえりなさいませ、ベルトラン様」

ジョゼフやレナに交じってリリィが出迎えると、ベルトランは目尻に皺《しわ》を作って穏やかに応える。

「近頃は奥様がいらっしゃるお陰で、ご主人様の帰宅も早くなりましたね」

「まあ、そうなのですか？」

帰宅後一番に、ベルトランの私室へ今日の報告をするために訪れたジョゼフがそう言うものだから、ちょうどベルトランから上着を預かっていたリリィは嬉しそうな声を上げる。

「それは嬉しいです。あまり遅くなるようでしたら、ベルトラン様のお身体も心配ですし」

「……ジョゼフ。わざわざリリィの前で言う必要などないだろう」

騎士服から楽な服装に着替えながら、ベルトランはジョゼフに向かって抗議した。しかしその顔はほんのり赤く染まり、照れ臭そうであり、本気で怒っている訳ではない。

「仲がよろしくていいじゃありませんか。奥様も、騎士団長専用の馬車の音が聞こえるなり、早足で玄関に向かっておられるのです。余程早くお会いしたいのでしょうね」

「そうか……」

今度はリリィが頬を赤く染める番で、結局ジョゼフが今日の報告を終えて、ベルトランの私室から出ていく時には、二人ともどこか照れ臭そうにしていたのであった。

「リリィ。ジョゼフの言う通り、リリィが待っていると思えば、確かに早く屋敷に帰りたいと考えるようになったのは事実だ」

ジョゼフがいなくなり、二人っきりになったベルトランの私室では、傍に立つ柔らかくふわふわとしたリリィのプラチナブロンドを、ベルトランが優しく撫でながらそう話す。

「それは嬉しいです。私も、お務めなのだと分かってはいても、ベルトラン様のいない時間は寂しいと思ってしまいます」

するりとベルトランの鍛えられた腰回りに腕を回したリリィは、胸板に頬を寄せて甘えるようにした。ベルトランも、そんなリリィの背中に手を回してゆっくりとその身体を抱きすくめる。

「今日も教会へ行ったのだろう?」

「はい」

ナターシャについてベルトランに話せていないリリィは、少しだけ後ろめたい気分になる。ナターシャがいつか消えてしまうのだという事実を思い出し、自然と涙が溢れ出そうになるのを必死に堪《こら》えた。

「何か辛い事でもあるのか？」

「辛い……事、ですか？」

「話をして楽になるのであれば話せば良い。まだ話せない、話したくないならば急がなくても良い。リリィの心が健《すこ》やかであるのが一番大切だ」

ベルトランにナターシャの事は知られていないはずなのに、リリィの心を見透かすような温和な言葉に、ついついナターシャについて洗いざらい話してしまいそうになる。

「あの……ベルトラン様……」

「なんだ？」

リリィがか細い声で名を呼ぶと、胸に耳を付けたベルトランの身体を通して平静な声が返ってきた。だけど、何故かリリィは続きを口に出来なかった。

ベルトランが好きだと思ってくれている積極的な自分は、ナターシャがいるからこそなのではないかと思えば、自信がなくなってしまう。

「……いえ、何でもありません」

読書しか取り柄がなくて、真面目で大人しいだけの令嬢など魅力的とは思えなかった。ナターシャという存在がいてくれなければ、自分からこのように甘える事すらしなかっただろうから。

「それより、お腹も空《す》きましたよね？　晩餐《ばんさん》が終わったら今宵はどのようにするのが良いか、考えておいてくださいね」

あの時エドワードは、真面目で貞淑なリリィの中に、淫魔《いんま》であるナターシャがいるのをベルトランに知られ、それによって嫌われるのではないかと心配しているのだと思い込んでいた。

だが、実のところは全く違う。

リリィが心配しているのは、『ベルトラン好みの閨事《ねやごと》』が、ナターシャのアドバイスによるものだと知られる事だった。ナターシャがいなければ、ただのつまらない女なのだと思われてしまうのではと。

僅かに頷いたベルトランはゴホンッと咳払いをして耳まで真っ赤にしたまま、リリィを伴って晩《ばん》餐《さん》へ向かう。


実のところ、この二人の閨《ねや》作法は随分と特殊だった。

振り返れば、初夜にベルトランが告白したのは、自分が騎士団長という役目からくる精神的なストレスにより、女と交わっても達する経験が出来ないという秘密である。しかしそれは、リリィが閨事《ねやごと》の際に積極的な態度を取る事で劇的に改善された。

それからというもの、国王陛下が二人の子を待ち望んでいる事もあって、二人は度々《たびたび》情交《じょうこう》を結んできたのだが、実はかなり独特なやり方だった。

その理由、これはひとえにベルトランの都合である。

二人だって、一度は極めて普通の行為に及ぼうとしたのだ。年下のリリィばかり積極的なのも申し訳ないと思ったベルトランが、年上の男らしく最初から最後まで自分がリードしてやろうと試みた。

しかし、いくらベルトランがリリィを大切に思おうと、どんなに快感が押し寄せようと、今一歩のところで達する事が出来なかったのだ。それが妻の方の問題だと思われては堪《たま》らぬと、夫は必死に弁解した。

そんな時、リリィは優しくベルトランを抱きしめて、「ベルトラン様はお外では立派にされておりますもの。私といる時くらいは無理なさらないでください。楽になさってください」と、夫の髪を愛しそうに撫でた。

その日からである。二人の閨事《ねやごと》がサキュバスのナターシャの的確なアドバイスにより、特殊な作法となったのは。

今宵《こよい》も晩餐《ばんさん》と湯浴みを終えて夫婦の寝室を訪れたベルトランは、少しばかり湿った髪がはらりと横皺《よこじわ》のある額《ひたい》に垂れて、熟年の男らしい色気を放っていた。

「ベルトラン様、今宵《こよい》はどんなお作法にしましょうか？」

始まりの合図は毎回リリィのこの台詞《せりふ》で、ベルトランは頬を赤らめ、恥じらうようにして決まった口上を答える。

「今宵《こよい》もリリィの良いように」

三十も年上の、この国の皆から尊敬され国王陛下からも頼りにされる騎士団長が、若者にも負けず劣らず屈強な体つきの熟年の夫が、そのグレーの瞳を潤《うる》ませて愛おしい妻が言う通りの行動をする。

そんなベルトランに柔らかな眼差しを向けたリリィは、プルンとした真っ赤な唇をゆっくりと開いた。

「では、今日はベルの手足の自由を奪ってしまいますね」

「は……？　手足の自由を……？　奪う……」

「ベル、お返事は？」

「かしこまりました、奥様」

閨《ねや》の時の約束として、リリィはベルトランを愛称で『ベル』と、ベルトランはリリィを『奥様』と呼ぶ。

これをナターシャから提案された時、リリィはあまりの羞恥《しゅうち》に身悶《みもだ》えしたが、ベルトランに話してみると意外にも彼は乗り気だったので、以後このような体制となっている。

『リリィ、さっき教えた通りに頑張ってね』

（ナターシャ！　本当にベルトラン様を縛ったりしても大丈夫なのかしら？　嫌われたりしない？）

『大丈夫よ、見てみなさい。あの期待に満ちた目！　ふふっ……なかなか良い性癖をお持ちの旦那様で、楽しめそうね』

ナターシャは楽しそうであるが、リリィは毎夜どうなる事かとハラハラしている。しかしどんな行為をしてもベルトランはとても満足そうであったから、結局このように毎夜新たな作法で挑むのが定石《じょうせき》になっているのだった。

「ではベル、自分で服を脱いで寝台に仰向けになりなさい」

「はい、奥様」

普段命令などし慣れぬリリィが勇気を振り絞って命じると、ベルトランは少しばかり嬉しそうにするので、いつもそこでホッとするのがこの可愛らしい妻である。

普段は命じる役割のベルトランが、閨事《ねやごと》ではリリィの命に従う。これがナターシャのアドバイスにより実践されている、この新婚夫婦の閨《ねや》作法であった。

広々とした寝台は光沢のある美しい風合いのシーツがかけられている。

その上に五十三歳とは思えぬ逞《たくま》しい裸体を横たえたベルトラン。そんなベルトランの唇に、リリィはちゅ、と何度も口づけをして頬を撫でる。

ベルトランはまだ下着は穿《は》いているものの、既にそこはこれから始まる甘い時間に期待して、しっかりと主張しているのが分かる。

リリィは頭の中でナターシャに指導を受けながら、夫の手首と足首を寝台の四隅にある支柱に拘《こう》束《そく》するように、柔らかな紐で縛っていった。薄い化粧着《ネグリジェ》だけを身につけたリリィが、拘束《こうそく》をしつつもベルトランに触れ、口づけを落としていく。

「痛くはないですか……ではなくて、痛くはない？　ベル」

自分から言い出したにもかかわらず、少し不安そうな妻に、夫は目尻と口元の皺《しわ》を深めて答える。

「大丈夫です。奥様」

全ての四肢を拘束《こうそく》し終えたリリィは、自由を奪ったベルトランの上にひらりと跨《また》がり、上から見下ろすようにして嫣然《えんぜん》と微笑む。

「ベル、今から何があっても動いてはダメよ。動いたら、今日の閨事《ねやごと》は終わり。そのまま寝る事にしましょう」

そう宣言して、柔らかな布でベルトランの瞼を覆い、視覚を奪った。それだけでもベルトランにとっては非日常的な上、絶対にリリィの前以外では曝《さら》け出せない無防備な状態である。

やがてリリィは屈強な厚みの胸板に手を添わせた。

「……っ！」

「ベルの胸板はとても逞《たく》ましいわよね。頼り甲斐《がい》があって、流石《さすが》は優秀な騎士団長。それなのに、今は妻に自由を奪われて……」

スウッと羽で触れるような優しいタッチで撫でていき、時にそこへ唇を当て、細い舌先で刺激した。同時に片方の手は、割れた腹筋に触れながら下着の方へとその位置を下げる。

「リ……お、奥様……ッ！　やはり……これは……」

視覚と四肢の自由を奪われるというのは、騎士のベルトランにとってみれば無防備に急所を晒《さら》しているのと同じであった。

「なぁに？　ベル。一度やると言ったのだからやるの。それとも、やめたとして……そのまま眠れる？」

「……いえ」

ゾクゾクと背中を這い上がるような不思議な高揚感。普段出来ない経験をしているという緊張感と背徳感からか、ベルトランは思わずピクリと反応してしまう。

昼間は貞淑な年下の妻が、閨《ねや》では三十も年上の自分を支配しているという状況。いつも多くの部下たちを従えている精神的な負荷が、スッと和《やわ》らぐ気がするのだから不思議だ。

「ベル、動いてはダメ」

「……っ、は……い」

自由と視覚を奪われながらも素直に返事をするベルトランに、リリィは満足げな表情を向けてから、下着に手をかけて硬く膨張した剛直を露出した。

僅かに先端が濡れたそれがヒヤリと空気に触れたのが刺激となったのか、ベルトランはピクッと腹筋を震わせる。

リリィはすっと華奢《きゃしゃ》な指をその先端に這わせて、スルッとまぁるく撫でた。なお一層鎌首をもたげ硬度を増した剛直に、細い舌で筋に沿ってスススッと這わせてみる。

「く……っ」

「拘束《こうそく》され、自由と視覚を奪われているのに、普段よりここが昂《たかぶ》っているのは何故？　ほら、もうこんなに熱く硬くなっているわ」

「あ……ッ」

視覚が奪われているベルトランにとって、それ以外の感覚が鋭く研ぎ澄まされているせいか、グッと力が入り、四肢を拘束《こうそく》する紐はギリリとベルトランの肌に食い込む。

「ねえ、ベル。こんな姿、到底部下たちには見せられないわね」

「は……ぁッ、奥様にしか見せませんよ。私の無防備な姿は」

「そうよね、こんな淫《みだ》らな姿は私だけに見せてくれなきゃ。私の大好きなベル」

目隠しをしたままなのに、ベルトランのグレーの瞳がじっとリリィを見つめているように感じる。

リリィはナターシャに教えてもらった通りに、身体だけでなく言葉でもベルトランを攻めた。

ほんの少し夫の口元が弧を描くているのは、この戯《たわむ》れめいた閨《ねや》作法を楽しんでいるからなのか。

それとも色々なやり方を試し、何とかして子を授かろうと頑張る妻に対しての愛情からだろうか。

「ベル、どうして欲しい？　こんな優しい刺激だけでも満足なの？」

その後も随分と優しく焦《じ》れったい愛撫《あいぶ》を続けたリリィは、ベルトランが羞恥《しゅうち》を感じるようにわざと問うた。その間も舌を使って剛直を刺激するだけで、決していつもと同様に口に含もうとしない
リリィに、ベルトランは息も荒く苦しげにして答える。

「は……ぁっ、いつものように……してもらいたい……です」

「いつものように？」

「奥様の口で……どうかお願いします」

熟年の魅力を十分に発揮して、色気のあるお願いを口にした夫に対し、妻はエメラルドのように美しい瞳をスウッと細め背中をゾクっと震わせた。

「ベル、以前貴方が気にしていたように、私よりもベルは随分年上だけれど、そんなの、もう些細な事だと思うでしょう？」

結婚当初にベルトランが気にしていた年齢差も、この特別な閨事《ねやごと》の前では感じないだろうとリリィは言う。同時に、焦《じ》れったい愛撫《あいぶ》によって先走りの滴《したた》る先端をパクリと口腔内に咥えたのだった。

「は……あっ、確かに……ッ、気に……なりません……っ」

雁首《かりくび》の部分をジュプリと舌と粘膜で刺激しつつ何度か出し入れしたら、チュプンと唇を剛直から外し、再びリリィは尋ねた。

「それに、私がこんな風にベルに接すれば、ベルのこの部分はとても元気になって、達する事が出来ないという心配もないし」

「ハア……っ、そうですね……ッ」

「今ではベルの心配事が全てなくなって、安心して私と夫婦でいられるでしょう？」

リリィの意図を理解したのか、ベルトランは呻《うめ》いていた口元をフワリと緩めた。

「確かに……奥様のお陰で引け目を感じる事なく、以前より繋がりの強固な夫婦でいられるようになった気がします」

ベルトランの言葉を聞いたリリィはホッと安堵の息を吐いてから、続けて言葉を紡ぐ。

「これからも、私たちは私たち夫婦の作法でお子を授かれば良いと思うの。他の人と同じである必要なんてないわ」

ピクピクとひくつく雁首《かりくび》の先をツウっと指で刺激した後に、ゆっくり鈴口へぷるりとした弾力のある唇を寄せるリリィ。

グッとベルトランの身体に力が入ったのが分かる。いつものように妻の身体を抱きしめようと思ったのか、手首の拘束《こうそく》が食い込んだ。

「ベル、動いちゃダメ」

「は……あっ、だが……ッ」

ズズズッとゆっくりと熱い杭を口に含み、それがリリィの喉奥まで到達しても、まだ根元部分までは足りない。そこは指で輪っかを作って包み込んだ。

淫靡《いんび》な水音を響かせながらリリィは口内いっぱいに咥えると苦しいほどに膨張した剛直を、舌と口蓋《こうがい》で擦り上げながら出し入れする。

時に浅く、時に喉奥まで上下すると、ベルトランの口からはあられもない声が漏《も》れ出た。

「グッ、あ……っ、そこは……ッ」

そんなベルトランの様子を恍惚《こうこつ》とした表情で見るリリィは、突然口淫を中断する。妻の口から飛び出した剛直はブルリと震え、鈴口から透明な雫をツウっと溢れさせた。

「は……っ、奥さま……ッ、何故……」

ベルトランは苦しそうに言葉を吐き出し、その下腹部もピクピクと震えている。

「ベル、今私の喉奥に子種を吐き出しそうになったでしょう？　ダメじゃない」

ツンとした声音で告げるリリィに、ベルトランは素直に謝罪する。もう条件反射のように、閨《ねや》の時にはリリィが優勢となっていた。

「は……ッ、もうしわけ、ありませ……ん」

「それじゃあ、どうしたいの？」

柔らかな布の目隠しがシュルシュルと外されて、ベルトランの涼やかなグレーの瞳が姿を現した。潤《うる》んだ瞳とその眉間に寄せられた皺《しわ》を、ベルトランの上に跨《また》ったリリィは、とても愛おしそうに見下ろす。

「奥様の中へ……私の……子種を、奥様に授けたいと……」

懇願《こんがん》するような表情は昼間の凛々《りり》しいベルトランとは大違いで、思わず庇護したくなる雰囲気さえ漂《ただよ》う。

「ベル、貴方をとても愛しているわ」

シュルリと化粧着《ネグリジェ》の胸元にあるリボンを自ら解いたリリィは、やっと薄明かりの中にその裸体を晒《さら》す。

真っ白な雪のように滑らかな素肌と、柔らかな曲線を描く双丘《そうきゅう》、そこにある薄桃色の蕾《つぼみ》を目にしたベルトランは、思わずゴクリと喉を鳴らした。

スルスルと衣を脱ぎ捨てたリリィの薄い下生えが、ベルトランの筋肉質な腹へ直《じか》に触れる。四肢を繋がれたままのベルトランは、その身体に自由に触れる事も出来ず、思わずもどかしげに腰を揺らした。

「ベル、舌を出して」

ゆっくりと前屈みになったリリィが、ベルトランの顔のすぐ近くまで自分の顔を寄せる。二人の鼻が触れるか触れないかの距離で、リリィの赤い唇が開かれて、唇を合わせないままに二人はお互いの舌を絡ませた。

チュクチュクと淫《みだ》らな音をさせながら舌同士を絡ませていくうちに、いつの間にか二人の距離は縮まり、濃厚な口づけを交わしていく。

「は……ぁ、ん……っ」

口づけの合間にリリィの口から悩ましげな喘《あえ》ぎが溢れると、思わずグッとベルトランの身体に力が入る。その時、ベルトランと繋がっている寝台の支柱がギシリと軋《きし》んだ。

「ベル……あんまり動くと、痛めてしまうわ。可哀想に……もう我慢出来ないのね」

屈強な夫を組み敷いているリリィは、ゆっくりとその細い腰を上げる。そしてゆっくりとした動作で夫の切っ先に己の花弁をあてがう。

「慣らさなくても大丈夫なのか？」

心配そうな表情で、ついいつも通りの口調で問うた夫に、妻はその艶《つや》っぽい口元に美しい笑みを浮かべてから答える。

「私も早くベルを受け入れたいから」

「……ッ！」

そう言って少しずつベルトランの熱杭を花弁の合わせ目に埋め込んでいった。いつの間にか花弁から溢れていた愛蜜が、抵抗なく二人を交わらせる。

「あ……っ、ん……ベル……っ！　貴方が……私に、入って……！」

ベルトランを根元まで呑み込むと、リリィは拘束《こうそく》されたままの身体の上で妖艶《ようえん》に腰を揺らす。リリィの蜜壺の中で、襞《ひだ》が絡みつくようにしてベルトランの肉杭を擦り上げ、二人の口からは熱い吐息と喘《あえ》ぎが漏《も》れた。

「見て、ああ……ん、んん……ッ、こんなに……っ、はあ……ッ」

「く……ッ、は……っ」

「貴方が私に……ん……ッ、入っているの……見える……？」

ベルトランの上に跨《またが》り大きく太ももを開いたリリィが、麗《うるわ》しい曲線を描く腰をくねらせて、ゆっくりと円を描くように腰を揺らす。リリィの瞳は情欲の色に濡れて、ベルトランの方へと訴えかける。

そんな妻の姿に、組み敷かれた夫の剛直はますます硬度を増した。自分で好きに突き動かしたい衝動を、四肢の拘束《こうそく》によって抑えられているベルトランだが、リリィはそんな苦しげな姿に愉悦を覚えてしまう。

「は……ぁっ、ベル……っ、もっと、激しくして欲しい？」

「して欲しい……です……」

「ああ……っ、ベルのその顔……すごく好き……」

リリィは一度、胸にサラリと零《こぼ》れたプラチナブロンドをかき上げた。そして、寝台が軋《きし》むほどの勢いで、柔らかな肌とベルトランの筋肉質な身体を激しくぶつけ合う。

「ああ……っ、あ……ッ、んんっ！　ベル……ベルッ、好き……ッ」

動きと共にベルトランの右手の拘束《こうそく》が緩んで外れると、その隙に左手の拘束《こうそく》をスルリと素早く解いた。

「ハ……ッ、んぐ……っ」

「あ……っ、やぁ……ん、ベル……ダメ……ッ！　外しちゃ……」

掠《かす》れた声で弱々しく制止を訴えるリリィに、ニヤリとした笑みを浮かべたベルトラン。リリィの柔らかな肌にやっと触れる事が出来るのだ。しっかりと腰のくびれを掴み、抽送を手助けしながらも下から勢い良く突き上げる。

「そんなの……っ、だめ……ぇッ！　ああ……ッ！　べる……っ、や……ッ」

「リリィ……リリィ……っ」

いつの間にかいつもの通りに名を呼ぶベルトランに気付かないほどに、リリィは喘《あえ》ぎ、善がって、乱れた。ズンッとより奥へ突き入れた時に、リリィの眦《まなじり》からは涙の滴がポロリと零《こぼ》れ落ちる。

「アア……ッ！」

ビクビクッとしなやかな弓形《ゆみなり》に背を反らせ、リリィの肉壁が強く剛直を絞り上げ、同時にベルトランもリリィの子宮へと子種を大量に吐き出した。

腹の奥に感じる熱い飛沫《しぶき》に、リリィは幸せを噛み締める。ふらりと揺らいだリリィの身体を逞《たくま》しい腕が抱きとめた。そのまま自らの胸板に妻を抱きすくめる。二人はしばしそのまま幸せの余韻《よいん》に浸《ひた》るのだった。

「ベル……愛してる。大好きなの……どんな事があっても、私をずっと好きでいて……お願いよ」

リリィの掠《かす》れ声の呟きはベルトランの耳に届き、彼はその意味を考える間もなく返事をしていた。

「リリィ……愛している。死ぬまでずっと、貴女を大切にすると誓う」

胸板に頬を当てたままのリリィはその言葉を聞いて、安心したようにホウッと息を吐いた。

ドキドキと少し速めの規則的な二つの鼓動が、二人の息遣いと共に溶け合うように重なる。その心地好さに、リリィはいつの間にかその瞼を閉じた。スウスウと自分の胸の上で穏やかな寝息を立て始めたリリィを寝台に横たえようとしたベルトラン。下肢の拘束《こうそく》の存在を思い出し、はたと動きを止める。

やがて上半身の筋肉だけを使ってゆっくりと妻を横たえた夫は、ズルリと抜け出した己の肉茎が未だ硬さを保っている事に苦笑した。

「年を考えろ……」

そう呟くと、ギシリと軋《きし》む寝台の上で自ら両足の拘束《こうそく》を解いた。柔らかな紐は、リリィがベルトランを傷つけないようにと注意して準備したものだろう。そう思えば、思わず口元が緩む。

精神的な問題とはいえ、普通に達するのが困難な自分のために、敢《あ》えて優位に立つ事で毎夜癒し、尽くしてくれるリリィ。

「人生も残り少ない老骨《ろうこつ》の私には、もったいないような出来た妻だ」

バサリとガウンを羽織って、寝室に備え付けられた浴室で湯を準備する。湯を使ってすっかり眠ってしまった妻の身体を清めてやると、そのうち少し赤みを帯びた花弁から溢れた己の白濁に目がいった。

早く自分との子を授かりたいと教会に通うリリィの姿を思い浮かべ、ベルトランは溢れた白濁を優しく指で中へと押し戻す。

その際のぐちゅりという水音が、酷く卑猥《ひわい》に浴室に響いた。

「ん……」

眠りながらもピクリと反応した妻の姿に再び湧き上がる欲情を覚えた夫は、急いで妻に敷布をかけてやる。

「ベル……」

呟かれた寝言は自分に付けられた愛称で、その名を呼ぶのはこの世で唯一、この愛するリリィだけである。それもまた、ベルトランにとっては初めての経験であった。

「すき……」

続く言葉にハッとして、起こしてしまったのかと息を殺して様子を窺《うかが》う。しかし、またスウスウと穏やかで規則的な寝息が聞こえてきた。

「ふっ……愛らしいな」

短く息を吐くような喜びの笑いを抑えきれずに、ベルトランはそう呟く。しかしこのままでは際限なく湧き上がる己の欲を、この愛しい妻にぶつけてしまいそうだ。そうすれば、せっかく気持ち良さそうに休んでいるのにもかかわらず、無理に起こしかねない。

未だ火照《ほて》った身体を落ち着かせるために、冷たい水を浴びようと思い至り、いそいそ浴室へと向からベルトランであった。

リリィとベルトランが夫婦となってしばらく経つが、此度もいつも通りに月の障りが来たので、リリィは酷く落ち込んでいた。

「奥様、あまり気落ちなさらずに」

赤毛を肩の長さに揃え、そばかすを鼻に散らしたレナがお茶の支度をしながらそう励ます。

カップに注がれる紅茶は、リリィの好きな銘柄をベルトランが揃えてくれたものだ。そんな愛情深い夫の子をなかなか授かれず、どうしても落胆を隠せずにいた。

「奥様、そのように暗いご様子ではご主人様も心配なさいますよ。さあ、美味《おい》しいお茶をどうぞ」

「そうね、落ち込んでいても仕方がないわ。気を取り直して、今はレナのお茶をいただくわね」

明け透けな性格のレナのお陰で、リリィはやっと気持ちを切り替えるのに成功した。温かく風味豊かな紅茶を口に含んだ時、窓の外から馬車が到着する音が聞こえた気がして、リリィは手に持ったカップをソーサーに置く。

「今、馬車が到着したような音がしなかった？　まだベルトラン様がお帰りになるには早いと思うのだけれど。どなたかしら？」

「さあ……お客様ですかね？　見て参りましょうか？」

「いいえ、私も行くわ。お客様だとしたら、ベルトラン様不在の今は私が応対しなければならないのだから」

リリィは家政のほとんどを既に完璧に執《と》り仕切る事が出来ていた。あまりに早い呑み込みにジョゼフも驚いていたが、それほどまでにリリィはベルトランの役に立ちたくて、たゆまぬ努力を重ねてきたのである。

リリィがレナを伴って玄関ホールへと向かうと、そこにはまだ帰るには早いはずのベルトランが騎士服姿で立っており、ジョゼフに何かを申し付けている。

思わず頬が綻《ほころ》んだリリィは、ベルトランに向けて労《ねぎら》いの言葉をかけた。

「ベルトラン様！　お疲れ様でございます。今日はお早いお帰りだったのですね」

「リリィ、今戻った。実は今日からしばらく、客人をこの家に迎える事になった」

そう言ったベルトランが大きな体躯を半歩横へずらすと、その陰から現れたのは夕陽のような赤毛と漆黒《しっこく》の瞳を持ち、白いローブを纏《まと》った見目麗《うるわ》しい若い男であった。

「エド……」

驚いたリリィが思わず呟く。その呟きを打ち消すように、エドワードが仰々《ぎょうぎょう》しく挨拶をした。

「これはこれは、麗《うるわ》しいご夫人。まさか騎士団長様の奥方だったとは」

リリィとエドワードが知り合いであった事に不思議そうにするベルトラン。目を見開いたまま硬直したリリィを一瞥《いちべつ》したエドワードが、言葉を続ける。

「騎士団長様、実は夫人を何度か教会でお見かけしましてね。幾度か言葉を交わした機会があるのですよ。熱心に何事かを祈っておられた様子で、強く印象に残っていたのです」

エドワードはナターシャの件をここで話すつもりはないようだと理解したリリィは、自分の口から嘘をつきたくないという気持ちもあって、ただ頷くにとどめた。

「そうだったのか。それは奇遇だな。リリィ、エドワード殿にはゲストルームにしばらく滞在してもらう事になるだろうから、悪いが色々と手配を頼めるか？」

ベルトランは不審に思った様子もなく、目尻の皺《しわ》を深めて優しい眼差しでリリィに告げる。

「勿論です。それでは、お部屋の準備が出来るまで、サロンでお待ちください」

平静を装《よそお》うリリィはジョゼフと目配せして、ジョゼフにはゲストルームを任せ、自らはサロンへとエドワードを案内した。

「ベルトラン様は、もう今日は騎士団へお戻りにならなくてもよろしいのですか？」

「いや、この後国王陛下に呼ばれていてな。少し帰りが遅くなる。すまないがエドワード殿を頼む」

眉尻を下げ、寂しそうな表情になったリリィをさも愛しいと、微笑みながら頭を撫でたベルトランはそのまま城へと戻っていく。

「夫人、これからしばらくお世話になります」

赤毛を揺らし、人の好い笑顔でそう告げたエドワードに、リリィは一抹《いちまつ》の不安を感じるのであった。

「エド、どうしてこんな事に？」

サロンでレナに紅茶を淹《い》れてもらうと、レナにはジョゼフたちを手伝うように命じた。そしてリリィは早速エドを問い詰める。

それでなくとも先程から、リリィの頭の中ではナターシャがギャーギャーと喚《わめ》いているのだ。

『リリィ、気をつけなさいよ。コイツ、信用なんて出来ないわよ。何を企《たくら》んでいるのか知らないけれどわざわざここに来るなんて、どうせ良からぬ企《くわだ》てをしているに違いないわ』

（ナターシャ、ベルトラン様がお連れになったのだから、私にはどうしようも出来ないわ）

『それが怪しいのよ！　そんな偶然あり得ない』

リリィがナターシャとの会話をしているのを察したのだろう。エドワードはさも可笑《おか》しそうに口を開く。

「私は、騎士団が退魔師《たいまし》を募《つの》っていたので応募しただけですよ。旅をしながらの仕事もそろそろ金銭的に限界ですからね。どこかに一旦腰を落ち着けようと」

飄々《ひょうひょう》とした態度でカップに口を付けるエドワードは、他意はないと言うが、リリィにとってはエドワードの過去の遺恨が気になっていた。

『怪しすぎる。リリィ、気をつけて』

未だに警告を発するナターシャの言葉も尤《もっと》もで、リリィは訝《いぶか》しげな視線をエドワードへと向ける。

「やだなぁ、夫人の大切な旦那様に何かしたりしませんよ」

「けれど……」

リリィが更に言い募ろうとすると、エドワードは端整な顔立ちに華やかな笑みを浮かべ、近くに座るリリィをじっと見た。

「何ですか？」

反射的に少し後ろへたじろいだリリィが尋ねると、エドワードはフッと口元を緩める。

「あの薄暗い告解室《こっかいしつ》で見るよりも、明るい部屋の中で見る夫人は美しいなと。太陽のような髪色と、大地の緑のような瞳の組み合わせは、まるで女神ですね。とても魅力的な方だ」

恥ずかしげもなく熱烈な台詞《せりふ》を述べたエドワードに、リリィは丸みを帯びた額《ひたい》に思わず手をやった。

「はぁ……それはどうも。けれど、誤解を招く発言はお控えください」

「それは失礼、宿無しの自分が追い出されては敵《かな》いませんからね。思っても口には出さぬよう、気をつけますよ」

リリィの忠告をきちんと聞く気があるのかないのか、エドワードは相変わらず澄ました顔でカップを傾けている。

「そういえば、私に会いに教会へ来る理由は何と伝えていたのです？」

『ほら、リリィの忠告なんか聞く気がないわよ、コイツ』

（そうね……困ったわ）

「『早くお子を授かるためにお祈りしたい』と。しかしそれも真実です」

少し不機嫌な表情と声となったリリィがそう答えると、エドワードはいっぺんに驚いたような表情になる。そして漆黒《しっこく》の目を丸々とさせて、そろそろと口を開いた。

「え……お子を……？」

「はい。何故不思議がるのです？　夫婦に早くお子が欲しいと願うのはおかしいのでしょうか？」

「いや……失礼しました。夫妻にはかなりの歳の差がありますから。まさかお子をお望みとは思わず……」

失礼な物言いをするエドワードに、流石《さすが》のリリィも思わず唇を噛んだ。ぷっくりと赤い唇に真っ白な歯が食い込む様子を見たエドワードは、慌てて謝罪する。

「いや、失言でした！　申し訳ありません！　だがしかし、それならば……」

リリィは腹立たしさを隠さずに、ツンケンした物言いで先を促した。

「それならば、何ですの？」

エドワードはふうっと大きく息を吐き、それからソファーに深く腰かけた。

「いや……しかし……」

「言いにくい事ですか？　構いませんから、仰《おっしゃ》ってくださいな」

エドワードがしばらく口籠《くちごも》った末にやっと口にしたのは、リリィにとって非常に辛い事実であった。

エドワードから衝撃的な事柄を告げられたリリィは、後をジョゼフに任せて私室へと飛び込んだ。

心配そうなレナには、月の障りで気分が優れないから休むと告げ、リリィは急いでナターシャと会話をする。

（ナターシャ！　どうしたら良いの？　私には、ナターシャを諦めて子を授かるなんて……）

『リリィ、聞いて。私はやっぱり、貴女の中から消えるわ』

（そんな……何とかやりようはないの？）

エドワードが告げたのは、子を授かるためにはナターシャがリリィの中から出なければ不可能だという話だった。元々、人間の器には基本的に一つしか精神は入っていない。

サキュバスであるナターシャはエドワードに祓《はら》われて瀕死《ひんし》の状態になった際、精神だけを残して身体を失ったが、奇跡的にリリィの中へと自らの精神を入り込ませた。その状態すらも実はなかなか難しいもので、リリィとナターシャの場合は特別らしい。

しかし、そこにまた新たな精神が宿る事は出来ない。つまり、ナターシャがリリィの中にいる限り、リリィが子を授かれる事は決してないと言うのだ。

リリィにとっては自分の懐妊のために、ナターシャの精神を手放す選択となる。だがそのような選択をするのは勿論酷《こく》だ。一方のナターシャだってどうせもうすぐ消える存在ではあるものの、やはりこの世に多少の未練はあるだろう。

けれどもリリィと一心同体とも言えるナターシャは、子を授かりたいと願う気持ちを一番よく分かっていたから、すぐにでも精神を消してもいいと考えた。

『いい？　リリィ。元々あの時に私は消えていたはずで、そこを貴女が助けてくれたのよ。よくよく考えればそれでも十分だわ。貴女に閨《ねや》作法を教えられたし、それであの旦那様が喜ぶ姿も見られたしね』

悪魔とは思えぬ優しい声音で話すナターシャに、リリィはその瞳に雫を溜め込む。

（けれど……）

『エドワード、アイツは嫌いだけど。それでも腕は確かだから、アイツに私を祓《はら》ってもらえばすぐにでも貴女はきっと懐妊するわよ。何てったって貴女の旦那様は絶倫なんだから』

敢《あ》えておどけた風に言うナターシャの声に、リリィはそれでも気が晴れなかった。この話し合いはその日を境にリリィの方が拒絶を示し、結局ナターシャはリリィの中に存在したままで数日が経つ。

その日屋敷に戻ったベルトランは、晩餐《ばんさん》を終えるとエドワードをサロンに誘った。まだ付き合いの浅い二人は親交を深めるための酒を酌《く》み交わす事にしたようだ。

退魔師《たいまし》として今後は騎士団に入団するというエドワードとベルトランは、任務を円滑に進めるためにもお互いを知る必要がある。

「それにしても、お二人の婚姻が王命だったとは。そうは思えないほど仲睦《なかむつ》まじいですね」

「ああ、幸運にも」

重要な話が終わったタイミングでリリィとの馴《な》れ初《そ》めをエドワードに聞かれ、ベルトランは素直に王命だと答えたのだった。酒に強いベルトランも、それ以上に酒豪であるエドワードによって少々酔わされたようだ。

「どうやら騎士団長殿は、ああ見えて意外性のある夫人に骨抜きのようですね。早く夫のお子をと望む若い夫人は、閨事《ねやごと》もいじらしいでしょう」

これまで礼儀正しかったエドワードが、唐突にそのような言葉を口にしたものだから、ベルトランの酔いは一気に醒《さ》めた。

「それはどういう意味だ？」

子を願うのは新婚夫婦として当然かもしれないが、リリィの意外性とは……一体どういう意味かとベルトランは思わず声を尖らせる。

「おや、グラスが空《あ》いていますね。どうぞ」

ベルトランの言葉には答える事なく、エドワードはグラスに酒を注いだ。ベルトランはそれに口をつけず、鋭い眼差しをエドワードへ向ける。その眼差しは誰もがすくみ上がるような迫力を孕《はら》んでいた。

「エドワード殿、何が言いたいのだ？　我が妻の意外性とは、一体どういう意味だろうか？」

「私に聞くよりも、夫である貴方が一番ご存知だと思いますが」

しばらくの間沈黙したベルトランが、ギリと歯を食いしばる音が響く。

「エドワード・G・マーシャル、はっきりと言え」

低く唸《うな》るような命令に、まだ正式に入団していないとはいえエドワードが従わない理由はない。

酒に頬を赤らめ、端整な顔立ちに皮肉な笑みを浮かべたエドワードは口を開いた。

「美しく淑《しと》やかな夫人も、閨《ねや》では信じられないくらいに積極的でしょう。ついこの前まで処女《おとめ》だったとは思えないほど」

「何を……」

「何故私がそれを知っているのだと思いますか？」

たとえ屈強な拳に殴られようとも、エドワードはベルトランを焚き付けると決めたらしい。

元々妹の死を境に騎士嫌いとなった彼だったが、英雄と呼ばれる騎士団長は、五十を超えてもなお誰よりも武芸に秀でている。愛妻家のベルトランにとって先程のように限りなく失礼な物言いは、下手をすればこの場で斬り殺されても仕方がない事である。

しかしベルトランはというと、顔を紙のように白くし、グレーの目をカッと見開いていた。唇は小刻みに震え、色が悪い。何かを言葉にしようにも、喉から空気さえ吐き出せないように、苦しげな表情へと変化する。

「失礼、今更酔いが回ったようです。今宵《こよい》はもう、休ませてもらいます」

全身を強張らせ、動けないでいるベルトランをサロンに置き去りにして、エドワードは与えられた自室へ戻ると言い出した。

去り際、エドワードはベルトランに向けて一礼した。顔を上げた時、令嬢が歓喜の悲鳴を上げそうなほど整った顔立ちに浮かぶ表情は酷く意地悪で、どこか勝ち誇ったようなものだった。

「まさか……そんなはずが……」

一人サロンに残されたベルトランは、テーブルの上に残されたグラスを苦々しく睨みつけて独りごちる。

「しかし、確かにリリィは処女らしからぬところがあった」

年上のベルトランが翻弄《ほんろう》されてしまうほど、リリィは初夜の時には積極的で驚いたのも事実。深窓の貴族令嬢が娼婦のように手練《てだれ》であるなど、今思えば違和感がある。

ここのところリリィが毎日のように教会に通っていたのも、エドワードとの逢瀬《おうせ》のためだと考えれば合点《がてん》がいってしまう。二人が知り合いであったというのも、あまりに偶然が過ぎた気がしてきた。

「リリィに……あのような閨《ねや》作法を教えたのは……」

この時、ベルトランは大きな誤解をしていた。それも全てエドワードの策略であったのだけれど。

当然ながら、リリィの積極的な閨《ねや》作法を知っているのは夫である自分だけだと思っていただけに、エドワードがそれを知っているというのは不自然すぎた。ベルトランが勘違いを起こすのも無理はない。

「まさか……子が欲しいと毎日のように教会へ通っていたのは、私ではなく、あの男の子種を……」

元から愛のない婚姻のはずだった。王命で結ばれた縁なのだから。しかしベルトランはリリィを愛したし、リリィもベルトランを愛してくれているのだと思っていた。

何が嘘で、何が本当なのか、普段であれば冷静なベルトランもリリィの事となると愚かな一人の男でしかない。

「リリィは優しいから、年甲斐《としがい》もなく若い娘に溺れる私の誇りを守ろうと、真実を言い出せなくなったのかもしれない」

何気なくそう口にすると、それが本当のような気がしてきた。飲みすぎた酒のせいか、ベルトランは正気を保てないでいる。

「しかし、すまない……もう、今更手放すなど出来ないのだ」

たとえ自分を愛しているというリリィの言葉が虚構でも、閨《ねや》での妖艶《ようえん》なリリィを知っているのが自分だけではないのだとしても。

その夜、リリィと婚姻を結んで初めて、ベルトランは夫婦の寝室に戻る事はなかった。


翌朝、リリィは出仕するベルトランを使用人たちと共に見送る。

ベルトランからは昨夜はつい飲みすぎてしまい、サロンで眠ってしまったのだと朝食の席で言われ、リリィは二日酔いを心配した。

対してベルトランは大丈夫だと笑ったが、その表情にはどこか影があったような気がして気にかかっている。

「行ってくる」

心なしかいつもより小さなベルトランの声に不安になったリリィは、思わず名を呼んでしまう。

「ベルトラン様……」

憂《うれ》いを帯びるエメラルド色の瞳を向けられたベルトランは、一瞬困ったように眉間に皺《しわ》を寄せる。

普段であればすぐに笑顔になって「どうした？」とリリィに尋ねてくれるのに、今日は何故か口をもごもごと動かすだけだった。

珍しく二人の間に気まずい雰囲気が流れる中、ベルトランは出仕していく。

（ベルトラン様、どうなさったのかしら。大丈夫だとは仰《おっしゃ》っていたけれど、やはり二日酔いになってしまわれたのかもしれないわ）

騎士団長専用の馬車が徐々に遠ざかっていくのを寂しそうに見送るリリィは、なかなかその場から動こうとしない。

『気にしすぎだわ。私にはいつもと変わらないように見えたわよ』

（そう？　私の思い過ごしだといいのだけれど）


ベルトランはこれまで誰よりも真面目に勤めを果たし、仕事と剣の鬼と言われるほどであった。

しかし、今日は部下への対応もどこか上の空のようで……見兼ねて声をかけたのは騎士団副団長のアルマンである。

アルマンといえば随分前に暴漢に襲われたリリィを助けた男であり、ベルトランに負けず劣らず真面目な性質の若者だった。

「団長、一体どうしたんです？　夫人と喧嘩でもなさったんですか？」

執務室で机に向かい、山積みにされた書類にサインをしていたベルトランは、思いがけない部下の言葉に顔を上げる。

「何？」

「だから、夫人と喧嘩でもなさったんですかと尋ねたんです。今日の団長は朝からずっとおかしいですよ」

「だからって、どうして私が夫婦喧嘩をしたと思うんだ」

ベルトランは騎士服に身を包んだ部下をじっと見つめた。若く、整った顔立ちに切れ長の鋭い目が印象的なアルマンは、同性からも非常に魅力的な人間に見える。自分を慕ってくれる優秀な部下を、今日ほど恨めしいと思った事はない。

「巷《ちまた》に流れるとある噂について、思い込みの激しい団長が夫人を責め、すれ違いを起こしたのではないかと心配してるんですよ」

「噂だと？」

アルマンのもったいぶった話ぶりに珍しく苛立ったのか、ベルトランは鋭く尋ねた。普段は至極冷静なベルトランが面白いほど食い付いてきたので、悪戯《いたずら》好きでもあるアルマンはわざと大袈裟に驚いてみせる。

「おや、ご存知なかったのですか？『英雄騎士団長が娶《めと》った若い妻が、教会で間男《まおとこ》との逢瀬《おうせ》を重ねている』と、一部の貴族の間では知れ渡っているようです」

ガツン！と大きな音を立てて、ベルトランはサインをしていた筆の先を折ってしまう。机の上の書類ははずみで破れていた。

アルマンは小刻みに肩を震わせながらも黙って俯《うつむ》く上官の様子に、まるで面白い玩具を見つけたとばかりに嬉しそうな笑みを浮かべる。この男、頭は切れるが実は相当の腹黒であった。

「その様子では、まさに図星のようで」

肩をすくめ、わざとらしく眉尻を下げるアルマンに、ベルトランは低く唸《うな》るような声で問う。

「……誰がそのような戯言《ざれごと》を」

「戯言《ざれごと》、ですか？　本当に？　それでは団長は何故夫人と仲違《なかたが》いしたのです？」

いつの間にやら二人が夫婦喧嘩をしたという事になっていたが、当たらずとも遠からずといったところで、ベルトランは否定出来ずにいた。

「私が……お前のように美しく、若ければ良かったのだ」

「はい？」

ガックリと肩を落とし、頭を抱えてしまった上官は、これまでアルマンが見た事がないくらいに憔悴《しょうすい》しきっている。激しい戦《いくさ》の最中にでもこのように弱気なベルトランを見る機会はなかったというのに。

「団長、しっかりしてくださいよ。本当に……団長がこんな風になるなら、王命の婚姻なんか蹴っ飛ばしてしまえば良かったんです」

「そんな真似が出来るか！　何よりも、私は今の生活に大きな幸せを感じている！　心からリリィを愛しているんだ！」

ガバリと突然立ち上がったと思えば、ものすごい形相でアルマンを睨みつけるベルトラン。アルマンはそんなベルトランを前に身体を折り、腹を押さえて笑いを堪《こら》えるような仕草を見せた。

「ぷ、くく……っ、団長、分かりましたって。すみません、あんまり面白いんで、つい揶揄《からか》ってしまいました。団長がそんなになっちゃうなんて、夫人はすごい女性なのですね」

アルマンの真意を測りかねているベルトランは、眉間にギュウッと深い皺《しわ》を刻む。大抵の男であればこの恐ろしい顔で竦み上がるだろうが、誰よりもベルトランを敬愛するアルマンの場合は、それすらも嬉しくて堪《たま》らないのだった。

「分かったなら黙って仕事をしろ。確かに勤務中に集中を欠いたのは私が悪い。もう仕事に戻るから、お前は出ていけ」

そう言って新しい筆を机の引き出しから取り出したベルトランに、アルマンは含み笑いをしつつ答える。

「はいはい、分かりましたよ」

ベルトランはもう一度だけアルマンを睨みつけると、目の前の書類に集中するために一度大きく息を吐いた。


美しく手入れされた中庭で、瑞々《みずみず》しく咲き誇る花々。リリィとエドワードは真っ白な薔薇《ばら》のガゼボでお茶を嗜《たしな》んでいた。

「エド、ご不便はないですか？」

「お陰様で。新しい住まいが出来たとしても出ていきたくないほどに、ここは居心地が良いですよ」

「それはようございました」

レナはやや離れたところに控えていた。少し大きめの声で呼びかければすぐに来られるところではあったが、声をひそめたら二人の会話は聞こえない位置である。

「旦那様とはまだきちんと話が出来ていないのですね？」

「ええ。まだ自分自身の心の整理がついていないのです」

「そうですか」

昨夜エドワードはまんまとベルトランを動揺させるのに成功したものの、思いのほか気分は晴れないでいた。

あの頃団長でも何でもなかったベルトランに今更八つ当たりしたところで、亡くなった妹は戻ってこない。それは重々分かっていたはずなのに、いつの間にかあのような言葉を口走っていたのだった。

「私……」

そう言ったところで、リリィはフッと目を閉じる。異変に気付いたエドワードが心配の声をかけようとした時、しばらくの沈黙ののちにリリィの口から聞こえたのは、リリィの声音ではあったが全く話し方の違うものであったのだ。

「はぁー……やっぱり疲れちゃうわね。これはあんまり時間がないわ。……久しぶりね、エドワードさん」

「……サキュバスか」

「お願いがあるの。ねぇ、私を祓《はら》ってくれる？」

リリィが表に出ている時には、常にナターシャは精神の奥深くにいた。だが、今はリリィの人格を乗っ取って表に出てきている。

「もう力が残っていなくて、表に出られないんじゃなかったのか？」

「そうよ。もうほんの少しの時間しか保つ事は出来ないから。さあさ、早くしてくれない？」

「夫人には伝えてないんだな」

リリィの知らないうちに祓《はら》えば、悩ませる事もないだろうとナターシャは考えたのだ。次にリリィが表に出た時ナターシャはもう存在しなくとも、それはそれで子を懐妊出来るのだから、結局のところは喜ぶであろうと。

「いいから、早くしてよ。リリィを頼んだわよ。あくまでも、自然にその時が来たのだと伝えてね」

「私が祓《はら》ったとは言わないように、か。……夫人《リリィ》も変わった方だが、お前も随分とおかしな悪魔だ」

そう言って、よく見れば額《ひたい》に脂汗を浮かべるナターシャの手をそっと握ったエドワードは、ここですぐに退魔師《たいまし》としての仕事をこなすと決めた。

「いいわね。何度も言うけど、私がいなくなった後のリリィの事、くれぐれも頼んだわよ」

「本当に、夫人に挨拶もしないのか？　流石《さすが》、人とは常識が違う悪魔だな」

「……馬鹿ね、挨拶なんかしたらこの子は私を引き止めようと、それこそ何するか分かんないわ。子どもを身籠るのを諦めるとか言い出したりしたら大変だもの」

ナターシャがリリィの姿で少し涙ぐんだのを、エドワードは確かに見た。そして「あんまり毎日が楽しかったから忘れていたんだけど」と言って疫病《えきびょう》の悪魔の弱点を伝えてきたナターシャに、エドワードは複雑な思いを抱く。

「……安らかに逝《い》け」

一瞬、眩い光が四方八方へと走り、リリィの中の魔物独特の黒い気がスウッと消え去ったのを感じる。

「夫人の悲しい顔を見るのは、どうにも辛いな……」

ナターシャがいないと気が付いたリリィに、どうしてと責められるのが一番苦痛だと思うのは、消えたサキュバスに対してエドワードが冷たすぎるのだろうか。しかし、悪魔に嫌悪感を抱くエドワードが、それでもサキュバスの願いを聞いてやったのには、リリィという存在が大きかったのだ。

「奥様！　今の光は!?」

眩しい光に驚いて、駆け寄ってきたレナにエドワードは澄ました顔で答える。その時リリィは、くたりとエドワードの肩に寄りかかる格好で意識を失っていた。

「なに、少々悪い気が漂《ただよ》ってきたので祓《はら》っただけだ」

「そう、ですか……しかし、奥様をそのままにしておく訳には……」

「私がお部屋までお連れしましょう」

器用にもスッとリリィを横抱きにしたエドワードは、そのままレナに私室を案内するように頼み、中庭を突っ切って歩く。退魔師《たいまし》を示す白いローブ姿のスラリとした長躯で端整な顔立ちの若い男が、美しい夫人を横抱きにしていとも簡単に運ぶ姿は、他の侍女たちも思わずホウッとため息を吐くほどであった。

「奥様のお部屋はこちらです」

レナがリリィの私室の重厚な扉を開き、優しい白を基調としたプライベートな空間にエドワードは足を踏み入れる。流石《さすが》に寝台へ近寄るのは憚《はばか》られたのか、エドワードはリリィの身体をカウチソファーへと横たえた。

その時のエドワードの表情はまるでリリィに恋をしているかのように、穏やかで優しいものであったから、レナは思わずぼうっと見惚《みと》れてしまう。

「あとはよろしくお願いします」

エドワードがそう告げ、レナの方を向いて初めてレナは自分がうっかり二人に見惚《みと》れていたのに気付いたのだった。

「は、はいっ！　お任せください！」

不自然なほどに声を大きく張り上げたレナに、ふっと小さく笑ったエドワードは、そのままリリィの部屋を後にした。

ふと、きめ細やかな頬と瞼が僅かに震えた。やがて金色の長いまつ毛が上がり、リリィは目を覚ます。

確かについ先程まで中庭にいて、客人であるエドワードと共にお茶をしていたはずなのに、リリィの目に入るのは見慣れた自室の天井と天蓋であった。

既に日は暮れたのか、燭台とシャンデリアの灯りがゆらゆらと揺らめいている。

「エド……？」

自分の置かれた状況が分からず、心細くなったリリィは、つい先程までそばにいたはずの人物の名を呟く。

「リリィ、気が付いたのか？」

聞き慣れた声のした方を見ると、少し離れたところにあるリリィの書き物机で書類に目を通しているベルトランがいた。

「ベルトラン様！　すみません。私、どうして……」

起き上がろうとするリリィを、こちらに向かって歩きながら手で制したベルトランは、何故か眉尻を下げて困ったように笑う。

「中庭で気を失ったらしい。身体は大丈夫か？」

それでもゆっくりと身体を起こして、カウチソファーに座った時に、ちょうどベルトランが隣に腰かけた。

「はい、今は何とも」

「それは良かった。心配したぞ」

「申し訳ありません」

言いつつ身体をベルトランの方へと倒し、寄りかかるようにするリリィの細い肩を、ベルトランは大きな手で支える。そして、リリィのプラチナブロンドの髪の頂《いただき》に優しく口づけを落とし、フウッと息を吐いた。

その時の表情は確かに憂《うれ》いを帯びていたが、腕の中のリリィが知る術《すべ》はなかったのだった。

「ベルトラン様？　そういえば、晩餐《ばんさん》は？」

「まだ摂っていない。リリィの様子が気になってな。腹が減ったのなら、一緒に食堂へ行くか？」

「はい、参ります」

ベルトランがそっとリリィの身体を支えるようにして、二人は食堂へと向かう。

食堂では既にエドワードが食事を終えて部屋へと帰るところで、ちょうど廊下ですれ違った時、リリィは一緒にいる時に倒れてしまった件を謝罪した。

「身体に不調はありませんか？」

「はい、特に何も……」

「それならば良かった。それでは……」

ベルトランは、そんな二人のやり取りを黙って聞いている。リリィからは隣に立つベルトランの様子は見えておらず、エドワードはそんな夫の表情をチラリと一瞥《いちべつ》しただけであった。

「ありがとうございます、エドワ、エドワ、エドワード様」

リリィがそう告げた時、エドワードの漆黒《しっこく》の瞳がユラリと揺れたのに気付いたのは、ベルトランだけであった。

「エドワード殿、どうやら妻が手間をかけたようだな。すまない、礼を言う」

「……いいえ、では」

廊下を去っていく若者の背中を、ベルトランはしばらくの間見送る。

その時リリィも何の気なしにベルトランの横顔を見上げたものの、すぐに下からの視線に気付いたベルトランが優しく微笑んだために、夫婦はそのまま食堂へと向かったのだった。


いつも通り、和《なご》やかに晩餐《ばんさん》を済ませた夫婦は、一旦それぞれの私室へと戻る。

どうやら今日は騎士団の書類仕事を持ち帰った様子のベルトラン。夫婦の寝室に行くのが遅くなるから、先に寝ておくようにと言われたため、リリィものんびりと湯浴みを済ませた。

「奥様、それにしても体調がお戻りになって良かったです。昼間は驚きましたよ！」

レナがあんまり興奮気味にそう言うものだから、リリィはその時の様子を尋ねた。

「それが……エドワード様が奥様をサッと横抱きになさって、この部屋まで運んでくださったのです」

「えっ？　そうだったの？」

驚くリリィに調子付いたのか、レナは嬉々として昼間の様子を話し始める。

「勿論、ご主人様と奥様はお似合いのご夫婦ですが、その時のお二人のお姿と言ったら……まるでおとぎ話の王子様とお姫様のようでした」

リリィはまさかエドワードがそのような対応までしてくれていたとは知らなかったから、もっときちんと礼を述べれば良かったと思っただけであったが、興奮で止まらないレナは尚も語り続ける。

「カウチソファーへ奥様を横にした時の、エドワード様の視線は、まるで恋に落ちた王子様のようで……」

レナがそこまで言ったところで、珍しくリリィが声を荒らげたのである。

「レナ、やめなさい。私はベルトラン様の妻です。そのような戯言《ざれごと》を冗談とはいえ、言ってはなりません」

普段は穏やかでにこやかなリリィが、厳《いか》めしい声音で叱咤した。ハッとしたレナはガバリと身体を折り、すぐに謝罪をする。

「申し訳ございません、奥様！　私ったら、つい調子付いてしまいました！」

「分かれば良いのよ。私は、何よりも夫であるベルトラン様を愛しているの。私に一番近しい貴女には、それを分かっていてもらわなければ困るわ」

「申し訳ございません。重々承知しております」

レナを信用出来る侍女として、頼りにしているからこそ、そのような憶測を吹聴《ふいちょう》するような真似はやめなさいと、リリィは伝えたのだ。

「レナ、噂というのは少しのきっかけから大袈裟な話になっていくの。それこそ、元がどうであれ面白おかしく変えていく人もいるもの。だからね、お願いよ」

「はい、奥様」

「さあ、今日はお気に入りのラベンダーの香油を髪に塗り込んでくれるかしら？」

湯上がり後のリリィは、にっこり笑ってレナにお願いをした。レナはそんなリリィの美しいプラチナブロンドに、丁寧に香油を塗り込んでいく。

レナの横顔には、これからずっとこの主人に誠心誠意仕えようという気迫がみなぎっていた。


仕事を終えたレナが部屋を後にすると、リリィはいつものようにナターシャに声をかける。

（ナターシャ、今日はどうして倒れたのかしらね。月の障りで貧血でも起こしたのかしら？）

しかし、いつもなら『いい加減静かにしていると退屈ね』と、すぐに返事をよこすナターシャが、何も応答しない。

（ナターシャ？）

「ナターシャ！　ナターシャ!?」

思わず口に出して名を呼んだ。しかし応答はない。

嫌な予感がしたリリィは化粧着《ネグリジェ》の上からガウンを着て、その上に慌ててストールを羽織ると部屋を飛び出したのだった。

混乱した頭では、レナを呼んで着替えさせてもらわなければならないなどという常識を、思いつきもせずに。

「エド！　エド！」

ゲストルームの茶色い扉を叩きながら名を呼ぶと、中からエドワードが扉を少しだけ開けて顔を出す。そして、リリィの姿を見るとギョッとした顔でバタンと戸を閉ざした。

「夫人！　何という格好をしているのですか⁉　服を、服を着てくださいっ！」

「ナターシャが……っ」

廊下でリリィが悲痛な叫びを上げた時、ガチャリと扉が開き、エドワードが真剣な面持ちで廊下へと現れる。

「夫人、落ち着いて。まずは一度お部屋に戻り、服を着替えてきませんか？　このような格好では……」

エドワードが諭《さと》すようにしてリリィの肩にそっと触れ、部屋へと促そうとした瞬間、廊下の奥から聞き慣れた低い声がした。

「リリィ」

そちらに背を向けた状態のリリィでも、声だけでその主が誰か分かる。

思わず見上げると、頭上のエドワードはリリィの向こうに現れた人物の方をじっと見ていた。だがリリィから見えるその表情だけでは、エドワードの心情も、その視線の向こうの人物の様子も読み取る事は出来ない。

しかもどうしてか、リリィはすぐにそちらを振り向けなかった。

先程の声音にしても、特別怒っている訳ではないのだろう。それでも今の状況を見れば誤解をされると、やっとの事で混乱する感情に冷静な考えが追いつく。

ナターシャの状況も分からず、混乱の末とはいえ、自分の軽率な行動によってベルトランを不快にさせたかもしれないと、その小さな手は知らず知らずのうちに小さく震えていたのである。

つい先程レナを叱ったばかりなのに、当の本人が軽はずみな行動を取ってどうするのか、と後悔の念が押し寄せ、苦しげに眉を顰《ひそ》めた。

「リリィ」

再び自分の名を呼ぶ声に、ゆっくりと時間をかけて振り返る。

振り返ったリリィのエメラルド色の瞳には、涙の膜が分厚く張り、今にも零《こぼ》れ落ちそうな水溜まりが眦《まなじり》に光っていた。普段ならぷっくりと赤い下唇は、強く噛み締められているせいなのか白っぽくなっている。

ゆっくりと近づいてきた夫はそっと妻の唇に指で触れた。同時に眦《まなじり》から零《こぼ》れ落ちた涙を、ベルトランの指が掬《すく》い取る。

自分が着ていた上着を妻の肩にかけると、目と目を合わせ幼子に言い聞かせるようにして、ゆっくりと言葉を紡いだ。

「リリィ、風邪をひいてはいけない。一旦部屋に戻ろう」

「べ……ベルトラン……さま……」

「さあ、おいで」

甘い声音でそう誘われ、リリィは堪《こら》えきれなくなり声を殺して肩を震わせた。そんなリリィを見て、ベルトランは歩けぬだろうと判断したらしい。

細い身体をサッと横抱きにしたベルトランは、硬直して動けない様子のエドワードの方をチラリと見てから門を開く。

「もう夜も遅い、今宵《こよい》はゆっくり休まれよ。妻が騒がしくして申し訳なかった」

「いいえ、お気になさらず。おやすみなさい」

エドワードはハッとした様子で目を伏せ、そして何でもない事のように答える。だが少しだけ、その握られた両の拳は震えて見えた。

しばらくの間じっとエドワードの様子を見ていたベルトランは、腕の中で未だに小さく震えるリリィを抱えたまま、屋敷の廊下をゆっくりと歩んでいく。

齢《よわい》五十三とは思えぬ逞《たくま》しい体躯で華奢《きゃしゃ》な妻を颯爽《さっそう》と抱きかかえた騎士団長の姿は、それを見つめるしか出来ないエドワードからすれば、さながら物語の王子と姫のようであった。

「……あの二人の間に、私の入る隙などあるのか？」

ポツリと漏《も》れた独り言は、誰の耳に入る訳でもなくすうっと空気に溶けていく。エドワードは夫婦が消えた廊下の先をしばらく見つめていたが、やがてくるりと踵《きびす》を返して部屋へと戻っていった。


一方、リリィを抱き上げ廊下を進むベルトランの横を、使用人たちが驚きと喜びの混じった表情ですれ違う。やっと冷静さを取り戻してきたリリィは、その状況に赤面してしまうのだった。

ベルトランの私室前で控えていたジョゼフがタイミング良く扉を開けると同時に、二人は部屋の中へと足を踏み入れる。一礼したジョゼフが扉を閉めて廊下に出て、夫婦は二人っきりになった。

普段リリィがあまり入る機会がないベルトランの私室。夫婦の寝台に比べると少しばかり小さめのベルトランの寝台は、リリィの寝台とも夫婦の寝台とも違う香りがする。

そっと自分の寝台へリリィを降ろすと、ベルトランは肩からずれ落ちそうになっていた上着をかけ直してやった。そして身を屈めてから、妻の顔を覗き込むようにして優しく問う。

「寒くはないか？」

「ベルトランさま……ごめんなさい」

寒くはないか、と聞かれたのには頷く事で応え、リリィが口にしたのは謝罪の言葉であった。リリィからすれば、あのような醜態《しゅうたい》を使用人に見られ、ベルトランに不貞を疑われても仕方がないような不快な思いをさせたと思っている。

一方のベルトランはというと、実はその謝罪について思いも寄らない方向へと思い違いをしていた。のちにそれがひと騒動起こすきっかけとなるのだが、今のリリィが知る由《よし》もない。

「謝らなくとも良い。誰もリリィを責めたりなどしない」

「けれど……」

「だが、ナターシャとは誰だ？　あれほどまでにリリィが取り乱す相手だ。大切な人なのだろう？もし良かったら話してはくれないか？」

ベルトランの優しい声音につられるように、リリィはナターシャについて全てを話した。ナターシャとの出会いから、閨《ねや》作法の指南の事、退魔師《たいまし》のエドワードが追ってきた事、もうすぐナターシャが消えてしまうと聞いていた事、そして今ナターシャの声が聞こえなくなってしまった事。

「ナターシャが消えてしまったのかどうか、退魔師《たいまし》であるエドワード様に確かめてもらおうと思ったのです」

「なるほど、それにしてもそのような薄着で風邪でもひいてはいけない。今日はもう遅いし、明日にしないか？」

確かに今は夜更けの時間。騒ぎにするのも良くないと、リリィはナターシャについて不安に思いながらも今宵《こよい》は眠りにつく事にした。

「私はまだ仕事が残っているから、先に休みなさい」

そう言うベルトランに再び謝罪と礼を述べたリリィは、おやすみの口づけを交わした後に夫婦の寝室に移動し、独りぼっちで広い寝台に潜《もぐ》り込む。

パタリ、と静かに寝室の扉を閉めたベルトランは、フウッと大きく息を吐き、血が通わなくなるほどに強く拳を握っていた。

「いい歳をして、このような思いをする羽目になろうとはな……」

ため息と共に独りごちる。廊下に出たベルトランの行く先は、まだ灯りの漏《も》れるエドワードの部屋であった。

「エドワード殿、リリィから全て聞いた。ナターシャというサキュバスが、二人が出会うきっかけになったと」

エドワードの部屋を訪れたベルトランは、ゲストルームのソファーへと腰かけ、感情の見えない表情でそう告げる。

エドワードの方はというと、リリィがどのように話したのか知らない上に、少々引っかかる言い回しをしたベルトランに訝《いぶか》しげな顔を向けた。

これは何か誤解があるのではないかと思い、ゆっくりと口を開く。

「あの、騎士団長さ……」

「リリィは！」

呼びかけようとしたエドワードの声を遮《さえぎ》るように、その先は聞きたくないと言わんばかりに、ベルトランが声高に話し始める。

「リリィは、私にはもったいないほどに良く出来た妻で、私もこの歳までまさか自分が誰かと婚姻を結ぶなどと思ってはいなかった」

「あの、騎……」

「だが！」

エドワードが口を開く度《たび》にベルトランが遮《さえぎ》るので、しまいにはエドワードも呆れた様子でため息を吐き、黙って話を聞く事にしたようだ。

「だが、私はリリィを心から愛している。歳の差は三十もあり、それに私のような老骨《ろうこつ》にはあのように若く美しい妻は不似合いだと笑われるかもしれん。しかし……」

全く感情が読めない表情で話し始めたはずのベルトランは、今では苦悶《くもん》の表情を隠すのも、握った拳の内側から血が滲《にじ》み出るのものともせずに、ただただ自分の素直な気持ちを吐露していた。

「私は妻をとても愛しているんだ。だが、妻には貴殿のように若く、見目麗《うるわ》しい者の方が似合いなのだろう」

「何を言……」

「それに！」

どんどん辛そうな表情に変わっていくベルトランは、自分が口にした言葉で余計に落ち込んでいく。

「それに、優しい妻は、年寄りの私に本当の事を話すのが随分と辛かったのであろうな。倒れるほどに、思い悩ませてしまった」

眉間の皺《しわ》を深め、時々苦しげに短い呻《うめ》き声も上げながら、何とか声を絞り出すようにして語るベルトランを見て、エドワードは呆れたような力の抜けた笑いを零《こぼ》した。

「ふっ……騎士団長様、貴方は何を仰《おっしゃ》っているのか」

眉尻を下げ、口元に笑みを浮かべたエドワードに、ベルトランは不快感を隠せず声を荒らげた。

「何が可笑《おか》しい？　彼女と王命で婚姻を結んだ私のような者が、未だに未練がましい気持ちを抱いて、貴殿との仲をなかなか認めないのを笑っているのか？」

「いや、ですか……」

「リリィが貴殿を慕っているとはいえ、まだ彼女は私の妻だ！　私が離縁しないと言えば、貴殿とは表立って結ばれる事もないのだぞ！」

「騎士団ちょ……」

「騎士団長という地位にいながら、情けない男だと笑っているのか？　既に妻から愛されてもいないのに、馬鹿な男だと……！」

常日頃誰よりも冷静沈着だと言われるベルトランが珍しく冷静になれずに、エドワードの言葉に被せるようにして言葉を発する。

じわりじわりと滲《にじ》み出た拳の血が、ベルトランのトラウザーズに暗赤色の染みを作った。

「分かっている。リリィが幸せになれるのであれば、私がすんなり身を引けば良いという事くらいは……」

エドワードはしばらく何も言わなかったが、数分後にやっとベルトランが少し落ち着いた頃を見計らって口を開いた。やっとの事でベルトランもその言葉に耳を傾ける気になったらしい。

「騎士団長様、いいですか。よくお聞きください」

「……言われなくとも聞いている」

拗《す》ねた子どものような仏頂面となったベルトランは、短く返事をした。

「それでは……」

「さぁ、覚悟は出来ている。話せば良い」

エドワードの話次第では、リリィの幸せを願って身を引く覚悟すら出来ているベルトランは唇を強く噛み締める。

「騎士団長様は、大変な思い違いをしておられます」

思いがけぬ流れになり、エドワードは相変わらずの困り顔ではあったが、その口調ははっきりとしていた。

「な、何だと？」

長年騎士として己を厳《いか》めしく律してきた騎士団長ベルトランだが、歳のせいもあって少々頭が凝《こ》り固まってしまっていたのかもしれない。または、遅れてきた思いも寄らぬ春に、我を忘れがちという事もある。

思いも寄らぬエドワードの言葉にすぐに理解が追いつかないベルトランは、何か言いたげに口をパクパクとさせていた。

「騎士団長様、それでは夫人がお気の毒すぎます」

「何故だ⁉」

しまいには自身の激しい混乱に苛立ったように、尖った声で尋ねた。

「夫人と私は、騎士団長様が思っているような関係ではないからです」

部下であるアルマンに負けず劣らず端整な顔立ちをしたエドワードが、きりりとした視線を真っ直ぐにベルトランへと向ける。

彼ははっきりと否定の言葉を述べたにもかかわらず、ベルトランは未だに受け入れられずにいた。

「いや、しかしリリィと貴殿が教会で逢瀬《おうせ》を重ねていたとの話を耳にした。ある日リリィの元に手紙が届いたと。それに、今日リリィを抱いて私室まで運んだ時の貴殿は、愛情に満ち溢れた表情をしていたと、そう確かに私は……」

「騎士団長様！」

今度はエドワードの方が先程の仕返しとばかりにベルトランの言葉を遮《さえぎ》った。いつもの頼り甲斐《がい》のある騎士団長はどこへやら、困惑の表情を浮かべるベルトランに、エドワードは容赦なく言葉を続ける。

「夫人は、騎士団長様を心から愛しておられます」

例の噂について部下のアルマンから聞いた時、ベルトランは既にその噂を知っていた。

家令のジョゼフは優秀で、屋敷での出来事は何一つ零《こぼ》す事なく全てを主人に報告しており、手紙が届いたのも、その後すぐにリリィが教会へ向かったのも聞き及んでいたのだから。

「いや、しかし……」

「実は！」

そこでエドワードは自嘲《じちょう》気味の表情を見せ、赤い髪をかき上げた。

「実は……私の方は……正直なところ、出会ってすぐぐらいから夫人に惹かれていました。しかし、夫人の方は……騎士団長様のお子を授かるために、大切な友を失う事になるという事で悩んでおられた。ただそれだけなのです」

「大切な友を……」

「はい。夫人の中にサキュバスが存在する限り、夫人がお子を授かる事は出来なかったのです」

リリィがベルトランにその事実を話せなかったのは、大切な友と我が子を天秤《てんびん》にかける辛さをベルトランに知られたくなかったせいだろうと、エドワードは想像する。

ベルトランはリリィに優しく、きっと一緒に苦しい思いをするだろうから。そうはさせたくなかったのかもしれない。

「リリィは、一人でそのような辛い思いを抱えていたのか……」

「そうです。しかし、サキュバスの方から『祓《はら》ってくれ』と私に伝えてきたものですから、夫人には秘密にして、本日ナターシャを祓《はら》いました」

「しかし、何故サキュバスはそんな事を？」

悪魔を嫌うエドワードではあったが、リリィのために自分の消滅の時期を早めたサキュバスについては思うところがあったのだろう。

「夫人を友人として大切に思っていたようです。ですから、夫人の子を願う気持ちを優先したかったのでしょう」

「リリィは自然にサキュバスが去る時が来たのだと言っていた」

「はい、そのように伝えるよう、サキュバスからも言われております。ですから、必ず騎士団長様もそのようにお伝えください。どうか、お願いいたします」

低く唸《うな》るベルトランは、リリィの不貞が勘違いだった喜びよりも胸の重さの方が勝っていた。知らず知らずのうちにリリィを悩ませてしまっていた自分と、消えてしまったサキュバスについてこれから心を痛めるであろうリリィの気持ちを慮《おもんぱか》り、酷く落ち込んでしまう。

しかし同時に優しいリリィへの愛しい想いが溢れて、どうして手を離そうとほんの少しでも考えてしまったのか、そのような馬鹿な真似は到底出来ないのにと改めて実感する。

「私も、これから夫人に対して過ぎた感情など抱く事はいたしません。ご夫婦の間に入り込む隙など、到底ないとよく分かりましたから」

そう告げたエドワードは、漆黒《しっこく》の瞳を僅かに潤《うる》ませているように見えた。

「本当は……私より優れた男である貴殿の方が、リリィには相応《ふさわ》しいのかもしれない」

つくづく目の前の男は眉目秀麗で、若さもシュッとした身体付きも、退魔師《たいまし》としての能力も、美しい赤い髪だって、ベルトランにはないものばかりを持っている。

「しかし、私は必ずリリィを大切にすると貴殿に誓う。すまないが、この老骨《ろうこつ》の我儘な想いを許してはくれまいか」

不器用ながらも深い愛情。エドワードは自分のまだ芽吹き始めたところであった想いでは、とても敵《かな》わないと強く認識したのであった。


ベルトランが夫婦の寝室の扉を閉めた時、リリィはその気配を感じてパッと寝台の上で飛び起きた。薄暗いランプの明かりの中をベルトランがゆっくりと寝台へ近づき腰かけると、リリィは近くに置かれた手を取った。

「ベルトラン様、エドワード様のところへ向かわれたのでしょう？」

「リリィ……」

「私、本当にエドワード様とは……」

リリィがそこまで言った時、ベルトランは自身の手に添えられた華奢《きゃしゃ》な手の上から、更に大きな手を重ねた。リリィの手は小さく震えている。

「リリィ、私は貴女を愛している。確かに少しばかり嫉妬はした。それでもあのような立派な若者にさえリリィを渡したくないと、年甲斐《としがい》もなくみっともない夫かもしれんが、宣言してきたんだ」

そう告げるベルトランは心底困ったというように眉尻を下げる。眉間と口元の皺《しわ》がランプの明かりが作り出す影によって目立っていた。

「みっともなくなんかありません！　私を、どうかずっと離さないで」

涙声でそう言い終わる頃には、リリィはベルトランによってギュッと抱きすくめられていたのだった。ふわふわと柔らかなリリィの髪が、ガウンから露出しているベルトランの腕をくすぐる。フワリと香るラベンダーの香油。ベルトランは思わず吸い寄せられるようにして、リリィの形の良い額《ひたい》に口づける。

「リリィは私のような者にはもったいない妻だ。だが、今更手放す事など出来るはずもない」

「私もです」

ちゅ、と何度も額《ひたい》に唇を寄せながら、ベルトランは愛しく思う気持ちを素直に伝えた。

「明日、エドワード様にナターシャの様子を見てもらっても良いですか？」

ベルトランは生まれてこのかた、初めてだと思うほどに鋭く深く胸が痛んだ。ナターシャに関する真実を、どうしても妻には秘密にしなければならない。愛する者に嘘をつくのは辛かった。

「ああ、見てもらおう」

妻に対する優しい嘘は、ベルトランにとっては大きな罪悪感を伴う。しかし、リリィの心の健《すこ》やかさを保つため、これからその罪を背負っていくと決めたのだった。

「ありがとう、ベルトラン様」

「これからは、いつでも私を『ベル』と呼んでくれないか？」

「え……っ……」

閨《ねや》作法としての呼び名を、普段から呼べというベルトランの小さな嫉妬に、リリィは気付く事はない。本当は、エドワードを『エド』とリリィが呼んでいたのを気にしていたのである。

しかし大人の男としては、そんな余裕のない事を言う勇気が持てず、不器用な熟年男の最大限の譲歩であった。

「ベル、と」

「ベル……ベル、貴方を愛しているわ」

「ああ。ありがとう、リリィ」

そのあと、リリィはベルトランにナターシャとの日々をポツリポツリと語り始めた。ナターシャには残り時間が少なかったから、話せる時にたくさん話をしたと。

サキュバスという悪魔のナターシャも、リリィと同じ人間のように、優しい感情も持ち合わせていたのだと語る。種族の違う二人は、いつの間にか何でも話せる姉妹か親友のような気持ちになっていたのかもしれない。

そんな頼れるナターシャの存在を感じられず、声が聞こえない事について、リリィはまだ心の整理がついていない。ベルトランはリリィの髪を優しく梳《す》きながら、静かに話を聞いた。

そしてそんなベルトランの優しさに、リリィの冷え切っていた胸は、ポッと炎が灯ったようにほんのりと温まったのである。

改めてお互いの大切さを実感した二人は抱きしめ合って眠る。ランプの小さな明かりがぼんやりと照らす夫婦の寝室は、しばらくすると二人分の寝息だけが聞こえる静かな空間となったのだった。

翌日、ベルトランとリリィは共にエドワードの元を訪れた。

その時のエドワードは、どこか吹っ切れたような顔つきで、様子を気にしていたベルトランも、密かに胸を撫で下ろす。しかしベルトランは、これからエドワードと二人でリリィに盛大な嘘をつかねばならぬ罪悪感からか、口数少なく二人の会話を見守るに徹した。

「エドワード様、ナターシャは……やはり……?」

三人しかいない部屋で、真実を知らないのはリリィだけ。ベルトランはその後ろめたさからか、知らず知らずのうちに唇を噛む。エドワードはそんなベルトランを横目に見つつ、ナターシャとの約束をしっかりと守った。

「はい、来るべき時が来たのだと思います。今は夫人の中にサキュバスの気配は全く感じません」

「そうですか……」

覚悟はしていたものの、やはり直接告げられるとグッと悲しみが押し寄せてきた様子のリリィは、金色のまつ毛を伏せて唇を細かに震わせる。その眦《まなじり》には、みるみるうちに涙が溜まっていった。

「夫人、元は私が祓《はら》った時に消える運命だったのです。それが、貴女のお陰で生きながらえた。それで、十分だと思いますよ」

「ナターシャも……そう言っていました」

「私は相変わらず悪魔を嫌っています。はじめにサキュバスを祓《はら》った事も後悔はしていない。しかしあのサキュバスが自分が消えた後に、貴女には前を向いて欲しいと切に願っていた事は知っています」

エドワードがそう言うと、ハンカチで涙を拭《ぬぐ》ったリリィは言葉に詰まり、代わりにコクリと小さく頷いた。

「だから、貴女はどうかサキュバスの気持ちを汲《く》んで、これからも前を向き、騎士団長様と幸せにお過ごしください」

リリィは自分で自分を納得させるようにもう一度頷き、その後ふわりと優しい微笑みを浮かべる。

エドワードはそんなリリィを眩しげに見ていた。

しかし、その視線には激しい恋慕の情が含まれている訳でなく、ただこの人に幸せになって欲しいと純粋に願う気持ちが込められている。

「エドワード様、ありがとう」

リリィは改めてエドワードに礼を述べた後、ベルトランと共に部屋を後にした。部屋に残されたエドワードも、これからまた前を向いて生きていくと決意した。

これからは妹の最期について恨みが残る、ベルトラン率いる騎士団と共に退魔師《たいまし》の職をこなすのだ。心の奥底で何年も澱《よど》んでいた感情を、浄化させようと決めたのだから。

お互いを思いやり、周囲に広い心で接するあの夫婦を見ていると、いつまでも過去の遺恨に囚われ周りが見えなくなっていてはいけないと、亡き妹に怒られるような気がしたのだった。

それに、悪魔……ナターシャ。所詮《しょせん》悪魔とは、人間とは分かり合うなど出来ない存在だとエドワードは思い込んでいた。けれどあの悪魔は、リリィのために自分を犠牲に出来る気概を見せたのだ。

今回、エドワードの心を一番強く揺さぶったのは、その事実だったのかもしれない。

実は、この国で悪魔に対抗出来る退魔師《たいまし》は、大きな尊敬と共に重用《ちょうよう》されている。優れた退魔師《たいまし》であるエドワードのために準備される住処《すみか》は、国を挙げて急ピッチで建築されており、予定よりも遥かに早く夫婦の屋敷から出ていけそうであった。

「サキュバスよ、きっと夫人は大丈夫だ。お前も……次に生まれ変わる機会があれば幸せに」

退魔師《たいまし》が祓《はら》い消滅した悪魔が生まれ変わるなどという話は聞いた事がない。けれど人が知っているのは、悪魔のほんの一部の理《ことわり》だけだ。

あの人間味のあるサキュバスのために、エドワードは純粋な願いの気持ちを込めてそう口にしたのである。


ナターシャが消えて八ヶ月が経ち、リリィは見事懐妊した。けれども酷い悪阻《つわり》のせいで食事がとれず、寝込む日が増えてしまったのだ。

「姉上、体調はいかがですか？」

「ありがとうマリウス。今日は気分が良いみたい」

「それは良かった。本当は父上も来たかったのだと思いますが、今は政務がお忙しいようで」

見事な金髪をサラリと一つにまとめ、青い空のように澄み渡った色の瞳を持つリリィの弟マリウスが、母親と共にオリオール邸へ見舞いに訪れている。

「リリィ、悪阻《つわり》だからといって食べないのではお腹の赤子が育たないわ。何か食べられそうなものはないの？」

リリィと同じプラチナブロンドの髪を持つ母は、寝台に腰かけたままの娘の顔を心配そうに覗き込む。

「少しずつは食べているのよ。ただ、まだまだ量が足りないのかもしれないけれど」

ほんの少し顔色が青白いリリィ。懐妊が分かってしばらくして、ベルトランが退魔師《たいまし》のエドワードと部下を伴い王都から離れたところに出没した魔獣討伐に出かけてしまった。まだその任務から夫が帰ってこないせいもあって、心配のためなのか目に見えて食欲が落ちていたのである。

「悪阻《つわり》がこんなに辛いなんて。けれど、お母様も私たちを宿した時にこのように大変だったのだと思えば、私も頑張れるわ」

弱々しい笑みを浮かべるリリィに、母とマリウスは不安げな表情を隠せない。体調の悪いリリィを心配したベルトランが任務に出発する前に宰相に相談したところ、母親と弟に会えば少しは気が紛れるだろうと言うので、ベルトランが帰るまでの間二人には屋敷で過ごしてもらう流れになったのだ。

「リリィ、私たちに出来る事があれば遠慮なく言いなさい。食べたいものがあったらすぐに知らせるのよ」

「ありがとう、お母様。マリウスも、心配をかけてごめんね」

パタリと扉が閉められて、母とマリウスがゲストルームに戻るために廊下へ出たのを確認し、リリィはフウッとため息を吐く。

「ベルとの赤ちゃんのためにきちんとしなければならないのに、どうしてかしら。ナターシャを思い出して、食事が喉を通らないのよ」

一旦は納得して気持ちを切り替えると決めたリリィも、妊娠による精神的な不安定さからか、ナターシャを思い出しては涙を流す時間が増えた。ベルトランもそんなリリィを心配して精一杯の気遣いをしてくれるのだが、それでもリリィの憂《うれ》いは払えない。

膨らんだ腹をさすりながら眦《まなじり》に涙を溜め、唇を噛む。

「こんな母親じゃあダメね」

昼間から何もせず、ずっと寝台で過ごす自分に嫌気が差すほどに、リリィの精神状態は不安定になっていた。

「奥様！　ご主人様がお帰りになられました！」

いつもならばきちんとノックをしてから声をかけるレナも、今回ばかりはノックと同時に用件を告げた。ベルトランがいなくなってから、尚更笑顔が少なくなったリリィを心配していた使用人一同は、これでリリィが少しでも元気を取り戻してくれればと、レナにいち早く報告するよう言っていたのだった。

「ベルが……？　すぐに出迎えに行くわ！　レナ、支度を……」

リリィがそう答え終わるか終わらないかという頃に、ドスドスと重たい足音が廊下から近づき、勢い良く重厚な扉が開く。

「リリィ！　大事はないか!?」

騎士服に鎧を身につけたままのベルトランが、慌てた様子でリリィの寝台へと近づく。ちょうど立ち上がろうとしていたリリィはベルトランの勢いに圧倒されたものの、すぐに顔を綻《ほころ》ばせ手を横に広げてみせた。

ベルトランはそんなリリィを優しく抱きしめ、久しぶりの口づけを交わす。レナは笑顔でそっと壁際に控えた。

「おかえりなさいませ、ベル」

「ああ、今帰った。また痩せたのではないのか？」

「いいえ、そんな事はありません。ふた月もの間ベルにお会い出来なくて、とても寂しかったですけれど」

いつもなら任務で出かけていたベルトランに、そのような弱音を口にしないリリィ。素直に寂しかったと言ったので、ベルトランはリリィが普段よりも気弱になっているのを再認識する。

「実は、リリィに会わせたい者がいるんだ」

そう言われ、視線を未だ開けたままの扉へ向けたリリィは、あまりの驚きにその目を大きく見張ったのだった。

廊下に立ってこちらを見ているその女性は漆黒《しっこく》の長い髪にグレーの瞳、そして非常に妖艶《ようえん》な顔の造りをしている。平民が身につけるような動きやすいワンピースを纏《まと》った身体は、それでも非常に豊満で女らしい形だと分かる。

「ナターシャ……？」

リリィは信じられない思いでいっぱいであった。だって確かにその姿は、リリィと初めて会った時のナターシャそのもので、もう二度と会えないと思っていた存在だったのだから。

「ナターシャ……！」

「リリィ、落ち着け。ナターシャは逃げたりしない」

「でも……っ、でも！」

部屋着のままで立ち上がり、ベルトランに支えられたリリィは早足でナターシャに近づく。急に歩いたので足運びがおぼつかず、もどかしい。

「ナターシャ、ナターシャなの？」

「リリィ、どうしてそんなに痩せちゃったの？　ちゃんと食べないとダメじゃない。せっかく待ち望んでいた二人の子どもが出来たというのに」

「あぁ……ナターシャなのね……良かった……」

その場で泣き崩れそうになったリリィをベルトランがサッと抱きかかえ、近くのソファーへと誘った。夫妻に続いてナターシャが腰かけると、待ちきれないリリィが口を開く。

「ねぇ、どうしてナターシャは再び身体を手に入れられたの？　やはり私の中からは、あの時消えてしまっていたのね？　あぁ、でも良かった。このままずっとここにいられるのでしょう？」

矢継ぎ早に質問をするリリィにナターシャは困ったような顔をしながらも、口元は嬉しそうに緩んでいる。

ベルトランは二人の邪魔をしないよう気遣っているのか言葉を発することはなく、リリィの手を握り身重の妻に寄り添っていた。

「まあ、簡単に言うとね。今はサキュバスではなくて、普通の人間になったのよ」

ナターシャの言葉はあまりにも突飛で、リリィはついつい首を傾《かし》げた。

「リリィに付き添って教会へ通っていたじゃない？　あの時どうして私のような悪魔が、精神だけとはいえ神聖なる教会に入り込めるのかしらって不思議に思っていたんだけど……どうやらあそこの神様に、気に入られていたみたいなのよね」

「神様に……？」

「あそこって、女神が祀《まつ》られている教会だったでしょ？　その女神と話してみたら、なんだか気が合っちゃって」

ナターシャが言うには、リリィが通っていた教会の女神はとてもユニークな神様で、悪魔を身に宿すリリィに興味を持ち、果てには悪魔であるナターシャに接触してきたのだという。

そして、とあることを条件にナターシャを人間として存在出来るようにしたのだと。

「条件って？」

「それがねぇ、その女神っていうのがなかなかの悪趣味で。元悪魔の私に、退魔師《たいまし》をしろって言うのよ」

「それで、ナターシャはその条件を了承したのね？」

「まあ、リリィの事が心配だったし……」

ナターシャはバツが悪そうにそっぽを向いてそう言った。そんなナターシャに、リリィは喜色を隠せない。

「それに、悪魔っていうのはそんなに横の繋がりは強固じゃないの。みんな自分勝手で、自己中心的な奴らばかりだからね。私も、生気をよこす訳でもないのに絡んでくる奴らにはうんざりしてたからちょうど良いわ」

張り切って祓《はら》ってやるんだからと胸を張るナターシャに、リリィは思わず立ち上がって抱きついた。グイグイと自分の腹部にナターシャの顔を押し付けるものだから、そこから逃れようともがくナターシャは照れ隠しもあってか、ツンとした口調で制する。

「リリィ！　やめなさい！　お腹に赤子がいるんでしょ！　全く、母親になるっていうのに落ち着きなさいよ！」

「だって、嬉しいの……」

リリィのエメラルド色の瞳からポロポロととめどなく溢れる涙がナターシャの黒髪を濡らした。その感触に、ナターシャの瞳からも同じように涙が零《こぼ》れ落ちる。

人間となって初めて、ナターシャが涙を零《こぼ》した瞬間だった。けれども実際にその涙を目にしたのは、ナターシャを抱きしめて離さないリリィではなく、二人を穏やかな表情で見守るベルトランだけだった。

これから騎士団の退魔師《たいまし》としてやっていくナターシャは、リリィとの再会の後、ベルトランを伴って一旦エドワードのいる駐屯地へと向かった。

入団に際する手続きなどがあるらしいが、その後はなんとエドワードの屋敷を間借りするのだという。

「だって、こんな美女が一人で住むなんて物騒じゃない？　エドワードの屋敷は随分と立派なようだし、私一人くらい住めるでしょ」

そうは言っていたが、ナターシャはなんだかんだでエドワードを気に入っている様子だ。サキュバスであった時のことも知っている貴重な人間である上に、リリィの事で仲間意識を持ったのか、エドワードは気を許せる人間であるらしい。

そして長期の任務から戻ったベルトランは、国王からの命令で身重の妻のために三日間の休暇を取る事になったのである。もしかすると、それは娘を心配する宰相の差し金かもしれない。

騎士服を脱ぎ、楽な服装に着替えたベルトランはリリィの私室で一息ついた。

「あの……ベル、人間となったナターシャとはどこで会ったのですか？」

ナターシャはしばらくの間、同じ退魔師《たいまし》でありナターシャの正体も知っているエドワードと共に職務に就くのだというが、ベルトランがどうやって人間となったナターシャと出会ったのか、リリィは知りたかった。

「魔獣の討伐に出て順調に任務をこなしていたところ、野営のテントが奇襲されたんだ。油断があったのか複数の団員たちが襲われて、助けに入った私もそこで手強い魔獣の群れに囲まれてしまった……」

その時の記憶を鮮明に思い出し、眉間に皺《しわ》を寄せるベルトラン。

あの日、退魔師《たいまし》のエドワードも次々と現れる魔獣たちを祓《はら》うのに苦戦しており、連日仲間を祓《はら》われたり斬られたりした魔獣の群れの大きな怒りに、騎士団は押され気味になっていた。

負傷した団員を庇いながら戦うベルトランの背後に、魔獣の群れの中でも一際大きく強い個体が牙を剥いた。襲いかかろうとしたところに、突如現れたナターシャが強い光の力によってその魔獣を祓《はら》ったのだ。

「連日の魔獣討伐の疲れもあったのだろうが、やはり老いには勝てんな。ナターシャがいなければ、私は今頃どうなっていたことか……」

「本当に、ご無事でなによりです」

人となったナターシャのことをベルトランは知らなかったから、かつてのエドワードのように旅をしながら退魔師《たいまし》をしている者だと思った。しかし礼を述べるベルトランを前に、ナターシャは刺々しい態度でこう述べたというのだ。

「さっきので魔獣討伐は済んだでしょ。さっさと帰るわよ。リリィが貴方を心配して食事も喉を通らないようなの。ほら、急ぎなさいよ」

初対面の女にそのような言われようをしたベルトランが呆気に取られていると、合流したエドワードもナターシャは叱咤した。

「ちょっと！　リリィを頼むわよって言ったでしょ！　いつまでもこんな奴ら《魔獣》に手こずっているから、旦那様に会えないリリィが落ち込んじゃってるじゃないの！」

突然現れた女にそう言われたエドワードもはじめは呆然としていたが、やがてゆっくりと口を開いた。

「ナターシャ……？」

「そうよ！　まあ色々あって人間として退魔師《たいまし》をすることになったから！　よろしくね！　さあ、時間がもったいないから早くリリィのところへ帰りましょうよ」

「いや、待て、どうなったのかきちんと説明を……！」

「そんなの帰りながら説明するから。ほらほら、早く帰るわよ！」

帰りの道すがら、ベルトランとエドワードにナターシャはこれまでの出来事を説明した。実は人間になってからすぐに隠れて様子を見に行ったリリィが、ベルトランを心配するあまり心労で痩せ細っている姿を目の当《まあ》たりにしたたと。

だから、身重のリリィに再会するより先に、リリィの心配の種であるベルトランを連れて帰る事にしたのだという。

「いや、リリィの心労は私の心配だけではないだろう。そなたの事で随分と気に病んでいた。表面上はもう気持ちを切り替えたように振る舞ってはいたが」

「……そう。それじゃあ尚のこと、さっさと帰ってリリィを驚かせちゃいましょうか！」

こうして、ベルトランとナターシャは騎士団駐屯地に寄ることもなく、すぐさま屋敷に戻ったのである。代わりにエドワードは、報告書の類《たぐい》を処理することになったのだが、身重のリリィのためと快《こころよ》く引き受けた。

全てを聞いたリリィは、知らず知らずのうちに眦《まなじり》から涙を零《こぼ》していた。自分が思っていたように、ナターシャもリリィのことを思ってくれていたのだと知って、どうしようもなくくすぐったい感情が湧いてくる。

「私も、頑張ってこの子を育てていきます。ベルもご無事でお帰りになったし。何だかホッとしたらお腹が空《す》いてきた気がします」

「そうか、それならばマリア殿《義母》とマリウスも一緒に午後のお茶にでもしようか」

「はい、ベル」

すっかりリリィの憂《うれ》いは取り払われ、その日は久しぶりに気分良くお茶の時間を楽しめたのである。そんな様子のリリィに、ベルトランもリリィの母マリアも、そして弟マリウスもホッと胸を撫で下ろしたのだった。

その後も順調な経過を辿り、リリィのお腹はどんどん大きくなっていった。夫婦が喜びの日々を送っていたある日、とうとう産気付いたリリィが出産の時を迎える。

「ちょっと！　そんなにウロウロしないでよ！」

「すまない……だが、どうにも落ち着かなくてな」

もうすぐ子が生まれようかという頃、リリィの部屋の前にはベルトランとナターシャ、そしてエドワードが控えていた。

「団長、不安な気持ちは分かりますが、このような時に我々男には何も出来る事はありませんよ」

「エドワード、生まれた赤子を見た途端、私は嬉しさで倒れてしまうかもしれん。その時は思い切り頬を叩いて起こしてくれ」

いつもは冷静沈着、年を重ねてもその強さは変わらないと言われる屈強な騎士団長も、リリィの事となればこのように人間味溢れるところがあるのだ。

「何を言っているんですか、そんな情けない顔をして。貴方はこのブロスナン王国中の民が尊敬する騎士団の団長でしょう。それで、もう子どもの名は決めているんですか？」

「ああ、それなら……」

ベルトランがそこまで言った時、扉の向こうから新しい生命の誕生を告げる泣き声が聞こえてきた。とても元気で大きな泣き声は、生まれてきた子どもが健《すこ》やかである事を知らせるようである。

「ご主人様、おめでとうございます！　お生まれになりました！　可愛らしい双子のお子様方でございます！」

この時ばかりはバーン！　と大きく音を立てて扉を勢い良く開けたレナが、廊下で控えるベルトランたちにそう告げた。

「双子……リリィは？　リリィは無事なのだろうな!?」

予想外の事に一瞬呆然としたものの、妻の安否を気にかけてすぐさま問うたベルトランに、レナは涙ぐみながらも笑って答える。

「勿論、お元気でございます。奥様が、ご主人様をお呼びです」

レナの言葉を最後まで聞かないまま、ベルトランはズンズンとリリィの部屋の中へと歩みを進める。その間も、騒がしい赤子の泣き声はナターシャたちのいる廊下まで響いていた。

「リリィ！」

最後は小走りで寝台へと駆け寄るベルトランに、リリィは少しばかり掠《かす》れた声で返事をする。その顔は既に穏やかで優しい母親の顔であった。

「ああ、良かった。よくやったな」

「はい、ベル。ほら、あちらをご覧になって。可愛らしい赤子です」

そう言うリリィの視線の先で助産師が処置を終えて連れてきた子どもたちは、二人とも同じプラチナブロンドの柔らかそうな髪を持ち、未だ顔を真っ赤にして泣いている。

リリィに促され、その二人の赤子のうち一人を恐る恐る抱いたベルトランは、その柔らかさと小さな身体に驚いた。不思議なことに、ベルトランが抱いた途端に赤子は泣くのをやめてムニュムニュと口を動かしている。

もう一人の赤子は、仰向けで休むリリィの胸に抱かれて静かにしていた。

「リリィ、とても小さくて可愛らしいな」

「そうですね。まさか一度に二人も授かるなんて、思いも寄りませんでしたけれど」

「もうこんな不安な思いは一度で十分だ。ありがとう、リリィ」

その時、ベルトランの抱く赤子がゆっくりと目を開ける。その瞳の色は涼やかなグレー、ベルトランの瞳と全く同じであった。

「この子も、瞳はベルと同じなのですよ」

リリィの抱く赤子は目を瞑《つむ》ったまま、こちらも同じくムニュムニュと口を動かしている。

「この子は女の子、そちらは男の子です」

疲れた顔色をしながらもそれでもとても幸せそうなリリィの言葉に、赤子と同じベルトランのグレーの瞳から、ツウッと一筋の涙が流れ落ちた。リリィは一瞬驚いた顔をしたが、やがてその目を細めて微笑を零《こぼ》す。

「リリィ……ありがとう。自分の子というものが、これほどまでに愛しいものだと改めて知った。これからはリリィもこの赤子たちも、必ずや私が守ってゆこう」

リリィの大好きな魅力である目尻の皺《しわ》を深めたベルトランは、そう言ってリリィの額《ひたい》に口づけると、赤子たちと同じ色の柔らかな髪を優しく撫でた。

どこか甘い空気が漂《ただよ》い始めた部屋に、ナターシャのツンとした声が割って入る。

「もういい加減入っても良いかしら？　私だって赤子を見たいわ」

気付けば顎をツンと上げたナターシャと、困り顔のエドワードが扉の近くでじっと夫婦の方を見ている。

「す、すまない！　どうか見てやってくれ」

ベルトランが慌てて二人を案内すると、ナターシャは子ども用の小さな寝台へと移された赤子たちに駆け寄る。すぐさま満面の笑みを浮かべて喜びの声を上げた。

「食べちゃいたいくらいに可愛いわぁ！　でも、双子だから寝台がすぐに小さくなるわね」

「まさか双子だとは思っていなかったから。ナターシャとエドワード様も、良かったら抱いてみてちょうだい」

リリィに促されたナターシャは、恐る恐る手を伸ばし、一人の赤子を抱き上げた。エドワードももう一人を抱き上げたものの、緊張からカチコチに固まった腕では抱かれ心地が悪かったのか、赤子が泣き出してしまう。

「ああ！　ダメですよ、そんなに泣いては！　団長、助けてください！　はい、お返しします！」

アタフタとベルトランへ赤子を渡すエドワードは、その端整な顔立ちに苦笑いを浮かべた。

「赤子は小さいから、抱くのが恐ろしいですね。ところで子どもたちの名は？」

先程話が途中になっていたことを問うエドワードに、ベルトランはリリィと視線を合わせて頷いてから答えた。

「女の子はアリス、男の子はルシアンと決めていた」

ベルトランから名を聞いたナターシャは、自分の抱いた赤子に優しい眼差しを向ける。元は悪魔だということなど微塵《みじん》も感じさせないような慈愛に満ちたその横顔に、エドワードは自然と目を奪われていた。


「おとうさまー！　おかあさまー！」

色とりどりの花々が美しく咲き乱れる王城の庭で、金糸のような煌《きら》めく髪を靡《なび》かせトテトテと走り寄ってくるアリスはもう六歳。

薄紅色の生地のフリルがたくさん付いたドレスを着たアリスが、国王と王太子夫妻と共にお茶会を楽しむ両親の元へと飛び込んだ。

「あら、アリス。走ったりしてはだめよ。一体どうしたの？」

「おかあさま、ルシアンとルイが私の邪魔をするの」

「邪魔をするって、一体何をしていたの？」

以前よりも落ち着いた美貌に穏やかな笑みをのせたリリィが、目線を娘にしっかりと合わせて話を聞こうとしたところ、向こうから急いで走ってくるのは双子の弟のルシアンだった。

「おかあさま！　ちがうんだよー！」

そんなルシアンをリリィのところに辿り着くまでにガシッと抱き上げた父のベルトランは、その鋭いグレーの瞳でルシアンを覗き込む。

「ルシアン、何が違うのだ？　ルイ殿下はどうした？」

「おとうさま、その……ルイは……」

ルシアンが口籠ったところで、当のルイ王子が背中に両手を隠して現れた。そしてリリィに縋《すが》り付くアリスのそばへと歩み寄り、モジモジと頬を赤らめて口を開く。

「アリス、僕の話を聞いてくれないか」

「ルイ、どうして私がお花を見ていたのに、それを摘み取ったりするの？」

「それは……アリスがこの花を好きなんだと思ったから……」

ルイ王子が背中に隠していたのは、王城に咲く美しい一輪の百合《ゆり》の花。その花をずいっとアリスの方へと突き出したルイ王子は、幼馴染であり想い人でもある目の前の少女にその気持ちを伝えた。

「アリス、僕と婚約してください。そして大人になったら、この国の王妃となって僕とこの国をより良くしていって欲しい」

「え、ルイ……？」

まだ六歳、突然の幼馴染の王子からの立派な物言いの求婚に驚くアリス。そこでいつの間にやら現れた国王が、ここぞとばかりに手を叩いて声を上げた。

「ルイ！　それは良い考えだ！　アリスが王妃となればこの国もますます繁栄するであろうな！　ベルトラン、そうと決まれば早めに妃教育を行わねばならんな」

「陛下、ベルトランがものすごい表情でこちらを睨んでおりますよ。ルイ、お前も突然そのような事を言ってはアリスが困るだろう」

そう言って国王を窘《たしな》めたのは王太子で、息子であるルイ王子に視線を向けると、まだまだ幼く素直なルイ王子はこの劇的な出来事の裏を暴露してしまう。

「だってお父様、おじいさまがこうすればアリスをお嫁さんに出来るって言うから……」

その場の全員が、思い思いの表情で国王の方を見る。お節介だと言われる国王は激しく視線を泳がせていた。

「陛下、アリスの相手はアリスに決めさせます。陛下のお節介で、娘の将来まで決められては困ります」

ベルトランがキッパリとそう言うと、グッと唇を噛み締めた国王は負けじと乳兄弟《ちきょうだい》である騎士団長に言い返す。

「お前だって王命によってリリィと出会えて感謝していると、そう言っておったではないか！」

「いや、それは！」

「アリスだって、きっとルイのことを好きに違いない。お前たち夫婦を繋いだ儂《わし》のこの目は確かだ」

グッと言葉に詰まったベルトランに、国王はアリスとリリィ、そしてルイ王子の方へと目を向ける。

「アリス……僕のこときらい？　アリスに、僕のお嫁さんになって欲しいんだ」

国王が考えた言葉ではなく、ルイ王子の素直な気持ちをアリスに告げる。アリスは芝生の地面を見つめながら、ポツリと声を漏《も》らした。

「ルイの事、好きよ」

幼い少女のその言葉に、周囲の大人が息を呑んだ。

その沈黙を破ったのはやはり国王で、ガハハと豪快に笑いベルトランの背を叩く。

「ほら、二人の気持ちは通じ合っとるらしいぞ。めでたい事だ」

もはやベルトランは何も言えず、また三人で走っていってしまった我が子たちの背を寂しそうに見つめていた。

「ベル、アリスの気持ちが大切ですもの。私たちは見守りましょう」

こうして、国王のお節介とルイ王子の勇気によって将来の王妃が決まった。

そもそもこの双子が生まれた時から、女児は王妃に、そして男児は新しい国王の片腕にするべく、幼い頃から交流を図っていたことも、この賢王と呼ばれる国王の狙い通りだったのだろう。

「ハ……ッ！」

ガバリと起き上がったエドワードは、そこが国王から与えられた自分の屋敷の寝室だということにホッとする。

しかし、どういう訳か昨日の夜には着ていたはずのシャツも、はたまたいつもは穿《は》いて寝るはずのトラウザーズや下着さえ身につけておらず、全裸で寝台の中へ入ったようなのだ。

「何故…………ッ！」

ズキリと痛むこめかみを押さえ、一瞬両目を瞑《つむ》った時に思い出したのは、自分の身体の上に乗り扇情的な裸体を晒《さら》して微笑む女の姿だった。

「……」

ゆっくりと目を開き、しばし考えたのちに背筋を冷汗がツウっと流れた。恐る恐る自分の左隣を見やると、掛布からはみ出した漆黒《しっこく》の艶《つや》めく長い髪がある。そして流れる髪の隙間から見えるのは、白く麗《うるわ》しい曲線を描くうなじから肩のラインだ。

「ん……エド？」

そう言ってモゾモゾと掛布の中で動き、くるりと振り向いたその女は、エドワードの同僚で同じ退魔師《たいまし》であるナターシャであった。

元はサキュバスのナターシャが、グレーの目をパチリと開き起き上がると、寝台のヘッドボードに背を預ける。その際、ハラリと落ちた掛布からその豊満な肉体が露《あら》わになった。

「な、ナターシャ……」

「おはよう、エド。ねぇ、喉が渇かない？」

「……ナターシャ、あの……」

白い肌に零《こぼ》れ落ちた濡羽色《ぬればいろ》の髪、そして豊かな胸元の先端には、熟《う》れた苺のような瑞々《みずみず》しい突起が存在し、エドワードの頭痛もぼんやりした意識も吹き飛ばすにはてきめんであった。

「何？」

モゴモゴとはっきりしないエドワードに、不機嫌な表情のナターシャは、身体の露出を隠す事なく尖った声音で尋ねた。

「何故、同じ寝台で……」

唇を震わせながら、やっとのことで言葉を紡いだ青白い顔のエドワードに、眉を顰《ひそ》めたナターシャは掛布で身体を隠しつつツンと顎を上に向けて答える。

「久しぶりにやりたかったからよ。たまたまエドがいたから閨《ねや》を共にしただけ。それ以上でも、それ以下でもないわ」

どこかわざとらしく突き放すような物言いに、エドワードは必死に弁明をする。

「やった……のか？　いや、待て。私はそのようなつもりは……昨日は美味《うま》い酒が手に入ったからと言って、一緒に飲んでいたよな？」

「そうね。それで、段々と酔いが回ってくるうちに、やりたくなったからやった。ただそれだけよ」

「やりたくなったから……」

ナターシャの言葉を繰り返し口の中で呟くエドワードは、赤い髪をガシガシと掻いた後に頭を抱えてしまう。

「私は……ナターシャに何か言ったのか？」

「何かって、何を？　ああ！　愛する人に相手にされない、って話？」

ナターシャの刺々しい返事にも、エドワードはボッと頬から耳まで赤くして首肯《しゅこう》する。

「愛する人がいるけれど、相手にされない、どうしたら良いかって嘆いていたわね」

「……そうか」

「まあ、仕方ないわよ。あの二人の仲は、誰にも邪魔出来ないわ」

「ん？」

なんだか話が噛み合わないぞ、とエドワードが首を傾《かし》げると、ナターシャも怪訝《けげん》そうな顔を向ける。

「何か、行き違いがあるようだが……」

「行き違い？　エドが未だにリリィを諦めきれないって話じゃないの？」

「ふ、夫人!?　いや！　それはもう、というか団長と夫人には幸せになって欲しいとしか思っていない！　私の想い人はナターシャだ！」

バタバタと両手を振って否定するエドワード。時が止まったように瞬《まばた》きすら忘れたナターシャは、エドワードの言葉にやっと思考が追い付いたのか、その顔を紅潮させ、酷く狼狽《ろうばい》した。

「わ、わ、わ、わ、私を好き!?　貴方が好きなのって、リリィじゃないの!?」

普段から飄々《ひょうひょう》とした雰囲気のナターシャが、ここまで狼狽《うろた》えることなど珍しい。そんなナターシャを見て、エドワードは真剣な眼差しで口を開く。

「ナターシャ、愛しているんだ！　私と結婚してくれないか？」

「エド！　私と一夜を共にしたからって、責任感からそんな事を言っているんじゃないの!?」

「いいや！　だってずっとアプローチをしてきたのに、相手にせずに受け流してきたのはナターシャの方じゃないか！」

　裸の二人は寝台の上で何故か言い合いをする羽目になり、ハァハァと息を切らせている。しかし先に折れたのはエドワードで、フッと垂れ気味の目を優しく細め、口元を緩ませたと思えば、グイッとナターシャの身体を引き寄せた。

「ナターシャ……本当に愛しているんだ。色々な事があったけれど、ナターシャの優しさや気高さがとても好きなんだ」

「エド……」

「私と結婚してくれないか？　ナターシャ」

　ナターシャはそっとエドワードの背に手を回し、その耳元に唇を寄せる。

「……いいわよ。でも、これからも元サキュバスを閨《ねや》でしっかり満足させてくれないとイヤよ」

　こうして、紆余曲折《うよきょくせつ》ありながらもこの二人は結ばれることになったのだ。


　くだんの女神様のお陰ではないかと思うほどに、青い空と暖かな日差しが気持ちの良い晴れの日。リリィがベルトランと初めて会ったあの教会では、こぢんまりとした婚姻の儀が執り行われていた。

　参列者はリリィとベルトラン、そしてアリスとルシアンだけである。

「おめでとう、ナターシャ。幸せにね」

「さあ？　それはエド次第だわ。でも、ありがとう」

　悪態を吐きながらも、紅を引いた唇で緩やかに弧を描いて笑うナターシャは、退魔師《たいまし》として騎士団で共に任務についているうちに、エドワードと愛し合うようになったのだ。

今日のナターシャがいつもにも増して美しく見えるのは、きっと人間として愛というものを知り、それを与え、与えられることでとても幸せだからだろう。

ナターシャの漆黒《しっこく》の髪とは対照的な、何にも染まらない真っ白なドレスは、ピッタリと身体に沿うように作られており、豊満なナターシャのスタイルを強調するデザインである。

荘厳なステンドグラスが美しい祭壇。黒いカソック姿の白髭を蓄《たくわ》えた老齢の司祭が、二人を夫婦として認め、祝福した。

「フォッ、フォッ、フォッ！　本当に、不思議な縁があるものじゃ。まさかあの生意気で可愛いエドが、毛嫌いしていた悪魔と一緒になるとはのぅ」

顔中に皺《しわ》が深く刻まれた司祭は、何やら楽しそうに新しく夫婦となった二人を見つめて笑う。実はエドワードが言っていた『先生』というのはこの司祭の事だったのだ。

――その昔、この好好爺《こうこうや》がまだ別の教会の司祭だった頃、併設された孤児院にエドワードと妹はいた。悲しい巡り合わせで妹を亡くしてしまったエドワードに、今よりも若かった司祭は重い責任を感じ、自ら師となってエドワードが退魔師《たいまし》として生きていけるよう道筋を示したのだ。

リリィが悪魔の本を借りに来たあの日、司祭を訪ねてきた人物は異国を巡る旅から戻ったエドワードだった。その事実をリリィが知ったのは、式が始まる直前……つい先程の事である。

以前は鋭さを感じさせたエドワードの表情も、すっかり角が取れて柔らかくなり、垂れがちな目は真っ直ぐにナターシャを見ている。

二人が誓いの口づけを交わす時、ナターシャがグイッとエドワードの頬を両手で挟んで、それはそれは情熱的な口づけを長々と交わしたものだから、司祭は皺《しわ》に囲まれた目を丸くして、「ええい、もっとやれやれ！」とはしゃいでみせた。

その時リリィとベルトランは、アリスとルシアンの目を手で隠して、熱烈な口づけの時間をやり過ごすことになったのである。

式も終わり、教会の扉の前でエドワードと並ぶナターシャを見て、リリィはこの二人がこれから幸せな夫婦として過ごせるであろうと確信出来た。

「団長、それに夫人。今日はありがとうございました」

そう言って頬を少し赤らめて礼を述べるエドワードは、赤毛をしっかりと撫でつけて、吸い込まれそうに深い黒い瞳が普段よりも露《あら》わになっている。

出会った頃の、どこか危なげな雰囲気はすっかりなくなり、ベルトランに向ける視線には親愛と感謝しか見て取れない。

妹を亡くした時の悲しみからくる恨みの気持ちは、いつの間にかエドワードの中で昇華されたのだろう。

「ナターシャと二人、幸せにな」

ベルトランがエドワードに声をかけると、続いてリリィも祝福の言葉を述べた。

「これからは、二人でお幸せに」

エドワードの目には、もうナターシャしか映っておらず、リリィに向けられるのは親愛の情のみである。

そんなエドワードとリリィを、ナターシャとベルトランも穏やかな表情で見守る。

「ありがとうございます、夫人。夫人と団長のような仲の良い夫婦を目指しますよ。これからもっとナターシャの尻に敷かれっぱなしになりそうですけど」

「きっと大丈夫。どうかナターシャを、よろしくお願いします」

そう告げたリリィのエメラルド色の瞳には、薄《うっす》らと涙の膜が張っている。感極まって涙声になったリリィの肩を、ベルトランがそっと抱き寄せた。

涙目になったリリィのドレスの裾を、心配そうな顔をしたアリスとルシアンがそっと摘《つま》んでいる。

「おかあさま、大丈夫？」

「泣かないで？」

小さな双子たちの可愛らしい仕草に、その場の大人たちは皆笑顔になった。

「リリィ、私がこんな幸せを手に入れられたのも、貴女のお陰よ。感謝しているわ」

「ナターシャ……」

「今晩は私がエドワードを寝かせないんだから。貴女より、もっと過激に攻めちゃうわよ。どうだったか、また報告するわね」

子どもたちには聞こえないように、コソッとリリィの耳元で宣言したナターシャに、リリィはボッと頬を赤くして思わず頷いた。

エピローグ

屋敷の外は既に闇夜と煌《きら》めく星だけの静かな時間である。月明かりと暖かな燭台の灯りが照らすリリィとベルトランの寝室は、今宵《こよい》も甘ったるい気配が漂《ただよ》っていた。

今日の昼間にめでたく夫婦となったナターシャとエドワードの思い出話を語っているうち、ふと見つめ合ったリリィとベルトランの瞳はお互いに分かるほど情欲に濡れていた。

「初めてベルと契ったあの夜は、とても緊張していたのですよ。ナターシャに色々と指南を受けていたけれど……あのような方法を貴方が受け入れてくれるのか、とても不安で……」

「まさかあんな意外な形になるとは思わなんだが、私にとって特別な日であった事には変わりはない。美しく若い妻がこの老骨《ろうこつ》を慕っていると、懸命に伝えてくれたのだから」

いつの間にやらリリィとベルトランは向かい合ったまま少しの隙間もないほどに密着して、お互いの体温が徐々に高まるのを感じている。

「あの……今宵《こよい》は流石《さすが》にお疲れですよね？」

少しだけ残念そうに呟いた妻の赤くぷっくりとした唇を、夫はそっと自分の唇で塞ぐ。しばらくお互いの熱を唇を通して確認した後、ベルトランは笑って言った。

「いいえ、疲れてなど。我が奥様のなさりたいようにいたしましょう」

「……それじゃあベル、私にもっと口づけを」

そう告げるリリィの瞳は期待に潤《うる》んだ。ベルトランからのリリィへの呼び名が変われば、それは二人にとっては始まりの合図だからだ。

「仰《おお》せのままに」

二人はちゅ、ちゅと啄《ついば》むような接吻《キス》を交わし、そのうちリリィの唇からは悩ましげな吐息が漏《も》れ始める。

「ん……ハァ……っ、んぅ……ッ、あ……」

唇を喰《は》んだりしただけでは我慢出来ず、どちらからともなく舌を絡ませて口内を愛撫《あいぶ》する。同時に、リリィの身体にベルトランの硬く存在感を増した昂《たかぶ》りが触れる。

「ふ……っ、あ……硬い……」

「奥様、愛していますよ」

「ベル……私も……」

そう囁き合ってから、ベルトランはリリィの胸元のリボンをゆっくりと引っ張る。シュルシュルという衣擦れと共に露《あら》わになった、真っ白な双丘《そうきゅう》とその中心の薄桃色の蕾《つぼみ》。それは非常に扇情的でもあるが、なだらかな曲線はとても美しく神聖なものにも見える。

「あ……ッ……ん……気持ち……いいの」

ベルトランの男らしい手と分厚い舌がそこを刺激する度に、リリィは儚《はかな》げな声を上げる。ベルトランが時折強く吸い付き、白い肌に真っ赤な花びらを散らすのも、リリィにとっては幸せな行為であった。

やがて薄い下生えに隠された秘所にするするとベルトランが大きな手を伸ばし、淑《しと》やかな花弁の合わせ目に指を挿《さ》し入れる。クチュリという控えめな水音がして、リリィは羞恥《しゅうち》に頬を染めた。

「あぁ……っ、あん……はずかし……い」

ずずっと隘路《あいろ》へ指を挿《さ》し入れつつも、ぷっくりと膨らんだ陰核を親指で擦ると、リリィはグンッと背を反らせて高く啼《な》いた。

「やぁぁ……っ！」

ビクビクと震える身体を抱きすくめ、容赦なく指を増やしていくベルトランは既に妻の身体の良い所を知っており、その部分を中からグリグリと刺激する。

「きゃ……ぁ……っ！　だめ、何か……きちゃう……っ！」

快感を我慢しきれずにプシャッと勢い良く愛液を噴いたリリィは、ぐったりとしてしまう。細い太ももが一人でにフルフルと痙攣《けいれん》していた。

ハァハァとリリィの漏《も》らす吐息に反応してベルトランのそこも怒張し、ピクピクと震えている。

「ハァ……っ、ベルのここ……苦しそう。楽にしてあげる」

そう言うと、未だ息が荒いリリィは自分の手をそっとベルトランの昂《たかぶ》りに添えて、優しくさすった。それと共にベルトランの唇、頬、首筋から胸へと接吻《キス》を次々と落としていく。やがて辿り着いた胸筋にぷくりと存在する突起を舌先で突き、そしてペロリと舌全体で舐め上げた。

「んん……っ」

「はあ……っ、ベル……きもち、いいですか？」

「リリィ……ッ」

歳の離れた妻に卑猥《ひわい》な質問をされた夫は答える代わりに切なく名を呼び、これでもかと硬くそそり立つ剛直で妻の細い太ももに触れる。やがて更なる刺激を求めるように、腰をゆるゆると揺らした。

「あ……んッ、ベルの……すごく硬くなって……しかも、閨《ねや》では……ッ、名前を呼んでは……ダメという……ッ！　ああ……んっ、約束、なのに……！」

揺すぶられながら細切れに言葉を発するリリィの表情は、すっかり快感に蕩《とろ》けている。

「すまない……だが、あの日の事を思い出して……」

ひととき、ベルトランは律動を止めた。

「それは私も……あの時も今も、ベルとこうやって触れ合うのが、とても心地いい……」

あれからもう数年が経つが、騎士として常に鍛えているベルトランは衰えを知らない。また妻の上に覆い被さるように姿勢を変え、再び口づけを何度も交わしながら、男らしい手でやわやわと優しく形の良い乳房を揉みしだく。

「ん……っぁ……」

真っ白い双丘《そうきゅう》はベルトランに触れられ、どんどん淫靡《いんび》に形を変えてゆく。その中心に存在する薄紅色の蕾《つぼみ》をベルトランがキュッと摘《つま》むと、リリィは反射的に甘ったるい喘《あえ》ぎ声を上げたのだった。

「やぁ……んっ、ベル……っ」

そんなリリィを見つめるグレーの瞳は、獰猛《どうもう》な雄の色香を漂《ただよ》わせていた。そうしてしばらくは胸元への愛撫《あいぶ》を続けながら、ベルトランの片手は再び濡れた下生えの奥へと進む。

既に柔らかく解されていた秘所は、ベルトランの指を遠慮なしに濡らした。ピクリと身体を震わせるリリィの瞳は潤《うる》んでいる。

「ベル……」

「以前は私の病のせいで、リリィにばかり尽くしてもらっていたな。いつからだろうか？　すっかり治ってしまったのは」

初夜の時ベルトランが告白したのは、精神的な理由により、男が積極的に進める普通のやり方では達せないという事。そこでリリィの方が積極的になる事で、二人は閨《ねや》での愛を深めてきた。

それも今ではすっかり癒えてしまったのだ。

トロリとした愛蜜の溢れる合わせ目の奥に、ベルトランは自身の指を挿《さ》し入れた。ズチュッという恥ずかしい濡れ音にリリィは思わず目をギュッと閉じる。蜜壺の柔らかな感触を確かめるように、ベルトランの指は優しく中を擦り上げた。

「ん、ふ……ぅ、あぁ……んッ、ベルの指……好き」

「く……っ、今日はあまり待てそうにないな……」

「ベル……っ、もう……貴方のを……っ」

「いや、ダメだ。今一度達しておけ」

そう言って浅いところで何度も出し入れし、どんどん溢れてくる蜜はやがてその音も変化して激しくなった。

「やあ……っ、そんな……っ、もう……だめ……ッ！　だめなの……ぉ！　……あぁ……っ！」

そのうちビクンと大きく身体を反らせたリリィは、か細い声を上げたのちに息を詰め、小さく痙《けい》攣《れん》を起こしてから脱力してしまう。

久方ぶりに夫にリードされたリリィは、愛する者に与えられた快感の余韻《よいん》に耽《ふけ》っていた。

「リリィ」

「……ベル」

未だピクピクと震える身体を優しく抱きしめ、ベルトランは膨張した剛直を愛蜜の溢れる場所へとあてがう。やがて一息にリリィを貫いた。

「アァ……ッ、や……っ、まだ……ッ！　気持ちいいのに……くるし……い！」

エメラルド色の瞳の目尻から生理的な涙をポロポロ零《こぼ》すリリィは、はくはくと苦しげに唇を震わせている。その光景は酷く扇情的で、昂《たかぶ》ったベルトランは抽送を緩めることはないのだった。

「リリィ……っ」

「ん……ぁっ、はぁ……んっ、あぁ……っ！　や、やぁ……すき……好き……っ」

何度も口づけを交わしながらも、耐えきれず漏《も》れる甘い喘《あえ》ぎと愛の言葉。それは攻めるベルトランの欲情を尚更に掻き立てる要因となる。

いつの間にやら大きく開いたリリィの細い下半身を折り畳み、密着する形でベルトランが最奥を突く。その刹那《せつな》、リリィのナカから熱い飛沫《しぶき》が飛び散りベルトランの下腹部を濡らした。

構わず続く激しい抽送にリリィが声を嗄《か》らした時、ズルリと抜かれた剛直の先から吐き出された白濁が、今度は息を荒くするリリィの薄い腹を汚していく。

しばらくして息が整い、どちらからともなく微笑んだ二人は優しい眼差しを交差させた。

「ベル……愛しているの。貴方のこの優しい目尻の皺《しわ》、とても好き」

「私のような者を愛しいと言ってくれるリリィの方がよほど得難い存在だ。アリスとルシアン、私に守るべき宝を与えてくれた」

愛している、と口にして温かで親密な口づけを何度も繰り返すベルトラン。そんなベルトランにリリィは秘密を打ち明ける。

「私ね、ベルに内緒で近頃ナターシャと二人で始めた事があるの」

「何だ？」

「飽き性のナターシャはまだしも、私も貴方も二人して昔から本の虫でしょう。私なんて、婚姻を結ぶ前は書蠹《しょと》令嬢だなんて巷《ちまた》では呼ばれていたもの。それでね、これまでに読む事はたくさんしたから、今度は書いてみようと思って」

「本を？　それはすごいな」

「ナターシャにも協力してもらって、お話を考えているの。そうしたら運良く本として出版出来る運びになって、ありがたい事によく売れているみたい」

「なんと、リリィにそんな才能があったとは知らなかった」

心底驚き、そして感心したというように目を丸くするベルトランに、リリィは言葉を続ける。ほんの少し、悪戯《いたずら》な笑みを浮かべているのは気のせいではないだろう。

「巷《ちまた》でも、皆さん実は興味がおありな方も多いみたいよ。さて、私が出したのはどんな本だと思います？」

「さぁ？　しかしリリィが書くとすれば……草花についての本や、あるいは子育てについての本か？　いや、ナターシャも一緒にと言うし、あれだけ熱心に調べていたのだから、悪魔についても専門家並みに書けそうだな」

「ふふ、実は……」

真剣に考えるベルトランを満足そうに眺めていたリリィは、夫の耳元に潤《うる》んだ唇を寄せ、一言二言囁く。

「な……っ！　それは本当か？」

「ええ。ここのところ、市井《しせい》でも私の本は人気なのですって。勿論、貴方との事を参考に書いているのよ」

ふふふ、と笑うリリィに、ベルトランは何やら顔を赤くし、口をパクパクとさせている。

そして、どうしてかムクムクと再び逞《たくま》しさを取り戻してきたベルトランの昂《たかぶ》りに気付いたリリィは、スリスリと愛おしそうにそこを撫でた。

「ねぇベル、次はどんなお作法にしましょうか？」

「つ、……奥様の、お望みの通りに」

若く美しい妻は三十年上の英雄騎士団長を、今宵《こよい》も愛らしく妖艶《ようえん》に翻弄《ほんろう》するのだった。

この作品に対する皆様のご意見・ご感想をお待ちしております。

おハガキ・お手紙は以下の宛先にお送りください。

【宛先】

〒150-6019 東京都渋谷区恵比寿 4-20-3 恵比寿ｶﾞｰﾃﾞﾝﾌﾟﾚｲｽﾀﾜｰ 19F
（株）アルファポリス　書籍感想係

メールフォームでのご意見・ご感想は右のＱＲコードから、
あるいは以下のワードで検索をかけてください。

アルファポリス　書籍の感想　検索

ご感想はこちらから

本書は、「アルファポリス」（https://www.alphapolis.co.jp/）に掲載されていたものを、
改稿、加筆のうえ、書籍化したものです。

サキュバスに侵《おか》された年下妻《とししたづま》は
愛《あい》するイケオジ騎《き》士《し》団長《だんちょう》を弄《もてあそ》ぶ
～年上《としうえ》旦那《だんな》様《さま》を喜《よろこ》ばせてあげたい～

蓮恭（れんきょう）

2024年 4月 25日初版発行

編集－反田理美・森 順子
編集長－倉持真理
発行者－梶本雄介
発行所－株式会社アルファポリス
〒150-6019 東京都渋谷区恵比寿4-20-3 恵比寿ｶﾞｰﾃﾞﾝﾌﾟﾚｲｽﾀﾜｰ19F
TEL 03-6277-1601（営業） 03-6277-1602（編集）
URL https://www.alphapolis.co.jp/
発売元－株式会社星雲社（共同出版社・流通責任出版社）
〒112-0005 東京都文京区水道1-3-30
TEL 03-3868-3275
装丁イラスト－國月
装丁デザイン－AFTERGLOW
（レーベルフォーマットデザイン―團 夢見（imagejack））
印刷－中央精版印刷株式会社

価格はカバーに表示されてあります。

落丁乱丁の場合はアルファポリスまでご連絡ください。

送料は小社負担でお取り替えします。


ISBN978-4-434-33750-5 C0093